AF669579

हिन्द पॉकेट बुक्स

बुल्लेशाह

बुल्लेशाह, जिन्हें बुल्लाशाह भी कहा जाता है, एक पंजाबी सूफ़ी संत एवं कवि थे। उनकी कविताओं को काफियाँ कहा जाता है। बुल्लेशाह के दादा सय्यद अब्दुर रज्जाक थे और वे सय्यद जलाल-उद-दीन बुख़ारी के वंशज थे। सय्यद जलाल-उद-दीन बुख़ारी बुल्लेशाह के जन्म से तीन सौ साल पहले सुर्ख बुख़ारा नामक जगह से आकर मुलतान में बसे थे। वे मुहम्मद की पुत्री फातिमा के वंशजों में से थे।

बुल्लेशाह

डॉ. हरभजन सिंह
डॉ. शुएब नदवी

हिन्द पॉकेट बुक्स
पेंगुइन रैंडम हाउस इम्प्रिंट

हिन्द पॉकेट बुक्स

यूएसए | कनाडा | यूके | आयरलैंड | ऑस्ट्रेलिया | सिंगापुर
न्यू ज़ीलैंड | भारत | दक्षिण अफ्रीका | चीन

हिन्द पॉकेट बुक्स, पेंगुइन रैंडम हाउस ग्रुप ऑफ़ कम्पनीज़ का हिस्सा है,
जिसका पता global.penguinrandomhouse.com पर मिलेगा

पेंगुइन रैंडम हाउस इंडिया प्रा. लि.,
चौथी मंजिल, कैपिटल टावर -1, एम जी रोड,
गुड़गांव 122 002, हरियाणा, भारत

पेंगुइन
रैंडम हाउस
इंडिया

प्रथम हिन्दी संस्करण हिन्द पॉकेट बुक्स द्वारा 1997 में प्रकाशित
यह हिन्दी संस्करण हिन्द पॉकेट बुक्स में पेंगुइन रैंडम हाउस द्वारा 2021 में प्रकाशित

10 9 8 7 6 5 4 3 2

ISBN 9789353490096

मुद्रकः रेप्रो इंडिया लिमिटेड

www.penguin.co.in

MIX
Paper from
responsible sources
FSC www.fsc.org FSC® C047271

This is a legitimate digitally printed version of the book and therefore might not
have certain extra finishing on the cover.

अनुक्रम

فہرست

जीवन-कथा

سوانح حیات

एक सन्त की जीवनी

उत्तर भारत ख़ासकर पंजाब के सबसे बड़े सूफ़ी कवि माने जाने वाले साईं बुल्लेशाह का मूल नाम अब्दुल्लाशाह था, जो आगे चलकर बुल्लाशाह या बुल्लेशाह हो गया। प्यार से कोई इन्हें बाबा बुल्लेशाह कहता, तो कोई साईं बुल्लेशाह और कुछ केवल बुल्ला। 'चालीसवीं गंठ' के अन्त में आए इस पद से उनके मूल नाम का संकेत मिलता है :

हुन इक अल्लाह आख के तुम करो दुआईं।
पिया ही सम हो गया अबदुला नाहीं।

इनके जीवन से सम्बन्धित विस्तृत और विश्वसनीय जानकारी प्राप्त नहीं हैं। इनक विषय में विद्वानों में अलग-अलग मान्यताएं हैं, किन्तु जिन तथ्यों के विषय में विद्वानों में आम सहमति है, उनके अनुसार आपका जन्म सन् 1680 में पैतृक गांव उच गीलानियां में हुआ था। इनके पिता शाह मुहम्मद दरवेश को अरबी, फारसी और कुरान शरीफ़ का अच्छा ज्ञान था। वे आजीविका की खोज में सपरिवार उच गीलानियां छोड़कर सपरिवार कसूर (पाकिस्तान) के दक्षिण पूर्व में चौदह मील दूर पाडो के भट्टियां' नामक गांव में बस गए थे। उस समय बालक बुल्लशाह की उम्र लगभग छह वर्ष की रही होगी। बुल्लेशाह जीवन-भर क़सूर में ही रहे। इसी नगर में इनका देहान्त 1757 ई. में हुआ।

इनके पिता शाह मुहम्मद दरवेश पांडो के भट्टियां की मस्जिद के मौलवी थे और इस गांव के बच्चों को प्रारम्भिक शिक्षा देने का कार्य भी इन्हीं के सुपुर्द

سوانح حیات

شمالی ہند خاص کر پنجاب کے سب سے بڑے صوفی شاعر 'سائیں بلّے شاہ' کا اصل نام عبداللہ شاہ تھا۔ جو آگے چل کر 'بلا شاہ' یا 'بلے شاہ' ہو گیا۔ پیار سے کوئی انھیں 'بابا بلے شاہ' کہتا تھا تو کوئی 'سائیں بلے شاہ' پکارتا۔ اور کوئی صرف 'بلا' ہی کہہ دیتا۔

چالیسویں بند کے آخر میں مندرجہ ذیل شعر سے ان کے اصل نام کا پتہ چلتا ہے۔

ہوں اِک اللہ آکھ کے تم کرو دعائیں
پیا ہی سم ہو گیا عبد اللہ ناہیں

ان کی زندگی سے متعلق تفصیلی اور یقینی معلومات فراہم نہیں ہو سکیں۔ ان کے بارے میں مؤرخین کی مختلف رائے ہیں، لیکن جس بات پر سب متفق ہیں اُس کے مطابق ان کی پیدائش 1680ء میں اُن کے آبائی گاؤں 'اُچ گیلانیاں' میں ہوئی۔ ان کے والد شاہ محمد درویش عربی، فارسی اور قرآن کریم کے اچھے عالم تھے۔ روزگار کی تلاش میں انھوں نے اپنے اہل و عیال کے ساتھ 'اُچ گیلانیاں' چھوڑ کر پاکستان کے 'قصور' شہر سے جنوبی دکن کی طرف چودہ میل دور 'پانڈو کے بھٹیا' نامی گاؤں میں مستقل سکونت اختیار کر لی تھی۔ اس وقت بلے شاہ کی عمر چھ سال کے قریب رہی ہوگی۔

'بلے شاہ' عمر بھر 'قصور' شہر میں ہی رہے اور اسی شہر میں 1757ء میں ان کا انتقال ہوا۔ ان کے والد شاہ محمد درویش 'پانڈو بھٹیا' کی مسجد میں امام تھے۔ اور گاؤں کے بچوں کو تعلیم دیتے تھے۔

بلے شاہ سادات میں سے تھے ان کا سلسلۂ نسب حضرت محمد صلی اللہ علیہ وسلم سے ملتا ہے۔

था। बुल्लेशाह सैयद जाति के थे और इनके वंश का सम्बन्ध सैयद होने के कारण एक ओर हज़रत मुहम्मद से जुड़ा हुआ था, तो दूसरी ओर सूफ़ी विचारधारा और परम्परा से उस वंश का सदियों पुराना सम्बन्ध था।

बुल्लेशाह के पिता के नेक जीवन के कारण उनको दरवेश कहकर आदर दिया जाता था। आज भी बुल्लेशाह के पिता की मजार पांडो के भट्टियां में है, जहां हर साल उर्स लगता है और बुल्लेशाह की काफ़ियां गाई जाती हैं।

बुल्लेशाह का बचपन अपने पिता की देख-रेख में ही बीता और आरम्भिक शिक्षा एवं संस्कार अपने पिता से ही प्राप्त हुए। इनकी उच्च शिक्षा कसूर में हुई, जो उन दिनों इस्लामी शिक्षा का प्रमुख केन्द्र था। बुल्लेशाह ने कसूर में हज़रत गुलाम मुर्तज़ा सरीखे ख्यातनामा उस्ताद से शिक्षा पाई। अपनी वौद्धिक और चारित्रिक विशेषताओं के कारण बुल्लेशाह ने योग्य अध्यापकों से बहुत कुछ सीखा।

अरवी, फ़ारसी के उच्च विद्वान होने के साथ-साथ बुल्लेशाह ने इस्लामी और सूफ़ी धर्मग्रन्थों का भी गहन अध्ययन किया था। जब इनकी अल्लाह से लिव लग गई, तो इस ज्ञान की एक नई ही चमक सामने आई। धर्मग्रन्थों के अध्ययन से उनके अन्तर में जो चिंगारी उदित हुई तो परमात्मा के दर्शन की तड़प और उसे पूरा करने का मार्ग बताने वाले की खोज ही उन्हें कादिरी सूफ़ी फ़क़ीर हज़रत शाह क़ादिरी के द्वार तक खींच ले गई।

हज़रत इनायतशाह का डेरा लाहौर में था। वह जाति के अराईं थे। अराई लोग खेती-बाड़ी, बाग़बानी और साग-सब्जी की खेती करते थे। वह कुछ दिनों कसूर में भी रहे, लेकिन वहां के शासक के विरोध के कारण लाहौर चले गए थे और जीवन के अन्तिम दिनों तक लाहौर में रहे। वहीं उनका मकबरा भी है।

बुल्लेशाह के परिवार-जनों को इस बात का दुख था कि जिस सैयद कुल

علاوہ ازیں صوفی مسلک سے بھی ان کا خاندانی تعلق صدیوں پرانا تھا۔

'بلے شاہ' کے والد ماجد کی زندگی سادی اور صوفیانہ تھی اسلئے ایک درویش کی حیثیت سے انکا بڑا احترام کرتے تھے۔ان کے والد کا مزار 'پانڈو کے بھٹیا' میں ہے، جہاں آج بھی ہر سال عرس ہوتا ہے۔اور بلے شاہ کی قافیاں گائی جاتی ہیں۔

بلے شاہ کا بچپن اپنے والد کی سرپرستی میں گزرا۔ابتدائی تعلیم اور نیک خیالات کی تربیت اپنے والد محترم سے ہی حاصل کی۔انکی اعلیٰ تعلیم قصور شہر میں ہوئی۔ جو اُس وقت اسلامی تعلیم کا مشہور مرکز تھا۔'بلے شاہ' نے 'قصور' شہر میں استاد حضرت غلام مرتضے سر یکھے خیاط نامہ سے تعلیم حاصل کی۔اپنی ذہانت، دانائی، اور سوجھ بوجھ کی وجہ سے 'بلے شاہ' نے اپنے لائق اساتذہ سے بہت کچھ سیکھا۔

عربی فارسی کے بڑے عالم ہونے کے ساتھ ساتھ 'بلے شاہ' نے اسلامیات اور تصوف سے متعلق دیگر بہت سی مذہبی کتابوں کا بھی مطالعہ کیا۔جب ان کی اللہ سے لَو لگی تو اس علمی روشنی سے کشف حال کی چمک ظاہر ہونے لگی۔

مذہبی کتابوں کے مطالعے سے جو علمی روشنی پیدا ہوئی۔اس نے خدا سے ملنے کی صحیح تڑپ اور اسے پانے کے لئے ایک رہبر کی تلاش اور جستجو،انھیں قادری صوفی فقیر 'حضرت شاہ قادری' کے آستانے تک کھینچ لے گئی۔

حضرت عنایت شاہ قادری کی خانقاہ لاہور میں تھی۔وہ ذات سے 'آرائیں' تھے۔'آرائیں' لوگ کھیتی باڑی، باغبانی اور ساگ سبزی کی کاشت کرتے تھے۔یہ کچھ دن 'قصور' شہر میں رہے،لیکن وہاں سرکار کے مخالف رویے کی وجہ سے لاہور چلے گئے تھے اور زندگی بھر لاہور میں ہی رہے۔ وہیں ان کا مقبرہ ہے۔

'بلے شاہ' کے خاندان کے لوگوں کو اس بات کا دکھ تھا کہ جس سید خاندان کے بزرگوں نے

के पुरखों ने समस्त मानव-जाति को नए मार्ग का दरस दिया, उसी के एक सदस्य ने निम्न जाति अराईं के हज़रत इनायतशाह को अपना मुर्शिद अथवा गुरु बनाया। बुल्लेशाह की बहनें और भावजें उन्हें इस मार्ग पर चलने से रोकती रहीं, किन्तु बुल्लेशाह तो शाह इनायत को पूर्ण गुरु मानते थे. अतः अपने निर्णय से टस-से-मस न हुए।

इस विषय में अपने परिवार-जनों के साथ हुई तकरार का ज़िक्र उन्होंने निम्न शब्दों में किया है :

बुल्हे नूं समझावण आइयां
भैणा ते भरजाइयां
मन्न लै बुल्लिआ साडा कहणा
छड़ दे पल्ला, राइयां।
आल नबी औलाद अली नं
तूं क्यों लीकां लाइयां?

(बहनें और भावजें बुल्लेशाह को समझाने आईं और कहने लगीं - बुल्लेशाह, हमारा कहना मान लो और अराई का साथ छोड़ दो। तुम तो नबी के ख़ानदान से हो और अली के वंशज हो। फिर क्यों (इस अराई की ख़ातिर) उनकी लोकनिन्दा का कारण बनते हो?)

किन्तु बुल्लेशाह के हृदय में तो अपने मुर्शिद के प्रति परम श्रद्धा का भाव था और वे जातीय भेद-भाव को सर्वथा त्याग चुके थे। इसलिए उन्होंने उत्तर में कहा:

जेहड़ा सानूं सैयद आखे
दोज़ल मिले सजाइयां

تمام انسانوں کو ایک نیا راستہ دکھایا اور صحیح درس دیا۔ اسی کے ایک فرد نے ادنیٰ ذات 'آرائیں' کے حضرت عنایت شاہ کو اپنا پیر و مرشد اور استاد بنالیا ہے۔ 'بلے شاہ' کی بہنیں اور بھاوجیں انہیں اس راستے پر چلنے سے روکتی تھیں۔ لیکن 'بلے شاہ' تو شاہ عنایت کو اپنا پیر و مرشد اور سب کچھ سمجھ بیٹھے تھے اس لئے فیصلے سے ٹس سے مس نہ ہوئے اور اپنی بات پر قایم رہے۔

اس سلسلے میں اپنے اہل خانہ کے ساتھ تکرار کا ذکر انہوں نے درج ذیل الفاظ میں کیا ہے۔:۔

بُلّا ہے تُوں سمجھاون آئیاں
بھیناتے بھر جائیاں
من لے بلّی آ ساڈا کہنا
چُھڈ دے پلا رائیاں
آل نبی اولاد علی نم
تو کیوں لیکاں لائیاں

بہنیں اور بھاوجیں 'بلے شاہ' کو سمجھانے آئیں اور کہنے لگیں۔ 'بلے شاہ' ہمارا کہنا مان لو۔ اور آرائیں کا ساتھ چھوڑ دو تم تو نبی کے خاندان سے ہو اور علی کے نسب سے ہو، پھر کیوں اس آرائیں کی خاطر ان کی بے عزتی کا سبب بنتے ہو۔

لیکن 'بلے شاہ' کے دل میں تو اپنے مرشد کے لئے بہت زیادہ قدر و احترام تھا۔ اور وہ حسب و نسب کی تفریق کو چھوڑ چکے تھے۔

اسلئے انھوں نے جواب میں کہا :۔

جہڑا سانوں سید آکھے
دوزخ ملے سجائیاں

जो कोई सानूं, राईं आखे

भिश्ती पींगा पाइयां।

(जो कोई हमें सैयद कहेगा, उसे दोज़ख़ की सजा मिलेगी और जो हमें अराईं कहेगा, वह बहिश्त में झूला झूलेगा।)

बुल्लेशाह और उनके मुर्शिद (गुरु) शाह इनायत के आपसी सम्बन्धों को लेकर बहुत-सी जनश्रुतियां प्रचलित हैं। कहते हैं कि जब बुल्लेशाह जिज्ञासु भाव से शाह इनायत की बगीची के पास पहुंचे, तो सड़क के किनारे के वृक्ष आमों से लदे थे और पास ही साईं जी प्याज की पनीरी लगाने में व्यस्त थे। उन्हें पता भी नहीं चला कि कोई उनसे मिलने आया है। बुल्लेशाह बिना बुलाए ही अपने आगमन की सूचना देना चाहते थे। इसलिए पहले से किए आध्यात्मिक अभ्यास की शक्ति से उन्होंने परमात्मा का नाम लेकर आमों की ओर जो देखा, तो पेड़ों से आम धड़ाधड़ नीचे गिरने लगे। साईं जी ने मुड़कर देखा, तो पाया कि एक नवयुवक खड़ा है और आम बिना कारण गिर रहे हैं। उन्होंने पूछा, "ऐ नौजवान, ये आम क्यों तोड़े हैं?" बुल्लेशाह ने पास जाकर कहा कि "साईं जी, न तो मैं पेड़ों पर चढ़ा और न कंकड़-पत्थर फेंके। भला मैं आम कैसे तोड़ सकता हूं।"

"अरे, तो तू चोर भी है और चतुर भी," साईं ने बुल्लेशाह को ऊपर से नीचे तक देखकर कहा। बुल्ला तुरन्त साईं के पैरों में पड़ गया। साईं ने उसका नाम पूछा और जानना चाहा कि आखिर क्या चाहता है? बुल्लेशाह ने अपना नाम वताकर कहा कि मैं रब को पाना चाहता हूं। साईं जी ने कहा, "अरे तू नीचे क्यों गिरता है? उठ और मेरी तरफ़ देख।" ज्योंही बुल्लेशाह ने सिर उठाकर इनायतशाह की ओर देखा, तो सहज भाव से कहा, "बुल्लिहआ रब दा की पौणा। एधरों पुटणा ते ओधर लाउणा।" (ईश्वर का पाना तो बस ऐसे ही है, जैसे एक पौधा इधर से उखाड़ना और दूसरी तरफ़ लगा देना।) इन चन्द सीधे-साद शब्दों में मुर्शिद ने रूहानियत. का सार समझा दिया था। मन को

جو کوئی سانوں رائیں آکھے

بھشتی پینگا پائیاں

جو کوئی ہمیں سیّد کہے گا اسے دوزخ کی سزا ملے گی اور جو کوئی ہمیں ارائیں کہے گا وہ بہشت میں جھولا جھولے گا۔

بلّے شاہ اور ان کے مرشد شاہ عنایت کے آپس کے تعلقات کو لے کر بہت سی باتیں مشہور ہیں۔ کہتے ہیں کہ جب بلّے شاہ بڑے اشتیاق کے ساتھ شاہ عنایت کے باغیچہ کے پاس پہونچے تو سڑک کے کنارے کے پیڑ آموں سے لدے ہوئے تھے۔ اور قریب ہی سائیں جی پیاز کی پود لگانے میں مصروف تھے۔ انہیں پتہ بھی نہیں چلا کہ کوئی ان سے ملنے آیا ہے۔ بلّے شاہ بغیر بلائے ہی اپنے آنے کی اطلاع دینا چاہتے تھے۔ اس لئے پہلے سے کئے گئے اپنے روحانی ریاض سے انہوں نے خدا کا نام لے کر آموں کی طرف جو دیکھا تو درخت سے دڑھادھڑ آم گرنے لگے۔ سائیں جی نے مڑ کر دیکھا کہ ایک جواں سال لڑکا کھڑا ہے۔ اور آم بغیر کسی وجہ کے گر رہے ہیں انہوں نے پوچھا اے نوجوان یہ آم کیوں توڑے ہیں؟ بلّے شاہ نے پاس جا کر کہا ــــ سائیں جی نہ تو میں پیڑوں پر چڑھا ہوں اور نہ کنکر پتھر پھینکے بھلا میں آم کیسے توڑ سکتا ہوں؟

ارے تو تو چور بھی ہے اور چالاک بھی سائیں نے بلّے شاہ کو اوپر سے نیچے تک دیکھ کر کہا۔ بلا فوراً سائیں کے پیروں میں پڑ گئے۔ سائیں نے اس کا نام پوچھا اور جاننا چاہا کہ آخر کیا چاہتا ہے؟ بلّے شاہ نے اپنا نام بتا کر کہا کہ میں رب کو پانا چاہتا ہوں۔ سائیں جی نے کہا۔ ارے تو نیچے کیوں گرتا ہے؟ اُٹھ اور میری طرف دیکھ جیسے ہی بلّے شاہ نے سر اٹھا کر عنایت شاہ کی طرف دیکھا، اور بڑے دھیرے سے کہا۔ بلی آ ربدا کی پونا۔

ایدھروں پٹنا تے اودھر لاؤ (رب کو پانا تو بس ایسے ہی ہے جیسے ایک پودا ادھر سے اکھاڑنا

बाहर और संसार की तरफ़ से हटाकर परमात्मा की ओर मोड़ देने से रब मिल जाता है। साथ ही व्यावहारिक रूप से समझा भी दिया कि यह कार्य गुरु की कृपादृष्टि से सहज सम्भव है। मेधावी मुरीद (शिष्य) बुल्लेशाह ने अपने मुर्शिद की यह प्रथम दीक्षा गांठ बांध ली। उसके लिए इतना ही काफ़ी था। उसका काम हो गया था।

इस छोटी-सी सारगर्भित घटना ने सतगुरु की कृपादृष्टि की महानता की अमिट छाप वुल्लेशाह के मन पर डाल दी थी। सतगुरु के दर्शन पाकर बुल्लेशाह बेख़ुद हो गया और मंसूर की भांति इस बेखुदी में बहने लगा। उसका समय अद्भुत मस्ती में डूबता गया। सतगुरु की संगति और उसके बताए मार्ग पर चलकर साधना करते हुए बुल्लेशाह अध्यात्म की सीढ़ियों पर चढ़ता हुआ प्रतिदिन आगे बढ़ने लगा।

बुल्लेशाह के मन पर अपने मुर्शिद का इतना गाढ़ा रंग चढ़ गया कि उसको गुरु के अलावा किसी की भी सुध-बुध नहीं रही। उनमें अनोखी विरक्ति ने जन्म ले लिया और उनके हर कार्य में रहस्यमय संकेत फूटने लगे। बुल्लेशाह साईं इनायत को रसूल अल्ला जैसा आदर-सम्मान देते थे। कहते हैं कि एक बार बुल्लेशाह की इच्छा हुई कि मदीना शरीफ़ की ज़ियारत को जाए। उन्होंने अपनी इच्छा का ज़िक्र अपने मुर्शिद से किया और मदीना जाने की आज्ञा मांगी। शाह इनायत ने पूछा कि तुम मदीना शरीफ़ की ज़ियारत क्यों करना चाहते हो। उत्तर में बुल्लेशाह ने कहा कि 'वहां हज़रत मुहम्मद का रौज़ा शरीफ़ है और स्वय रसूल अल्ला ने फ़रमाया है कि जिसने मेरी कब्र की ज़ियारत की, गोया उसने मुझे जीवित देख लिया।' यह सुनकर शाह इनायत चुप रहे। कुछ देर के बाद उन्होंने कहा कि इसका जवाब मैं तुझे तीन दिनों के बाद दूंगा।

बुल्लेशाह ने मदीना के लिए अपनी रवानगी स्थगित कर दी। तीसरे दिन बुल्लेशाह ने स्वप्न में हज़रत रसूल के दर्शन किए। रसूल अल्ला ने बुल्लेशाह से

اور دوسری طرف لگا دینا) ان چند سیدھے سادھے لفظوں میں مرشد نے روحانیت کا ماحصل سمجھا دیا تھا۔ دل کو باہر اور دنیا کی طرف سے ہٹا کر رب کی طرف موڑ دینے سے رب مل جاتا ہے، ساتھ ہی عملی طریقہ سے بھی سمجھا دیا کہ۔ یہ کام استاد کی نظر عنایت سے ہی ممکن ہے۔ ذہین اور لائق شاگرد بلے شاہ نے اپنے پیر کی بات کو گرہ سے باندھ لیا۔ اس کے لئے یہ ہی کافی تھا۔ اس کا کام ہو گیا تھا۔

اس چھوٹے سے نتیجہ خیز واقعہ سے بلے شاہ کے دل میں اپنے مرشد کی عنایتوں کے نقوش کچھ اس طرح پیوست ہو گئے تھے کہ وہ بالکل بے خود ہو گئے اور منصور کی طرح بے خودی میں بہنے لگے ان کا وقت عجیب مستی میں ڈوبتا گیا۔ اپنے مرشد کی زیارت وصحبت اور ان کے بتائے ہوئے راستے پر چل کر ریاضت کرتے ہوئے بلے شاہ فوقانیت کی سیڑھیوں پر چڑھتے ہوئے ہر روز آگے بڑھنے لگے۔ بلے شاہ کے دل پر اپنے مرشد کا اس قدر گہرا رنگ جم گیا تھا کہ انکو اپنے مرشد کے علاوہ کسی کی بھی ہوش نہ رہی۔ ان میں ایک عجیب طاقت نے جنم لے لیا۔ ان کے ہر کام میں انوکھا پن نظر آنے لگا۔ بلے شاہ عنایت شاہ کی رسول اللہ جیسا مان کر عزت کرتے تھے کہتے ہیں کہ ایک دفعہ بلے شاہ کی خواہش ہوئی کہ وہ مدینہ شریف کی زیارت کرے۔ انہوں نے اپنی خواہش کا ذکر اپنے مرشد سے کیا اور مدینہ جانے کی اجازت مانگی۔ شاہ عنایت نے پوچھا کہ تم مدینہ شریف کی زیارت کیوں کرنا چاہتے ہو؟ جواب میں بلے شاہ نے کہا کہ وہاں حضرت محمد صلی اللہ علیہ وسلم کا روضہ شریف ہے اور چونکہ خود حضرت صلی اللہ علیہ وسلم نے فرمایا کہ ''جس نے میری قبر کی زیارت کی گویا اس نے مجھکو زندہ دیکھ لیا'' یہ سن کر شاہ عنایت خاموش رہے۔ کچھ دیر کے بعد انہوں نے کہا کہ اس کا جواب میں تجھے تین دنوں کے بعد دوں گا بلے شاہ نے مدینہ کے لئے اپنی روانگی ملتوی کر دی تیسرے دن خواب میں بلے شاہ نے حضرت رسول اللہ صلی اللہ علیہ وسلم کی زیارت کی۔ رسول اللہؐ نے بلے شاہ سے فرمایا'' بلے

कहा, "बुल्लेशाह, तेरा मुर्शिद कहां है? उसे बुला लाओ।" बुल्ला अपने मुर्शिद को बुला लाया। रसूल ने इनायतशाह को अपनी दाईं ओर बिठा लिया। बुल्ला नज़रें झुकाए इन दोनों के सामने खड़ा रहा। जब नज़रें उठीं, तो बुल्ले को लगा कि रसूल और मुर्शिद की सूरतें बिल्कुल एक जैसी हैं। वह पहचान ही न पाया दोनों में से मुर्शिद कौन है, रसूल कौन। इस जनश्रुति की अनुगूंजें बुल्लेशाह के कलाम में भी मिलती हैं। वे कहते हैं :

हाजी लोक मक्के नूं जांदे
असां जाणा तख़्त हज़ारे,
जित वल यार उसे वल काबा
भावें खोल किताबां चारे।

(हाजी लोग तो (हज के लिए) मक्के की ओर जाते हैं, मुझे तो तख़्त हज़ारे की ओर जाना है। जिस ओर मेरे यार का घर है, उसी तरफ़ मक्का और क़ाबा हैं, बेशक चारों ही किताबें खोलकर देख लो।)

बुल्लेशाह अपने मुर्शिद को शौह (पति) मानते थे। इस सम्बन्ध में भी एक जनश्रुति है। एक बार गली से गुज़रते हुए उन्होंने एक नव-विवाहिता को अपना सिर गुंथवाते हुए देखा। बुल्लेशाह वहीं रुक गए और पूछने लगे, "सुन्दरी, तुम अपने बाल क्यों गुंथवा रही हो?" उसने कन्या-सुलभ सादगी से कह दिया कि "मैं अपने पति को रिझाने के लिए यह शृंगार कर रही हूं।" यह सुनते ही बुल्लेशाह कहने लगे कि "ए सखी, तुम मेरे भी केश संवार दो, मुझे भी अपने शौहर को प्रसन्न करना है।" बुल्लेशाह केश गुंथवाकर नाचते-गाते अपने मुर्शिद की ओर चल दिए।

बुल्लेशाह की वाणी में मुर्शिद के प्रेम और महिमा के भावपूर्ण वर्णनों में मस्ती भी है, रंगीनी भी है, खुमारी भी है और कृतज्ञता भी है। उन्होंने अपने

شاہ تیرا مرشد کہاں ہے؟ اسے بلا کر لاؤ'' بلا اپنے مرشد کو بلا کر لایا۔ رسول اللہؐ نے عنایت شاہ کو اپنی دائیں طرف بٹھالیا۔ بلا نظریں جھکائے ان دونوں کے سامنے کھڑا رہا۔ جب نظریں اُٹھائیں تو بلے شاہ کو لگا کہ رسولؐ اور مرشد کی صورتیں دونوں کی ایک ہی جیسی ہیں، وہ پہچان ہی نہ پائے کہ دونوں میں سے مرشد کون ہے اور رسولؐ کون ہے۔ اس مشابہت کو بلے شاہ خود اپنے کلام میں بھی اظہار کرتے ہیں۔

حاجی لوگ مکے نوں جاندے

اساں جانا تخت ہزارے،

جِت دَل یار اُسے دَل کعبا

بھاؤیں کھول کتاباں چارے

حاجی لوگ تو (حج کے لئے) مکے کی طرف جاتے ہیں، مجھے تو تخت ہزارے کی طرف جانا ہے جس طرف میرے یار کا گھر ہے، اسی طرف مکہ اور کعبہ ہے، بے شک چاروں ہی کتابیں کھول کر دیکھ لو۔

بلے شاہ اپنے مرشد کو اپنا شوہر مانتے تھے۔ اس بارے میں ایک افواہ مشہور ہے۔ ایک بار گلی سے گزرتے ہوئے ایک نو بیاہتا لڑکی کو بال سنوارتے ہوئے دیکھا۔ بلے شاہ وہیں رک گئے اور پوچھنے لگے۔ اے حسینہ تم اپنے بال کیوں گندھوا رہی ہو؟ اس لڑکی نے سادگی سے کہا ''میں اپنے شوہر کیلئے بناؤ سنگار کر رہی ہوں'' یہ سن کر بلے شاہ نے کہا: اے دوست تم میرے بھی بال سنوار دو مجھے بھی اپنے شوہر کو خوش کرنا ہے۔ لہذا بلے شاہ بال گندھوا کر ناچتے گاتے اپنے مرشد کے ہاں چلے گئے۔

بلے شاہ کے خیال میں اپنے مرشد کے لئے محبت، عقیدت اور تقدس کے ساتھ شوخی بھی ہے،

मुर्शिद को सच्चा आरिफ (ब्रह्मज्ञानी), रूह का मालिक और लोहे को सोना वनाने वाला पारस कहा है। वुल्लेशाह ने बड़ी निडरता से यह बात कही है कि पूर्ण सतगुरु चाहे कितनी ही छोटी जाति का क्यों न हो, उनका पल्ला कसकर पकड़ लेनें से जीव का पार उतरना सम्भव है। यह ऐसा धमाका था, जिसने चाग ओर हलचल मचा दी।

प्रम का अभ्युदय आनन्दमय तो होता है, किन्तु इसका मार्ग बहुत विषम एवं मंज़िल बहुत दूर होती है। प्रेम-मार्ग में छोटी-सी नासमझी या भूल नाराज़ी का कारण बन सकती है और मुसीबतों के पहाड़ों का सामना होता है। बुल्लेशाह की छोटी-सी भूल के कारण उनका मुर्शिद जब नाराज़ हो गया, तो मुर्शिद ने 'बुल्लेशाह की क्यारियों' की तरफ़ से अपनी कृपा का पानी मोड़ लिया। बुल्ले के लिए मानो प्रलय आ गई। अन्दर का पर्दा बन्द हो गया। प्रकाश अन्धकार में, आनन्द शोक में बदल गया। जो एक बार आन्तरिक आनन्द स उन्मत्त हो चुका हो, उसे अकस्मात आई शून्यता कितना साल सकती है, यह भुक्तभोगी ही जान सकता है।

वुल्लशाह अपने मुर्शिद के पास दौड़ा-दौड़ा गया, लेकिन उन्होंने मुंह मोड़ लिया और डेरा छाड़कर जाने को कह दिया। शिष्य के लिए भीषण सन्ताप की घड़ी आ गई। वह पश्चात्ताप और विरह की आग में तड़पने लगा। बुल्लेशाह की काफ़ियों में इस विरहावस्था के ही वर्णन मिलते हैं। भाव की. तीव्रता, वास्तविकता; साज़ और तड़प में ये काफ़ियां बेजोड हैं।

मुर्शिद ने जब देखा कि पश्चात्ताप और वियोग की अग्नि में तपकर बुल्ले सुच्चा कुन्दन वन गया है, तो उसकी गलती क्षमा कर दी और हृदय से लगा लिया। फिर क्या था, गुरु कृपा के झरने दोबारा फूटने लगे। बुल्ले की सूखी क्यारी को पानी मिला। उसकी बगीची महक उठी और उसमें रस एवं आनन्द की सुगन्ध के फ़व्वारे फूट पड़े। बुल्लेशाह की आत्मा सतगुरु की आत्मा के रंग

رنگینی بھی ہے اور بے باکی بھی۔ انہوں نے مرشد کو سچا عارف، روح کا مالک، اور لوہے کو سونا بنانے والا پارس کہا ہے۔ بلّے شاہ نے بڑی بے باکی سے یہ بات کہی ہے کہ سچا مرشد وہ ہے کہ جس کا دامن تھام لینے سے انسان کا پار ہونا ممکن ہو، چاہے کتنی ہی چھوٹی ذات کا کیوں نہ ہو۔ یہ ایسا دھماکہ تھا جس نے چاروں طرف ہلچل مچادی۔

محبت کا آغاز خوشی دینے سے تو ہوتا ہے لیکن اس کا راستہ بڑا دشوار اور منزل بہت دور ہوتی ہے۔

عشق کے راستے میں ذرا سی نا سمجھی یا بھول بھی ناراضگی کا سبب بن سکتی ہے۔ اور مصیبتوں کے پہاڑوں کا سامنا ہوسکتا ہے۔ بلّے شاہ کی تھوڑی سی بھول کی وجہ سے ان کا مرشد جب ان سے ناراض ہو گیا، تب مرشد نے بلّے شاہ کی کیاریوں کی طرف سے اپنی مہربانی کے پانی کا رخ موڑ دیا، تو بلّے شاہ کے لئے مانو قیامت آگئی۔ باطن کا پردہ بند ہو گیا۔ روشنی اندھیرے میں اور خوشی غم میں بدل گئی۔ جو ایک بار روحانی خوشی سے پاگل ہو چکا ہو اچانک اس خالی پن سے وہ کتنا غمگین ہوسکتا ہے۔ اس غم کا احساس اسی کو ہوسکتا ہے جو اسطرح کے غم سے دوچار ہو چکا ہو۔

بلّے شاہ اپنے مرشد کے پاس دوڑے دوڑے گئے لیکن انہوں نے منہ موڑ لیا۔ اور خانقاہ سے نکل جانے کو کہدیا۔ مرشد کی ناراضگی کے باعث بلّے شاہ کے لئے پریشانیوں اور مصیبتوں کا دور شروع ہو گیا۔ وہ غم اور رنج کے آگ میں جھلسنے لگے۔ بلّے شاہ کی رباعیوں میں اس غم کی وجہ سے بہت زیادہ جذباتیت آگئی تھی۔ بہت زیادہ جذباتیت کی وجہ سے سوز تڑپ میں قافیہ بھی بے جوڑ ہو گیا ہے۔ مرشد نے جب یہ دیکھا کہ رنج و غم کی آگ میں تپ کر بلّے شاہ سچا کندن بن گیا ہے تو اس کی غلطی معاف کردی۔ اور سینے سے لگالیا۔ پھر کیا تھا، مرشد کی نظر عنایت اور لطف وکرم کے چشمے دوبارہ اُبلنے لگے۔ بلّے شاہ کی سوکھی کیاری کو پانی ملا۔ اس کا باغیچہ مہک اٹھا، اس میں خوشی کی خوشبو کے فوارے پھوٹ پڑے۔ بلّے شاہ کی روح اپنے مرشد کی روح کے رنگ میں رنگ

में डूब गई, दोनों में कोई भेद नहीं रहा। इस अभेद की अवस्था में बुल्लेशाह कह उठे :

रांझा-रांझा करदी नी मैं आपे रांझा होई।
रांझा मैं विच मैं रांझे विच होर ख़याल न कोई॥

मुर्शिद और परमात्मा में अभेद होता है, इसलिए मुर्शिद-मुरीद की अभेदता ही परमात्मा से अभेदता बन जाती है। इसी अवस्था में बुल्लेशाह कह उठे हैं - "तूंहीउं हैं मैं नाहीं वे सजना, तूंहीउं हैं मैं नाहीं।" इस अवस्था में पहुंचकर बुल्लेशाह प्रेम, क्षमा और दया की प्रतिमूर्ति और समदर्शी बन गया। वह मित्रशत्रु, भले-बुरे और हिन्दू-मुसलमान सबसे एक जैसा प्रेम करने लगा।

पंजाब में सूफ़ी कवियों की लम्बी परम्परा है। किन्तु, किसी अन्य सूफ़ी कवि द्वारा अपने मुर्शिद के प्रति ऐसी अनन्य श्रद्धा अभिव्यक्त नहीं की गई है। बुल्लंशाह अपने मुर्शिद को शौह, सजण, यार, हादी, साईं, आरिफ़, रांझा आदि अनेक नामों से याद करते हैं।

पंजाव के सूफ़ी पंजाबी लोक-संस्कृति में पूरी तरह रसे-बसे हैं। उन्होंने ठेठ पंजाबी मुहावरे में अपने-आप को अभिव्यक्त किया, जब कि पंजाब के गुरु साहिबान हिन्दी और सधुक्कड़ी भाषा में भी अपना सन्देश देते थे। पंजाबी सूफ़ियों ने न केवल ठेठ पंजाबी भाषा की छवि ज्यों-की-त्यों बनाए रखी, बल्कि उन्होंने पंजावियत, विशेषतः उसकी लोक-संस्कृति, को भी भली प्रकार सुरक्षित रखा। 'चर्खा' उनका प्रमुख प्रतीक था और रांझा उनका नायक। बुल्लेशाह का रांझ के प्रति विशेष मोह है। कभी उन्हें रांझे में अपने मुर्शिद का दीदार होता है, तो कभी स्वयं ख़ुदा का। वे कहते हैं कि मुझे चाहिए केवल एक रांझा, वह रांझा जो बेले में भैंसें चराता है, लेकिन पता नहीं, मुझे क्यों छोड़ जाता है।

گئی۔ دونوں میں کوئی فرق نہیں رہا۔ اوراس حالت میں بلے شاہ کہہ اٹھے۔

رانجھا۔ رانجھا کر دی نی میں آپے رانجھا ہوئی۔
رانجھا میں وِچ میں رانجھے وِچ ہور خیال نہ کوئی۔

مرشد اور خدا میں کوئی فرق نہیں رہتا ہے، اس لئے مرشد اور مرید کا مل جانا ہی خدا سے مل جانا ہے اس حال میں بلے شاہ کہہ اٹھتے ہیں:

تو ہی اُوں ہیں میں ناہیں وے سجنا
تو ہی اُوں ہیں میں ناہی''

اس حال میں پہونچ کر بلے شاہ محبت، درگزر اور رحم دلی کا نمونہ بن گئے تھے۔ وہ دوست اور دشمن، ہندو مسلمان، بھلے برے سب سے ایک جیسی محبت کرنے لگے۔

پنجاب میں صوفی شاعروں کی پرانی روایت ہے۔ لیکن کسی دوسرے صوفی شاعر کے ذریعے اپنے مرشد کے لئے ایسی محبت ظاہر نہیں کی گئی ہے۔ بلے شاہ اپنے مرشد کو شوہ' سجن' یار' ہادی' سائیں' عارف اور رانجھا وغیرہ بہت سے ناموں سے یاد کرتے ہیں۔ پنجاب کے صوفی پنجابی تہذیب و تمدن میں رچے بسے ہوئے ہیں انہوں نے خالص پنجابی محاوروں میں اپنے آپ کو ظاہر کیا ہے۔ جبکہ پنجاب کے گرو ہندی اور سدھ کھڑی زبان میں بھی اپنا پیغام دیتے تھے۔ پنجاب کے صوفیوں نے نہ صرف ٹھیٹ پنجابی زبان کو جوں کا توں بنائے رکھا۔ بلکہ انہوں نے پنجابیت خاص طور سے اُس کی تہذیب وتمدن کی اچھی طرح حفاظت کی۔ 'چرخہ' ان کا خاص نشان تھا۔ اور رانجھا ان کا ہیرو تھا۔ بلے شاہ کو رانجھے سے خاص لگاؤ ہے۔ کبھی ان کو رانجھے میں مرشد کا دیدار ہوتا ہے تو کبھی خدا کا۔ وہ کہتے ہیں کہ مجھے صرف ایک رانجھا چاہیئے۔ وہ رانجھا جو بیل اور بھیس چراتا ہے لیکن معلوم نہیں مجھے کیوں چھوڑ جاتا ہے۔

इक रांझा मैनूं लोड़ीदा

आप छिड़ जांदा नाल मज्झीं दे

सानूं क्यों बेलिओं होड़ीदा

हीर का विवाह हो जाने पर रांझा जोगी का रूप बनाकर उसे ढूंढ़ने जाता है। बुल्लेशाह को रांझा का जोगी-रूप विशेष रूप से प्रिय है। उसके कानों में पड़ी बालियां और गले की माला उसकी लोक-संस्कृति की निशानियां हैं। इस जोगी की जोगिन बनना और उसकी सेवा में अपने-आप को समर्पित कर देना ही बुल्लेशाह का परम ध्येय था। उनका कथन है :

रांझा जोगीड़ा बन आया।

वाह सांगी सांग रचाया॥

इस जोगी दी की निशानी,

कन्न विच मुन्दरां गल विच गानी

सूरत उस दी यूसफ़ सानी

उस अलफ़ों अहद बणाया नी।

रांझा जोगी ते मैं जुगियानी,

उसदी खातर भरसां पानी,

एवं पिछली उमर विहाणी

उस हुण मैनूं बरमाया नी।

(रांझा जोगी का रूप बनाकर आया है। उसका क्या अनुपम रूप है! वह जोग का रूप बनाकर आया है!

इस जोगी की निशानी क्या है? इसके कानों में मुद्रिकाएं पड़ी हैं, और गले में माला है। उसका रूप ऐसा है, मानो वह

اک رانجھا مینوں لوڑی دا

آپ چھڑ جاندا نال مجھیں دے

سانوں کیوں بیلیوں ہوڑی دا

ہیر کی شادی ہو جانے پر رانجھا جوگی بن کر اسے ڈھونڈنے لگتا ہے۔ بلے شاہ کو رانجھے کا جوگی بن جانا خاص طور سے پسند ہے اس کے کانوں میں پڑی بالیاں اور گلے کا ہار اس کی تہذیب کی خاص نشانی ہے۔ اس جوگی کی جوگن بننا اس کی خدمت کے لئے اپنے کو وقف کر دینا ہی بلے شاہ کا اصل مقصد تھا۔ انکا کہنا ہے:

رانجھا جوگیڑا بن آیا

واہ سانگی سانگ رچایا

اس جوگی دی کی نشانی

کن وچ مندراں گل وچ گانی

سورت اس دی یوسف ثانی

اس الفوں احد بنایانی

رانجھا جوگی تے میں جُگیانی

اُس دی خاطر بھرساں پانی

اے وے پچھلی عمر وہانی

اُس ہُن مینوں برمایانی

رانجھا جوگی کا بھیس بنا کر آیا ہے واہ کیا خوب خود کو سنوارا ہے

اس جوگی کی نشانی کیا ہے اس کے کانوں میں کنڈل پڑے ہیں اور

दूसरा यूसुफ़ हो। उसने अलिफ़ को अहद बना दिया है। रांझा जोगी है और मैं उसकी जोगिन हूं, मैं उसकी पनिहारन बन जाऊंगी, उसकी ख़ातिर पानी भर-भरकर लाऊंगी। पहले की आयु तो व्यर्थ ही बीत गई, लेकिन अब उसने मुझे पूरी तरह अपने वश में कर लिया है।)

पंजाब की लोक-संस्कृति में चर्खे का विशेष स्थान है। उस ज़माने में अविवाहित लड़कियां मिलकर चर्खा काता करती थीं। सामूहिक रूप से चर्खा कातने वाली लड़कियों की टोली को 'त्रिंजण' कहा जाता था। चर्खा कातने से जो सूत तैयार होता था, उससे कातने वाली लड़की का दहेज तैयार किया जाता था। इस दहेज के कारण वे ससुराल में सम्मान प्राप्त करती थीं। बुल्लेशाह ने चर्खे को अपनी रचनाओं में प्रमुख प्रतीक के रूप में प्रयोग किया है। उनके अनुसार यह संसार 'त्रिंजण' है, जिसमें लोग एक-दूसरे के सहयोग से 'पुण्य' कमाते हैं। ससुराल परलोक है। उस परलोक में वे पुण्य काम आते हैं, जो व्यक्ति इस लोक में कमाता है। इस विषय में बुल्लेशाह की रचना है :

कत्त कुड़े ना वत्त करे

जे पूणी-पूणी कत्तेंगी
तां नंगी मूल न वत्तेंगी

जे दाज-विहूणी जावेंगी
तां किसे भली न भावेंगी
ओत्थे शौह नूं किवें रीझावेंगी
कुझ लै फकरां दी मत्त कुड़े।

گلے میں ہار ہے۔ وہ شکل وصورت میں یوسف ثانی ہے۔ اسنے الف کو احد بنادیا ہے۔ رانجھا جوگی ہے اور میں اس کی جوگن ہوں میں اس کی پانی بھرنے والی ہو جاؤں گی اس کی خاطر پانی بھر بھر کر لاؤں گی۔ پہلے کی زندگی تو بیکار ہی بیت گئی لیکن اب اس نے مجھے پوری طرح اپنے بس میں کرلیا ہے۔

پنجاب کی تہذیب میں چرخہ کی خاص اہمیت ہے۔ اس زمانے میں غیر شادی شدہ لڑکیاں مل کر چرخہ کاتا کرتی تھیں۔ مل جل کر چرخہ کاتنے والی لڑکیوں کی جماعت کو ترنجن کہا جاتا تھا۔ چرخہ کاتنے سے جو سوت تیار ہوتا تھا اس سے کاتنے والی لڑکی کا جہیز تیار کیا جاتا تھا۔ اس چیز کی وجہ سے لڑکیوں کو سسرال میں عزت ملا کرتی تھی بلے شاہ نے اپنے نظموں میں چرخہ کو بطور علامت استعمال کیا ہے۔ ان کا کہنا ہے کہ یہ دنیا ترنجن ہے۔ جس میں لوگ ایک دوسرے کی مدد سے ثواب کماتے ہیں۔ سسرال ایک دوسری دنیا ہے اس دنیا میں وہ چیزیں اور نیکیاں کام آتی ہیں جو انسان اس دنیا میں کماتا ہے۔ اس کے لئے بلے شاہ کی نظم ہے:۔

کت کڑے ناوت کرے

جے پونی پونی کتیں گی
تاننگی مول نہ وتیں گی

جے داج۔ وہونی جاویں گی
تاں کسے بھلی نہ بھاویں گی

اوتھے شوہنو کویں رچھاویں گی
کجھ لے فکراں دی مت کڑے

(अरी कुछ कात ले, ख़ाली बातें ही मत करती रह।

यदि एक-एक पूनी कातोगी, तो तुझे ससुराल में नंगी नहीं जाना पड़ेगा।

यदि तुम दहेज के बिना ही वहां जाओगी, तो ससुराल में किसी को भली न लगोगी। ऐसी अवस्था में अपने पति को प्रसन्न कैसे करोगी? अरे फ़क़ीरों से कुछ तो सीख ले लो।

सूफ़ी फ़क़ीर अनुभवी सिद्ध लोग थे। थोथे धर्म से उन्हें वितृष्णा थी! लोक-संस्कृति मुख्यतः बोल-संस्कृति है। इल्म, ज्ञान, पोथी, ग्रन्थ के लिए लोकसंस्कृति में कोई महत्त्वपूर्ण स्थान नहीं है। सन्त कबीर ने अपने युग के पंडित से कहा : तू तो पोथी में लिखी बातें कहता है, किन्तु मैं जो कहता हूं, वह अनुभव की कसौटी पर कसी स्वानुभूत बात कहता हूं (तू कहता पोथी की लेखी। मैं कहता आंखन की देखी)। गुरु नानक ने भी कहा है कि भले ही सारी उम्र पढ़ते रहो, भले ही अपने सभी श्वास पढ़ाई में लगा दो, लेकिन सार्थक बात तो एक ही है - हरि का स्मरण, शेष सब अहंकार है, सिर-खपाई है :

पडीए जेती आरजा पडीए जेते सास

नानक लेखे इक गल होर हडनै झरवणा झाख

वुल्लेशाह ने भी अपने अनुभव पर बहुत बल दिया। वे सिर्फ़ पोथियों के ज्ञाता विद्वानों की भर्त्सना करते रहे। वे कभी कहते कि 'इक अलिफ़ पढ़ो छुटकारा है' ('अल्लाह' शब्द का प्रथम अक्षर 'अलिफ़' पढ़ लो, इसी में मुक्ति है) तो कभी कहते : 'पोथियां पढ़ना बन्द करो, यार; तुम्हें तो एक अलिफ़ अक्षर की ही ज़रूरत है।' (इलमों बस करीं ओ यार, इक्को अलफ़ तेरे दरकार।) उनका दृढ़ मत था कि अन्तर्जातीय अथवा सम्प्रदायों के बीच होने वाली कलह का मुख्य कारण या तो पंडित लोग हैं या उनकी पोथियां :

اری کچھ کات لے خالی باتیں ہی نہ کرتی رہو۔

اگر ایک ایک پونی کا تو گی تو تمہیں سسرال میں خالی ہاتھ نہیں جانا پڑیگا۔اگر تم جہیز کے بغیر وہاں جاؤ گی تو سسرال میں کسی کو اچھی نہیں لگو گی ۔ایسی حالت میں اپنے شوہر کو کیسے خوش رکھوگی ۔ارے فقیروں سے کچھ تو سیکھ لو۔

صوفی فقیر تجربہ کار لوگ تھے۔اوچھے مذہب سے انہیں نفرت تھی ۔وہاں کی تہذیب میں خاص طور سے ''بول'' تہذیب میں علم ،عرفان ،مذہبی لٹریچر کی کوئی خاص اہمیت نہیں ہے ۔صوفی کبیر نے اپنے دور کے پنڈت سے کہا۔تو تو پوتھی (مذہبی کتاب) میں لکھی باتیں کہتا ہے۔لیکن میں جو کہتا ہوں وہ تجربہ شدہ بات کہتا ہوں ۔''(تو کہتا پوتھی کی لیکھی ۔میں کہتا آنکھن کی دیکھی)'' گرو نانک نے بھی کہا ہے بھلے ہی عمر بھر پڑھتے رہو۔بھلے ہی اپنی ساری زندگی پڑھائی میں صرف کردو لیکن کامیاب بات تو ایک ہی ہے صرف خدا کی یاد اور سب چیزیں تو دھوکہ ہیں۔

''پڑی اے جیتی آرجا پڑی اے جیتے ساس
نانک لیکھے اک گل ہور ہڈنے جھرونا جھاک''

بلے شاہ نے اپنے تجربہ پر بہت زور دیا ہے ۔وہ صرف پوتھیوں کو جاننے والے عالموں پر تنقید کرتے ہیں وہ کبھی کہتے ہیں کہ ایک الف پڑھو چھٹکارا ہے ۔(اللہ لفظ کا پہلا حرف الف پڑھ لو اسی سے نجات ہے ۔تو کبھی کہتے ہیں پوتھیاں پڑھنا بند کرو تمہیں تو صرف ایک الف کی ہی ضرورت ہے ۔(علموں بس کریں او یار ،اِکو الف تیرے درکار)ان کا یقین تھا کہ ذات برادری کے بیچ ہونے والے تناؤ کی اصل وجہ یا تو پنڈت ہیں یا ان کی پوتھیاں۔

होर न सबमें गल्लड़िया
अल्ला अल्ला दी गल्ल,
कुझ रौला पाया आलमां
कुझ कागजां पाया भल्ल

(और सारी बातें तो नगण्य हैं, महत्त्वपूर्ण बात तो बस भगवान की बात ही है। कुछ शोर तो ये विद्वान कर रहे हैं और कुछ पागलपन इन काग़ज़ों (पोथियों के पन्नों) ने पैदा किया हुआ है।)

बुल्लेशाह को पोथियों की तुलना में अपना गुरु, अपना मुर्शिद अथवा अनुभवी पुरुष विशेष प्रिय था। वे लोकमार्ग को ही खुदा तक पहुंचने की एकमात्र राह मानते थे।

लोक-संस्कृति मूलतः अद्वैतवादी संस्कृति है, जिसमें एक मालिक ही आराधना योग्य है। बुल्लेशाह सर्वधर्मसमभाव में विश्वास करते हुए मानवीय एकता के पक्षधर थे। उन्होंने अपनी रचनाओं में स्पष्ट कहा है कि 'मैं न हिन्दू हूं, न मुसलमान, न मोमिन, न काफ़िर। मैं सुन्नी भी नहीं और शिया भी नहीं। मैंने सुलहकुल का मार्ग अपना लिया है। वे मन्दिर अथवा मस्जिद में जाने की बजाय लोगों के बीच रहना पसन्द करते थे। धर्म संगठित होकर जब सम्प्रदाय का रूप ले लेता है, तो उसके उस स्वरूप से उन्हें घृणा थी :

धरमसाल धड़वाई बसदे, ठाकर द्वारे ठग्ग
विच मसीते रहंणा कुसीले आशिक़ रहण अलग्ग।

(धर्मशाला में धड़वाई (तोलने वाले दुकानदार) रहते हैं और ठाकुर- द्वारों में लुटेरे बसे हुए हैं। मस्जिदों में वे बसते हैं, जो वहां रहने के बिल्कुल भी योग्य नहीं हैं। भगवान के प्रेमी तो इन सबसे अलग ही रहते हैं।)

ہور نہ سب میں گلڑیاں

اللہ اللہ دی گل

کچھ رولا پایا عالماں

کچھ کاغذاں پایا بھل

(اور سب باتیں تو بیکار ہیں خاص بات تو بس خدا کی بات ہے کچھ شور تو یہ عالم کر رہے ہیں اور کچھ پاگل پن ان کاغذوں نے پیدا کیا ہوا ہے)

بلے شاہ کو پوتھیوں کی بنسبت اپنا مرشد یا تجربہ کار آدمی خاص طور سے پسند تھا۔ وہ دنیوی راستے کو ہی خدا تک پہونچنے کا واحد ذریعہ مانتے تھے۔

پنجابی تہذیب مکمل طور پر توحید پرست تھی۔جس میں ایک مالک پرستش کے لائق سمجھا جاتا ہے۔ بلے شاہ سبھی مذاہب کو یکساں مانتے ہوئے انسانی اتحاد کے حامی تھے۔ انہوں نے اپنی تحریروں میں صاف کہا ہے کہ میں نہ ہندو ہوں نہ مسلمان، میں نہ مومن ہوں نہ کافر، سنی بھی نہیں شیعہ بھی نہیں۔ میں نے صلح کا راستہ اپنا لیا ہے۔ وہ مندر اور مسجد میں جانے کے بجائے لوگوں کے درمیان رہنا پسند کرتے تھے۔ مذہب جب ایک ہو کر فرقہ پرستی کی صورت اختیار کر لیتا ہے، اس سے انہیں بڑی نفرت تھی دھرم سال دھڑوائی بسا لے ٹھاکر دوارے لے ٹھگ۔ وچ مسیتے رھن نا کسیلے عاشق رہن الگ۔

(دھرم شالہ میں دوکاندار دھڑوائی رہتے ہیں اور ٹھاکر دواروں میں لٹیرے بسے ہوئے ہیں۔ مسجدوں میں وہ بستے ہیں جو وہاں رہنے کے بالکل قابل نہیں ہیں۔ خدا کو ماننے والے تو ان سب سے الگ رہتے ہیں)

पाखंड का विरोध

तत्कालीन सन्तों और गुरुओं के समान सूफ़ी फ़क़ीर बुल्लेशाह भी धार्मिक पाखंड के सख्त विरोधी थे। धर्म के नाम पर लोगों पर अत्याचार करने वालों, झूठी कसमें खाने वालों, दिखावे के लिए तौबा करने वालों के वे घोर विरोधी थे। इस विरोध को उन्होंने कड़े शब्दों में अभिव्यक्त भी किया। सूदखोरी को वे इस्लामविरोधी मानते थे। उन्होंने स्पष्ट शब्दों में कहा कि सूदखोर मुसलमान नहीं हो सकता। पाखंडियों और अत्याचारियों के लिए न तो इहलोक में सुख है, न परलोक में। बुल्लेशाह उन गिने-चुने खुदापरस्तों में से थे, जो निर्भय होकर सामाजिक कुकृत्यों का खंडन करते थे। इस सम्बन्ध में उनकी एक काफ़ी द्रष्टव्य है, जिसमें उनकी वाणी ओजमयी हो उठी है :

तौबा मत कर कैसी तौबा है?
नित पढ़ना ऐं इसतगफार। कैसी तौबा है एह यार।

मूहों तौबा दिलों न करदा
इस तौबा दी तरक न करदा
किस ग़फ़लत ने पाइओ परदा
तैनूं बनौ क्यों गफ़्फ़ार।
सावीं दे के लवें सवाई
डिओढ़ियां तक बाज़ी लाई
मुसलमानी ओह कित्थों आई
जिसदा होवे इह शिकार।

(तौबा मत कर प्यारे, ऐसी तौबा से क्या लाभ? मुंह से तो तुम प्रतिदिन

بہروپ کی مخالفت

اس زمانے کے صوفی اور عابدوں کی طرح صوفی فقیر بلّے شاہ بھی بہروپ کے خلاف تھے۔ مذہب کے نام پر لوگوں پر ظلم کرنے والوں، جھوٹی قسمیں کھانے والوں اور دکھاوے کی توبہ کرنے والوں کے بہت سخت مخالف تھے۔ اس مخالفت کو انھوں نے بڑے سخت الفاظ میں ظاہر کیا۔ سود خوری کو وہ اسلام کے مخالف مانتے تھے۔ انہوں نے صاف لفظوں میں کہا ہے کہ سود خور مسلمان نہیں ہو سکتا۔ بہروپیوں اور ظالموں کے لئے نہ تو اس دنیا میں آرام ہے اور نہ آخرت میں۔ بلّے شاہ ان گنے چنے خدا پرستوں میں سے تھے جو نڈر ہو کر معاشرے کی برائیوں کو ختم کرتے تھے۔ اس سلسلے میں ان کی ایک رباعی ہے جس سے ان کی زبان میں بڑی کشش پیدا ہو گئی ہے۔

توبہ مت کر یار کیسی توبہ ہے؟
نت پڑھنا ایں استغفار۔ کیسی توبہ ہے ایہہ یار
جونہوں توبہ دلوں نہ کردا
اس توبہ دی ترک نہ کردا
کس غفلت نے پائیو پردا
تینوں بخشے کیوں غفار
ساویں دے کے لویں سوائی
ڈِاوڈھیاں تک بازی لائی
مسلمانی اوہ کتھوں آئی
جس دا ہووے ایہہ شکار

(توبہ مت کر پیارے ایسی توبہ سے کیا فائدہ منہ سے تم روز بار بار استغفار کرتے ہو اس سے

बार-बार कहते हो 'इसतग़फ़ार' (तौबा, क्षमा), इससे क्या होगा?

मुंह से तो तौबा करते हो, मगर दिल से नहीं करते। बार-बार तौबा करने पर भी त्याज्य को त्यागते नहीं। तुम्हारे मन पर किस लापरवाही का परदा पड़ा हुआ है? भला क्षमाशील भगवान तुम्हें क्यों क्षमा करें? जो बराबर देकर उसके बदले में सवाया प्राप्त करता है और ड्योढ़ा वसूल करने पर जिसकी नज़र है, जिसका चलन ऐसा हो, उसे सच्चे मुसलमान का जीवन कैसे प्राप्त हो सकता है?)

खुदापरस्ती में विनम्रता और दोस्ती में बेबाकी - ये दोनों विशेषताएं बुल्लेशाह के कलाम में समानान्तर चलती हैं।

'हाल' की अवस्था का 'इश्क'

बुल्लेशाह के कलाम की एक विशेषता है - उन्माद की दशा तक पहुंचा हुआ 'इश्क'। यों तो सभी सूफ़ी सन्त खुदा के आशिक हैं। मगर बुल्लेशाह 'हाल' की अवस्था में पहुंच चुके थे। वह नाचता है बेखुदी के आलम में और गाता है तो अपने-आप को भूलकर। जिन्होंने शाह इनायत के मज़ार की जियारत की है, वे जानते हैं कि वहां जायरीन कैसे उन्मत्त भाव से नाचते हैं, गाते हैं। अपने-आप से बेगाना होकर, बुल्लेशाह सदैव आत्म-विस्मृति की अवस्था में रहते थे। यदि आत्मा का मिलन भगवान से हो जाए, तो आत्मानुभूति सम्भव है। भगवान से बिछड़े रहने की चेतना तीव्र आत्म-विस्मृति की अवस्था में पहुंचाती है। बुल्लेशाह की रचना में खुदा के बिछोह की तीव्रतम अनुभूति देखने को मिलती है। वे कहते हैं कि संसार स्वप्न है और जीवन एक लम्बा बिछोह। माया के पदार्थ चोर-डाकू हैं, जो प्रतिदिन उसका आत्म-धन लूटते हैं :

کیا ہوگا۔

منہ سے توبہ کرتے ہو مگر دل سے نہیں کرتے۔ بار بار توبہ کرنے پر بھی چھوڑنے والی چیز کو نہیں چھوڑتے۔ تمہارے دل پر کسی لاپرواہی کا پردہ پڑا ہوا ہے معافی دینے والا خدا تمہیں کیوں معاف کرے۔

جو برابر دے کر اس کے بدلے میں سوایا حاصل کرتا ہے اور ڈیڑھ گنا وصول کرنے پر اس کی نگاہ رہتی ہے، جس کا نظریہ ایسا ہو تو اسے سچے مسلمان کا مقام کیسے حاصل ہو سکتا ہے۔)

خدا پرستی میں رحم دلی اور دوستی میں بے باکی، یہ دونوں خاصتیں بلے شاہ کے کلام میں برابر ملتی ہیں۔

عشق میں وجد کی کیفیت

بلے شاہ کے کلام کی ایک خاصیت یہ ہے کہ پاگل پن کی حد تک پہنچا ہوا 'عشق'۔ یوں تو سبھی صوفی خدا کے عاشق ہوتے ہیں۔ مگر بلے شاہ وجد کی حالت میں پہونچ چکے تھے۔ بلے شاہ بے خودی کی حالت میں ناچتا ہے، اور خود فراموشی کی حالت میں گاتا ہے۔

جنہوں نے شاہ عنایت کے مزار کی زیارت کی ہے، وہ جانتے ہیں کہ وہاں زائرین اپنے آپ سے بے گانہ ہو کر کیسے پاگل پن سے ناچتے ہیں گاتے ہیں۔ بلے شاہ ہمیشہ بے خودی کی حالت میں رہتے تھے۔ اگر روح کا وصال خدا سے ہو جائے تو اپنی پہچان ممکن ہے۔ خدا سے بچھڑے رہنے کی کیفیت خود فرموشی کی حالت میں پہنچادیتی ہے بلے شاہ کی تحریر میں خدا کے وجود کا احساس ہوتا ہے وہ کہتے ہیں کہ دنیا خواب ہے اور زندگی ایک لمبا بستر۔ فریب کاری کا مظہر چور ڈاکو ہیں۔ جو روز اس کا پیسہ لوٹتے ہیں۔

अन्दर ख्वाब विछोड़ा होया
ख़बर न पैंदी तेरी
सुज्जी बन विच लुट्टी साइयां
चोर-शंग ने घेरी

(स्वप्न में हम एक-दूसरे से बिछुड़ गए हैं, अब पता ही नहीं चलता कि तुम कहां हो। मेरे स्वामी, मैं वन में अकेली हूं और लुट रही हूं। चोरोंडाकुओं ने मुझे घेर रखा है।)

सूफ़ी सन्त परम्परा

समूचा सूफ़ी-साहित्य 'इश्क' को समर्पित है। पंजाबी सूफ़ी परम्परा में पहले कवि हैं शैख़ फ़रीद। उन्होंने उत्कट 'इश्क' की अभिव्यक्ति यों की :

अज न सुत्ती कंत सिउ अंग मुड़े मुड़ि जाइ।
जाइ पुछहु डोहागणी तुम किउ रैणि विहाइ।

(मैं आज अपने कन्त के साथ नहीं सोई। मेरे अंग मुड़-मुड़ जा रहे हैं। जाकर किसी दुहागिन से पूछो कि तुम्हारी रांत कैसे कटती है।)

फ़रीदा गलीए चिकड़ि दूरि घरा नालि पिआरे नेहु।
चला त भिज्जै कंबली रहां त तुट्टे नेहु॥

(वर्षा हो रही है, गली में कीचड़ है और प्रिय का घर दूर है, किन्तु मुझे अपने प्रिय से प्रेम है। चलूं तो मेरा कम्बल भीगता है और अगर न चलूं, तो मेरा प्रेम टूटा जाता है।)

اندر خواب بچھوڑا ہویا

خبر نہ پیندی تیری

تُجّی بن وچ لُٹّی سائیاں

چور شنگ نے گھیری

(خواب میں ایک دوسرے سے بچھڑ گئے ہیں، اب پتہ نہیں چلتا کہ تم کہاں ہو، میرے مالک میں جنگل میں اکیلی ہوں۔ اور لُٹ رہی ہوں۔ چور اور ڈاکوؤں نے مجھے گھیر رکھا ہے۔)

صوفیانہ روایت

پورا صوفی لٹریچر عشق سے بھرا ہوا ہے، پنجابی صوفی روایت میں پہلے شاعر شیخ فرید ہیں۔ انہوں نے بے انتہا عشق کو اس طرح ظاہر کیا ہے۔

اَج نہ سُتّی کنت سی اُوانگ موڑے مُڑی جائی

جائی پُچھ ہوڈوہاگنی تم کیو رینی ویھائی

(میں آج اپنے کنت کے ساتھ نہیں سوئی میرا جسم اینٹھ رہا ہے جا کر کسی نئی نویلی دلہن سے پوچھو کہ تمہاری رات کیسے کٹتی ہے۔)

فریدہ گلئے چکڑی دوری گھر انالی پیارے نیھو

چلاتہ بھجے کنبلی رہاں تہ تٹے نیھو۔

(بارش ہورہی ہے گلی میں کیچڑ ہے۔ میرے پیارے کا گھر دور ہے لیکن مجھے اس سے محبت ہے۔ چلوں تو میرا کمبل بھیگتا ہے۔ اگر نہ چلوں تو میری محبت ٹوٹ جاتی ہے۔)

फ़रीद के बाद पंजाब के सूफ़ी कवि शाह हुसैन बहुत प्रसिद्ध हुए हैं। उन्होंने भी प्रेमी की विरहावस्था का बहुत सटीक वर्णन किया है। वे कहते हैं :

सजण बिन राता होइआं वड्डियां

मास झड़े, झड़ पिंजर होया

खड़कण लगियां हड्डियां

अश्क छपायां छपदा नाहीं

बिरहों तणावां गड्डियां

कहै फ़क़ीर हुसैन साईं दा

कमली कर-कर छड्डियां

(प्रिय के बिना रातें बहुत ही लम्बी हो गई हैं। शरीर का सारा मांस झड़ गया है और काया अस्थि-पंजरमात्र रह गई है। आंसू भी छुपाए से छुपते नहीं, अविरल बहते रहते हैं, विरह ने तनावें कस रखी हैं। अल्लाह का फ़क़ीर शाह हुसैन कहता है कि इश्क ने तो हमें अपना दीवाना बनाकर छोड़ दिया है।)

इन्हीं आशिक़ फ़क़ीरों के पदचिन्हों पर चलते हुए बुल्लेशाह ने इश्क के उन्मादी स्वरूप का वर्णन किया है। इश्क के इस पड़ाव पर पहुंचा फ़क़ीर पूर्ण रूप से अद्वैती होता है। उसे ईश्वर के अतिरिक्त कुछ दिखाई ही नहीं देता। बुल्लेशाह भी ईश्वर-प्रेम के इसी पड़ाव पर पहुंचा हुआ फ़क़ीर है। उसके लिए ईश्वर और अनीश्वर के बीच अन्तर मिट गया है। वहदत, एकता, अद्वैत उसके जीवन और रचना का परम मूल्य है। कुछेक उदाहरणों से यह बात स्पष्ट हो सकेगी :

सब इक्को रंग कपाई दा

रूड़ी उत्ते गद्दों चारे

ओह भी वागी गाई दा।

فرید کے بعد پنجاب کے صوفی شاعر شاہ حسین بہت مشہور ہوئے ہیں۔انہوں نے بھی اپنے پیارے سے بچھڑنے کی کیفیت کو بڑی اچھی طرح بیان کیا ہے۔وہ کہتے ہیں:

سجن بن راتاں ہوئیاں وڈیاں
ماس جھڑے، جھڑ پنجر ہویا
کھڑکن لگی آں ہڈی یاں
عشق چھپایاں چھپدا ناہی
برھوں تناداں گڈی یاں
کہے فقیر حسین سائیں دا
کملی کر کر چھڈی یاں

(اپنے پیارے کے بغیر راتیں بہت لمبی ہو گئی ہیں اور جسم کا سارا گوشت جھڑ گیا ہے۔جسم محض ہڈیاں بن کر رہ گیا ہے۔آنسو بھی چھپائے نہیں چھپتے مستقل رواں رہتے ہیں۔دوری نے طنابیں کس رکھی ہیں، اللہ کا فقیر 'شاہ حسین' کہتا ہے کہ عشق نے تو ہمیں اپنا دیوانہ بنا کر چھوڑ دیا ہے۔)

انہی عاشق فقیروں کے نقش قدم پہ چلتے ہوئے بلے شاہ نے عشق کی دیوانگی کا اظہار کیا ہے۔عشق کی اس منزل پر پہنچا ہوا فقیر پوری طرح خدا کا ہو گیا ہے۔اُسے خدا کے سوا کوئی نظر نہیں آتا، بلے شاہ بھی خدا کی محبت کی اسی منزل پر پہنچا ہوا فقیر ہے۔اس کے خدا اور نا خدا کے بیچ فرق مٹ گیا ہے، وحدت، اتحاد، اس کی زندگی کا حصہ ہیں۔کچھ مثالوں سے یہ بات واضح ہو پائے گی:۔

سب اکو رنگ کپائی دا
رُوڑی اُتے گدّوں چارے
اوہ بھی وا گی گائی دا۔

(सभी रंगों के वस्त्र उस कपास से ही बनते हैं। हर रंग का वस्त्र मूलतः कपास का ही है।

गन्दगी के ढेर पर जो गधे चरा रहा है, वह भी गौ चराने वाले से भिन्न नहीं है, दोनों ही उस परमात्मा के बन्दे हैं।)

कहुं बैर पड़ा कहुं बेली है
कहुं मजनूं है कहुं लेली है।
कहं आप गरु कहं चेली है
आप आपका पन्थ बताया है।

(स्वयं प्रभु कहीं बैर करता है और कहीं स्वयं मित्र है। कभी वह मजनूं नज़र आता है, तो कभी लैला। वही स्वयं गुरु है और शिष्य भी है। वह स्वयं अपने-आप को अपने ही पन्थ का परिचय देता है। अर्थात सारा उसी का पसारा है।)

वहदत के इस अनुभव का ही कमाल है कि कभी-कभी पता नहीं चलता कि बुल्लेशाह ईश्वर के प्रति अपना प्रेम निवेदित कर रहे हैं अथवा किसी मानव के प्रति। सूफ़ी लोग इश्के-मज़ाज़ी (इहलौकिक प्रेम) और इश्के-हक़ीक़ी (पारलौकिक प्रेम) की विभाजक रेखाएं पार कर जाते हैं। इस सन्दर्भ में प्रसिद्ध सूफ़ी शायर 'इर्बन अरबी' का स्मरण हो आता है। वह अपनी प्रेमिका 'शम्सी' के प्रेम में आसक्त होकर रचनाएं करता और उसकी व्याख्या यों कर देता जैसे वे ईश्वर के प्रति निवेदित हैं। कभी-कभी ईश्वर और मानव से परे सूफ़ी लोग शुद्ध सौन्दर्य-लोक में प्रवेश कर जाते हैं। प्रेम की पराकोटि के ऐसे दृश्य बुल्लेशाह की कविता में भी मिलते हैं :

अद्धी रात लटकदे तारे
इक लटके इक लटकणहारे
मैं उठ आई नदी किनारे
पार लंघण नूं खली आं।

(سبھی رنگوں کے کپڑے اس کپاس سے بنتے ہیں۔ ہر رنگ کا کپڑا کپاس سے بنا ہوا ہے۔ گندگی کے ڈھیر پر جو گدھا چرا رہا ہے۔ وہ بھی گائے چرانے والے سے مختلف نہیں ہے۔ دونوں ہی اس خدا کے بندے ہیں۔)

کہوں بیر بڑا کہوں بیلی ہے کہوں مجنوں ہے کہوں لیلی ہے
کہوں آپ گرو کہوں چیلی ہے آپ آپ کا پنتھ بتایا ہے

(خدا خود سے کہیں دشمنی کرتا ہے اور کہیں دوستی، کبھی وہ مجنوں نظر آتا ہے تو کبھی لیلیٰ۔ وہ استاد بھی ہے اور شاگرد بھی، وہ خود اپنے آپ کو اپنے راستے کی پہچان کراتا ہے۔ یعنی سب کچھ اسی کا ہے۔)

وحدت کے اس تجربہ کا ہی کمال ہے کہ کبھی کبھی پتہ ہی نہیں چلتا کہ بلے شاہ خدا سے اپنی محبت کا ذکر کر رہے ہیں یا کسی آدمی سے۔ صوفی حضرات عشق مجازی اور عشق حقیقی میں فرق کرنے والی حد کو پار کر جاتے ہیں۔ اس معاملے میں مشہور شاعر ابن عربی کی یاد آجاتی ہے۔ جو اپنی معشوقہ شمسی کی محبت میں ڈوب کر شاعری کرتا ہے اور اسکی تشریح اس طرح کر دیتا ہے جیسے وہ خدا کے لئے وقف ہو۔ کبھی کبھی خدا اور آدمی سے دور صوفی لوگ حسن و رنگ کی دنیا میں داخل ہو جاتے ہیں۔ محبت کی ایسی کیفیت بلے شاہ کی شاعری میں بھی ملتی ہے۔

ادھی رات لٹک دے تارے
اِک لٹکے اِک لٹکن ہارے
میں اُٹھ آئی ندی کنارے
پار لنگھن نُو کھلی آں۔

(आधी रात का समय है। तारे लटक रहे हैं। कुछेक लटक चुके, कुछेक लटकने शेष हैं। मैं उठकर नदी किनारे आ गई हूं और मैं नदी के पार जाने की प्रतीक्षा में खड़ी हूं।)

आज़िज़ी अथवा विनम्रता बुल्लेशाह के इश्क का मुख्य आधार लक्षण है। वे अपनी वाणी में जितने बेबाक अथवा निर्भय हैं, उतने ही विनम्र भी। कभीकभी वे अपने-आप को कुत्तों से भी हीन समझते हैं और कभी भंगिन बनकर अपने प्रिय का दरबार बुहारना चाहते हैं। उनका सोचना है कि कभी चूल्हा बनकर तपना चाहिए, ताकि फ़क़ीरों के लिए भोजन पकाया जा सके। कभी उनके मन में निकृष्ट पत्थर बन जाने की इच्छा जाग उठती है, ताकि लोग उस पर अपने पांव रगड़कर उन्हें साफ़ कर सकें। प्रामाणिक इश्क की पहचान, अहं का विनाश है। बुल्लेशाह अहं-भरी दुनिया को देखकर दुखी भी हैं और उस पर उन्हें हंसी भी आती है। वे संसार की वस्तु को मिट्टी समझते हैं। वे इस संसार के कलह-क्लेश को मिट्टी की मिट्टी से लड़ाई के रूप में देखते हैं और सावधान करते हैं कि जो कुछ संसार में दिखाई दे रहा है, वह चार दिनों की मिट्टी का गुलज़ार है :

वाह वाह माटी दी गुलज़ार।
माटी घोड़ा, माटी जोड़ा, माटी दा असवार।
माटी माटी नूं दौड़ावै, माटी दे खड़कार।
माटी माटी नूं मारन लागी, माटी दे हथियार।
जिस माटी पर बहुती माटी, सो माटी हंकार।
माटी माटी नूं देखन आई, माटी दी ए बहार।
हस्स खेड़ फिर माटी होवे, पौंदी पांउ पसार।

बुल्लेशाह ने जो कुछ भी लिखा अथवा कहा, 'इश्क' के ऊंचे मुकाम पर पहुंचकर कहा। सूफ़ी फ़क़ीरों में 'इश्क' की महिमा सर्वोपरि है। यदि मनुष्य

(آدھی رات کا وقت ہے ستارے چمک رہے ہیں۔ کچھ چمک چکے، کچھ چمکنے باقی ہیں میں اٹھ کر ندی کنارے آ گئی ہوں اور میں ندی کے پار جانے کی انتظار میں کھڑی ہوں۔)

عاجزی اور انکساری بلے شاہ کے عشق کی بنیاد ہے۔ وہ اپنی زبان میں جتنے بے باک اور نڈر ہیں اتنے ہی نرم دل بھی۔ کبھی کبھی وہ اپنے آپ کو کتے سے کمتر سمجھتے ہیں۔ کبھی مہترانی بن کر اپنے عاشق کے دربار کو صاف کرنا چاہتے ہیں۔ ان کا ماننا ہے کبھی چولھا بن کر تپنا چاہیے تاکہ فقیروں کے لئے کھانا بنایا جا سکے، کبھی ان کے دل میں کمتر پتھر بن جانے کی خواہش جاگ اٹھتی ہے تاکہ لوگ اس پر اپنے پاؤں رگڑ کر انہیں صاف کر سکیں، مصدقہ عشق کی پہچان انانیت کا خاتمہ ہے۔ بلے شاہ انا بھری دنیا کو دیکھ کر غمگین بھی ہیں اور اس پر انہیں ہنسی بھی آتی ہے۔ وہ دنیا کی چیزوں کو مٹی سمجھتے ہیں وہ اس دنیا کے جھگڑوں کو مٹی کی مٹی سے لڑائی کی صورت میں دیکھتے ہیں اور ہوشیار کرتے ہیں کہ جو کچھ دنیا میں دکھائی دے رہا ہے وہ چار دنوں کی مٹی کا گلزار ہے۔

واہ واہ ماٹی دی گلزار

ماٹی گھوڑا، ماٹی جوڑا، ماٹی دا اسوار

ماٹی ماٹی نُو دوڑانویں ماٹی دے کھڑکار

ماٹی ماٹی نو مارن لاگی، ماٹی دے ہتھیار

جس ماٹی پر بہتی ماٹی، سو ماٹی ہنکار

ماٹی ماٹی نو دیکھن آئی ماٹی دی اے بہار

ہنس کھیڈ پھر ماٹی ہووے پوندیں پاؤں پسار

بلے شاہ نے جو کچھ بھی لکھا یا کہا ہے وہ عشق کے بلند مقام پر پہونچ کر کہا ہے، صوفی فقیروں میں عشق کا درجہ سب سے بلند ہے، اگر آدمی سبھی چیزوں میں سب سے بہتر ہے یعنی اشرف الخلو

समस्त जीव-सृष्टि में शिरोमणि है अथवा 'अश्रफुल मखलूकात' है, तो मानवजीवन की चरम उपलब्धि 'इश्क' है। सूफ़ी क़िस्सा लेखक मुहम्मद बख़्श का कहना है कि मानव देह पाकर भी जिन लोगों ने इश्क का व्यापार नहीं किया, उनका जन्म और जीवन व्यर्थ है, उनका अस्तित्व कुत्तों के होने से बेहतर नहीं :

जिन्हा 'इश्क' खरीद न कीत्ता
ऐवें आए विगुत्ते
इश्के बाझों फरक न कोई
क्या आदम क्या कुत्ते ॥

भाषा

तसव्वुफ़ भाषा से परे है। इस मकाम पर पहुंचकर मनुष्य ख़ामोश हो जाता है, वाणी मूक हो जाती है और वह स्वयं जीवन्मुक्त हो जाता है। फिर भी, सूफ़ी फ़क़ीर संसार से कटे हुए नहीं हैं। वे भले ही सांसारिक कार्य-व्यापार में स्वयं लिप्त नहीं होते, किन्तु सांसारिक लोगों के दुख-सुख को महसूस तो करते हैं, अतः वे उनसे बोलते-चालते हैं, उनको ढांढ़स बंधाते हैं। इस कार्य में भाषा का प्रयोग उन्हें करना ही पड़ता है। बुल्लेशाह इसके अपवाद नहीं थे। उन्होंने ठेठ पंजाबी भाषा में लिखा। उनकी पंजाबी ठेठ जनसाधारण की अथवा अवाम की भाषा है। इससे यह परिणाम निकाला जा सकता है कि बुल्लेशाह ने मुख्यतः अवाम को, सरलचित्त जनसाधारण को ही सम्बोधित किया है। इसीलिए उनकी रचना में मात्र ज्ञान का, पोथी-संस्कृति का खंडन है। वे आध्यात्मिक अनुभव प्राप्त करने पर बल देते हैं। धार्मिक नेताओं - मुल्ला, पंडित आदि के साथ उनके विरोध का कारण भी यही है।

बुल्लेशाह ने अपने विचारों तथा भावों को 'काफ़ियों' के रूप में व्यक्त किया है। काफ़ी वस्तुतः भक्तों के पदों से मिलता-जुलता काव्य रूप है।

قات ہے تو آدمی کی زندگی کی معراج عشق ہے۔صوفی قصہ کے مصنف محمد بخش کا کہنا ہے کہ آدمی کا جسم پا کر بھی جن لوگوں نے عشق کا سودا نہیں کیا ان کی پیدائش اور زندگی بیکار ہے۔ اور ان کا وجود کتوں سے بہتر نہیں۔

''جھا 'عشق' خرید نہ کیتا
ایویں آئے و گتے
عشقے باجھوں فرق نہ کوئی
کیا آدم کیا کتے''

زبان

تصوف نا قابل بیان ہے۔ اس مقام پر پہونچ کر آدمی خاموش ہو جاتا ہے۔ زبان گنگ ہو جاتی ہے اور خود زندگی سے آزاد ہو جاتا ہے۔ پھر بھی صوفی فقیر دنیا سے کٹے ہوئے نہیں ہیں۔ بھلے ہی وہ دنیوی کاروبار میں مشغول نہیں ہوتے۔ لیکن دنیا کے لوگوں کے دکھ درد کو محسوس کرتے ہیں۔ اسی لئے وہ ان سے بولتے جاتے ہیں ان کی ہمت افزائی کرتے ہیں۔ اس کام میں زبان کا استعمال انہیں کرنا ہی پڑتا ہے بلے شاہ بھی اس سے مختلف نہیں تھے۔ انہوں نے خالص پنجابی زبان میں لکھا۔ ان کی زبان عوام کی زبان ہے۔ اس سے یہ نتیجہ نکالا جا سکتا ہے کہ بلے شاہ نے خواص وعوام دونوں کو مخاطب کیا ہے اس لئے وہ اپنی تحریر اور شاعری میں اللہ کی معرفت و روحانیت پر زور دیتے ہیں۔ اور صرف مذہبی کتابوں کے مطالعہ کو بے سود قرار دیا ہے۔ مذھی رہنماؤں، مولوی ملاؤ، پنڈتوں وغیرہ کے ساتھ ان کی مخالفت کی وجہ بھی یہ ہی ہے۔ بلے شاہ نے اپنے رجحانات کو اپنی رباعیوں میں بیان کیا ہے۔ رباعی حقیقت میں عاشقین کی رباعی سے ملتی جلتی شاعری ہے۔ رباعی عاشقوں کے جذبات کو گانے کی شکل میں پیش کرتی ہے اس لئے ان میں بہت سے سُروں

काफ़ियां भक्तों के भावों को गेय रूप में प्रस्तुत करती हैं, इसलिए इनमें बहुत-से रागों की बन्दिश मिलती है। जनसाधारण भी सूफ़ी दरवेशों के तकियों पर जमा होते थे और मिलकर भक्ति-विभोर होकर काफ़ियां गाते थे। काफ़ियों की भाषा बहुत सादी और आम लोगों के समझने योग्य है।

कुछ लेखकों की दृष्टि काव्यगत सौन्दर्य पर होती है, अतः वे अपनी भाषा को संवारने-निखारने पर बल देते हैं। काव्य-सौष्ठव उनकी काव्य-रचना का परम लक्ष्य होता है। बुल्लेशाह मात्र कवि अथवा काव्य-शिल्पी नहीं थे, कवि से अधिक सूफ़ी सन्त थे, जो गायन-नर्तन के द्वारा अपने 'इश्क' को अभिव्यक्ति देते थे। उनका काव्य तो उनके गायन-नर्तन का सहचर-मात्र था। वे गाते-नाचते भी लोक-शैली में थे और उनकी काव्य-रचना की प्रत्येक भंगिमा भी लोककाव्यशैली की ही परिचायक है। काव्य से लोक-काव्य की भिन्नता यही है कि इसकी दृष्टि मुख्यतः अपने श्रोताओं पर होती है। उसका बल सौष्ठव पर नहीं, भावों की संचरणशीलता पर होता है। बुल्लेशाह लोक-हृदय के इतने निकट थे कि लोगों ने इनकी रचनाओं को खास अपना समझकर अपना लिया। वे बुल्लेशाह की काफ़ियां यों गाते थे, जैसे वे स्वयं ही उनके रचयिता हों। बेखुदी के आलम में मगन होकर गाते और नाचते हुए वे अपनी सुविधा के अनुसार उसमें परिवर्तन भी कर लेते हैं। फलतः बुल्लेशाह की रचनाएं आज अपने मूल रूप में उपलब्ध नहीं। जो रचनाएं आज हम तक पहुंची हैं, वे लोक-हृदय में से गुज़रकर, लोक-गायकों द्वारा परिवर्तित रूप में ही पहुंची हैं। बुल्लेशाह स्वयं में एक संस्था थे, जिसने लोक के लिए लिखा, लोक-शैली में लोक के लिए गाया और अन्ततः उनका लिखा-गाया स्वयं लोक-रूप हो गया। ठेठ भाषा में रचित उनकी वाणी उत्तरोत्तर ठेठ होती गई। सरलता, सहजता तथा गहन भाव उनकी भाषा की विशेषता थी।

कहीं-कहीं उनकी रचनाओं में 'हिन्दवी' प्रभाव भी परिलक्षित होता है।

کی آمیزش پائی جاتی ہے عام آدمی بھی صوفی درویشوں کے آستانوں پر جمع ہوتے تھے۔اور آپس میں مل جل کر خوشی میں مگن ہوکر رباعی گاتے تھے رباعیوں کی زبان بہت سادی اور عام لوگوں کی سمجھ کے قابل ہوتی تھی۔

کچھ شاعروں کی نظر شاعری کی خوبصورتی پر ہوتی ہے، اس لئے وہ زبان کو سنوانے نکھارنے پر زور دیتے ہیں۔شاعری کا معیار اُن کی شاعری کا اصل مقصد ہوتا ہے۔ بلے شاہ صرف شاعر ہی نہیں تھے بلکہ اُن پر صوفیت کا غلبہ تھا۔جو ناچ گانے کے ذریعہ اپنے عشق کا اظہار کرتے تھے۔انکی شاعری تو ناچ گانے میں پنہاں تھی۔اور وہ عامیانہ طرز پر ناچتے گاتے تھے۔ اُن کی شاعری کے اتار چڑھاؤ بھی عامیانہ ہوتے تھے۔شاعری اور عام شاعری میں فرق یہی ہے کہ عام شاعری میں شاعر کی نظر عام طور پر اپنے سامعین اور قارئین پر ہوتی ہے۔نہ کہ شاعری کے اتار چڑھاؤ پر۔ بلے شاہ عوام کے اتنے قریب تھے کہ لوگوں نے ان کی شاعری کو اپنا سمجھ کر اپنالیا۔وہ بلے شاہ کی رباعیاں ایسے گاتے تھے جیسے وہ خود اسکے لکھنے والے ہوں۔ بے خودی کے عالم میں ناچتے گاتے ہوئے وہ اپنی سہولت کے لئے اس میں ردوبدل کرلیا کرتے تھے اس لئے بلے شاہ کی شاعری اصل شکل میں ہم تک نہیں پہونچ سکی،اور جو شاعری ہم تک پہونچی ہے وہ عام آدمی سے گزر عام گلوکاروں کے ذریعے ردوبدل کے بعد ہم تک پہونچی ہے۔ بلے شاہ اپنی ذات میں خود ایک انجمن تھے۔ انہوں نے عام آدمی کے لئے لکھا اور عامیانہ زبان میں گایا۔بلآخر ان کی شاعری آہستہ آہستہ مقبول عام ہوتی گئی۔ سلیس زبان میں کی گئی شاعری سلیس سے سلیس تر ہوتی گئی۔

بلے شاہ کی شاعری میں ایسی بہت سی مثالیں ملتی ہیں جن سے پتہ چلتا ہے کہ اُن کی شاعری ہندی زبان سے متاثر ہے۔

इसके दो-एक उदाहरण पर्याप्त होंगे :

(1) **अब लगन लगी किह करिये**
ना जा सकिये ना मरिये।
तुम सुनो हमारे बैना
मोहे रात-दिने नहिं चैना
हुण पी बिन पलक न सरिये।

(2) **पतियां लिखां मैं शाम नूं**
मैंनूं पिय नज़र ना आवे।
आंगन बना डरावना
कित बिध रैन बिहावे।
पांधे पंडित जगत के
मैं पूछ रही आं सारे।
पोथी बन्द क्या दोस है
जो उलटे भाग हमारे।

स्पष्ट है कि साईं बुल्लेशाह की रचना के भाषागत रूप का निर्णय बहुत कुछ उसके श्रोताओं पर निर्भर करता था। उसके श्रोता किसी एक सम्प्रदाय तक सीमित न थे। इसीलिए उनकी रचनाओं में जकरिया, मंसूर, यूसुफ़-जुलैखा, मजनूं-लैला आदि सामी हवाले भी हैं और सतिगुरु, अनहद, श्याम आदि शुद्ध भारतीय संकेत भी। वे मंसूर की तरह अनलहक़ कहने की ओर उन्मुख हैं और गोपियों की तरह कृष्ण की बांसुरी सुनने के लिए भी उत्सुक हैं :

मुरली बाज उठी अनबातां
सुणकर भुल्ल गईआं सब बातां
लग गए अनहद बाण न्यारे

(۱)

اب لگن لگی کیہہ کریئے

نا جا سکیئے نا مریئے۔

تم سنو ہمارے بینا

موہے رات دنے نہیں چینا

ہُن پی بن پلک نہ سریئے۔

(۲)

پتیاں لکھاں میں شام نوں

مینوں پئے نظر نہ آوے۔

آنگن بنا ڈراونا

کت بدھ رین بہاوے۔

پاندھے پنڈت جگت کے

میں پوچھ رہی آں سارے۔

پوتھی بند کیا دوس ہے

جو الٹے بھاگ ہمارے۔

یہ بات واضح ہے کہ سائیں بلے شاہ کی شاعرانہ زبان کے معیار کا تعین ان کے سامعین پر منحصر تھا۔ ایسے سامعین کسی ایک ذات کے نہ تھے اسلئے ان کی شاعری میں جہاں زکریا، منصور، یوسف، زلیخا، لیلیٰ مجنوں وغیرہ سامی حوالے پائے جاتے ہیں وہیں مرشد (ست گرو) شیام وغیرہ خالص ہندوستانی اشارے بھی ملتے ہیں وہ منصور کی طرح انا الحق کہنے کو بے تاب ہیں۔ اور گوپیوں کی طرح کرشن کی بانسری سننے کے لئے بے چین۔

झूठी दुनियां कूड़ पसारे
साईं मुख देखण बणजारे
मैंनू भुल गइआं सब बाता।

इस प्रकार बुल्लेशाह की भाषा मध्यकाल के सन्तों-गुरुओं की भाषा की लीक पर चलती है। वह लोकाभिमुख, संचरणशील है। उनकी काफ़ियों में अरबी-फारसी के शब्द और इस्लामी धर्मग्रन्थों के भी मुहावरे मिलते हैं, लेकिन कुल मिलाकर उसमें स्थानीय भाषा, मुहावरे और सदाचार का रंग ही प्रधान है। बुल्लेशाह ने अपने कलाम में अलंकार और प्रतीक पंजाबी जीवन से लिये हैं, जिसमें चर्खा, पूनियां, तकली, त्रिंजण, पत्तन, पूर, रस्सी, घड़ा एवं घड़ोली आदि प्रमुख हैं।

तसव्वुफ़

हर व्यक्ति किसी-न-किसी दार्शनिक संस्कार में जन्म लेता है, क्योंकि हर समाज की कोई-न-कोई अचेत, अव्यक्त दार्शनिक आधारभूमि होती है। लोक-संस्कृति भी दार्शनिक आधार से विही नहीं होती, हालांकि जनसाधारण को सुगठित दार्शनिक पद्धति से लगाव नहीं होता। बुल्लेशाह स्वयं बड़े आलिमफ़ाज़िल थे, किन्तु पोथी-बन्द इल्म की लीक पर चलना उन्हें पसन्द न था। वे अनभवी गुरु की शिक्षा पर चलने के कायल थे। अध्यात्म मार्ग का अनुसरण करने क लिए गुरु से दीक्षित होना अथवा 'बैत होना' ज़रूरी समझते थे। उनके गुरु शाह इनायत कादिरी सिलसिले से सम्बन्धित थे। क़ादिरी सम्प्रदाय के आदि प्रणेता बगदाद के सूफी सन्त अब्दुल कादिर जीलानी (1077- 1166 ई.) माने जाते हैं। लोग उन्हें 'पीर दस्तगीर' अथवा 'पीरान पीर' मानते थे। स्वयं बुल्लेशाह के कलाम में इसका जिक्र है :

مرلی باج اٹھی اَن باتاں

سن کر بھل گئیاں سب باتاں

لگ گئے انحد بان سب نیارے

جھوٹی دنیا کوڑ پسارے

سائیں مُکھ دیکھن بنجارے

مینوں بھل گئیاں سب باتاں

اس طرح بلّے شاہ کی زبان وسطی عہد کے صوفی عابد وزاہد لوگوں کے طرز پر چلتی ہے۔ وہ سامعین کو ہر دل عزیز ہیں۔ ان رباعیوں میں عربی فارسی کے الفاظ اور اسلامی کتابوں کے محاورے اور اصطلاحات بھی ملتی ہیں لیکن مجموعی طور پر ان پر مقامی زبان، محاورے اور اقدار وروایات کا رنگ غالب ہے۔ بلّے شاہ نے اپنے کلام میں پنجابی طرز تکلم کو بہت زیادہ جگہ دی ہے۔ جس میں چرخہ، پونی، تکلی، ترنجن، پتن، پور، رسّی، گھڑا اور گھڑولی خاص طور پر قابل ذکر ہیں۔

تصوف

ہر آدمی کی کوئی نہ کوئی فلسفیانہ بنیاد ہوتی ہے۔ عوامی تہذیب وتمدن فلسفیانہ بنیاد سے خالی نہیں ہوتا۔ حالانکہ عام آدمی کو فلسفیانہ طور طریقہ سے دلچسپی نہیں ہوتی۔ بلّے شاہ بڑے عالم فاضل صوفی تھے لیکن انھیں کتابی علم پر چلنا پسند نہیں تھا وہ تجربہ کار استاد کی تعلیم پر چلنے کے قائل تھے۔ اور باطنی صفائی کے لئے کسی مرشد سے بیعت ہونا ضروری سمجھتے تھے۔

اُن کے مرشد 'شاہ عنایت' قادری سلسلے سے منسلک تھے۔ قادری سلسلے کے مورث اعلیٰ صوفی عبدالقادر جیلانی تھے۔ (1007-1166ء) لوگ انھیں پیر دستگیر یا پیرانِ پیر مانتے ہیں۔ بلّے شاہ کے کلام میں اس کا ذکر ہے۔

पीरां पीर बगदाद असाडा
मुर्शद तख्त लाहौर
ओह असी सब इक्को कोई
आप गुड्डी आप डोर।

(हमारा पीरों का पीर बग़दाद में रहता है और मुर्शिद राजधानी लाहौर में। हम सब पतंग और डोर के समान एक ही हैं।)

भले ही कादिरी भी स्वयं एक विशिष्ट सिलसिला है, किन्तु कादिरी सूफ़ी सम्प्रदाय-भावना से मुक्त समझे जाते हैं। गुरु रामदास ने हरिमन्दिर अमृतसर का नींव-पत्थर जिस सूफ़ी मियां मीर से रखवाया था, वे भी कादिरी सिलसिले से ही सम्बन्धित थे। औरंगजेब के सुलहकुल भाई दाराशिकोह भी क़ादिरी सम्प्रदाय के अनुयायी थे। दाराशिकोह के कथनानुसार कादिरी लोग मेष और शरा आदि पर विश्वास नहीं रखते थे। उनके अनुसार मनुष्य किसी कामिल मुर्शिद की रहनुमाई (मार्ग-दर्शन) से ही ईश्वर से मिल सकता है।

तसव्वुफ़ अथवा सूफ़ी मत एक प्रकार की अध्यात्म साधना है। खुदा के आशिक मुर्शिद द्वारा बताए हुए मार्ग पर चलते हैं, अपनी खुदी अथवा नफ़स को फ़ना करते हैं और अल्लाताला के साथ वसाल (एकत्व) स्थापित करते हैं और बक़ा (हमेशगी, दवाम, अमरत्व) उनका अन्तिम लक्ष्य होता है।

इस अवस्था में साधक अपने-आप को भगवान का ही रूप समझता है और मंसूर की तरह गा उठता है, अनलहक़ (मैं खुदा हूं)। वस्तुतः यह आत्मविस्मृति की अवस्था है, जहां साधक धर्म, देश, जाति आदि सभी सीमाओं को पार कर जाता है, सभी प्रकार के बन्धनों से मुक्त हो जाता है। इसी मुकाम पर पहुंचकर बुल्लेशाह गा उठा :

मैं बेकैद मैं बेकैद
ना रोगी न वैद।

پیراں پیر بغداد اَساڈا

مرشد تخت لاہور

اوہ اسی سب اِکو کوئی

آپ گڈی آپ ڈور۔

(ہمارا پیروں کا پیر بغداد میں رہتا ہے اور مرشد راجدھانی لاہور میں ہم سب پتنگ اور ڈور کی طرح ایک ہی ہیں)۔ شاہ عنایت قادری بھی خود ایک سلسلہ ہے۔ مگر قادری صوفیوں میں فرقہ پرستی کے جذبات نہیں پائے جاتے۔ گُرو رام داس نے ہری مندر امرتسر کا سنگِ بنیاد جس صوفی میاں میر سے رکھوایا تھا وہ بھی قادری سلسلے کے تھے۔ اورنگ زیب کے صلح جُو، بھائی داراشکوہ بھی قادری سلسلے کے تھے۔

داراشکوہ کے مطابق قادری صوفی شریعت پر یقین نہیں رکھتے تھے۔ اُن کے خیال میں آدمی کسی کامل مرشد کی رہنمائی سے خدا کا عرفان حاصل کر سکتا ہے۔ تصوف ایک طرح کی باطنی ریاضت ہے۔ خدا کے عاشق، مُرشِد کے بتائے ہوئے راستے پر چلتے ہیں۔ اپنی انانیت یا اپنے نفس کو فنا کرتے ہیں اور اللہ تعالیٰ سے وصل ثابت کرتے ہیں۔ بقا ان کا آخری مقصد ہوتا ہے۔ ایسی حالت میں صوفی اپنے آپ کو خدا کا روپ سمجھتا ہے اور منصور کی طرح انا الحق کہہ اٹھتا ہے۔ دراصل یہ خود فراموشی کی انتہا ہے۔ جہاں مذہب ملک برادری وغیرہ سبھی حدوں کو پار کر جاتا ہے۔ اور تمام بندشوں سے آزاد ہو جاتا ہے۔ اس مقام پر پہونچ کر بلّے شاہ کہہ اُٹھتے ہیں:

میں بے قید، میں بے قید

نا روگی نا وید

ना मैं मोमन ना मैं काफ़र
ना सैयद न सैद।
चौधीं तबकी सैर असाडा
कित्ते न हुंदा कैद।
खराबात है ज़ात असाडी
ना सोमा ना ऐब।
बुल्लेशाह दी जात की पुच्छणै
ना पैदा ना पैद।

बन्धनों में पड़े संसारी लोगों की ऐसे आजाद बन्दों से सदा तकरार चलती रहती है। 'अनलहक़' कहने वाले मंसूर को सूली पर लटकना पड़ा, सरमद को भी बादशाह के अताब-अत्याचार का सामना करना पड़ा। विडम्बना यह है कि जाति-धर्म आदि सीमाओं में बंधे लोग अपनी सीमाओं को ही परम सत्य मानने लगते हैं। उन्हें लगता है, सीमाओं को त्यागने वाले लोग जैसे उनका मुंह चिढ़ा रहे हों।

बुल्लेशाह के अनुसार आदम-हव्या, नर-नारी, माया-ब्रह्म का द्वैत, तीन गुणों, पांच तत्त्वों और देवी-देवताओं का स्वीकार निरर्थक झमेला है। जो कुछ है प्यारे में समाया हुआ है और जो कुछ है, उसमें प्यारा (परमात्मा) समाया है। इसे सूफ़ी दरवेश 'हमाओस्त' (जो कुछ है वह सब ही प्रभु है) मानते हैं। बुल्लेशाह भी भूली-भटकी हीर (जीवात्मा) को चेताते हुए कहते हैं कि जिस रांझा (परमात्मा) को तू खोज रही है, वह तो तेरे अन्दर है। वे कहते हैं कि जब तक अन्दर देखने वाली आंख (गैबी आंख) नहीं मिलती, अन्दर परमात्मा का दर्शन नहीं मिलता। मानव-शरीर उनके लिए ठाकुरद्वारा या हरिमन्दिर है। इस ठाकुरद्वारे में अन्ततः अगम अनहद नाद बज रहा है और मालिक के नूर की अगम ज्योति जल रही है। इस सच्चे हरिमन्दिर में ही सर्वव्यापक प्रभु से मिलाप हो सकता है। प्रेमिका (आत्मा) और प्रियतम (परमात्मा) का मिलन न होने का कारण दोनों के बीच अज्ञान, मन और अहं का पर्दा खिंचा हुआ है। जब तक

نا میں مومن نا میں کافر

نا سیّد نا سیّد۔

چودہیں طبقیں سَید اَساڈا

کتے نا ہندا قید

خرابات ہے ذات اَساڈی

نا سوما نا عیب

بلّے شاہ دی ذات کی پُچھنے

نا پَیدا نا پید۔

بندشوں میں جکڑے دنیا کے لوگوں کی ایسے آزاد بندوں سے ہمیشہ تکرار چلتی رہی ہے۔ انا الحق کہنے والے منصور کو صولی پر لٹکنا پڑا، سرمَد کو بھی بادشاہ کے عتاب کا سامنا کرنا پڑا۔ دکھ کی بات یہ ہے کہ ذات برادری کی حدوں میں بندھے لوگ اپنی حدوں کو ہی درست جاننے لگتے ہیں ان کو لگتا ہے کہ حدوں سے تجاوز کرنے والے لوگ ان کا منہ چڑا رہے ہیں۔

بلّے شاہ کے مطابق آدم وحوّا، مرد عورت اور دیوی دیوتا کو ماننا عبث ہے۔ جو کچھ ہے وہ پیارے میں سمایا ہوا ہے، اور جو کچھ ہے اس میں پیارا سمایا ہوا ہے۔ اِسے صوفی درویش ''ہمہ ادست'' (جو کچھ ہے وہ سب خدا ہے) کہتے ہیں۔ بلّے شاہ بھی بھولی بھٹکی ہیر کو تنبیہ کرتے ہوئے کہتے ہیں کہ جس رانجھے کو تو تلاش کر رہی ہے وہ تو خود تیرے وجود میں ہے۔ وہ کہتے ہیں کہ جب تک اندر جھانکنے والی آنکھ نہیں ملتی تب تک خدا کا عرفان نصیب نہیں ہوسکتا۔ انسانی جسم اُن کے لئے ٹھاکردوارا یا ہری مندر ہے۔ اس ٹھاکردوارے میں احَد کی آواز گونج رہی ہے۔ اور مالک کے نُور کی روشنی پھیل رہی ہے۔ اس سچے ہَری مندر میں خدا سے ملا جا سکتا ہے معشوقہ (روح) اور عاشق (خدا) کا وصال نہ ہونے کی وجہ سے دونوں کے درمیان جہالت وغرور کا پردہ پڑا ہوا

आत्मा को उस दसवें द्वार (दसवीं गली) का पता नहीं मिलता, जहां प्रियतम आता-जाता है, तब तक उसका उस प्यारे से मिलाप नहीं हो सकता। इसके लिए वे कहते हैं कि 'उलटी गंग बहाइयो रे साधो, तब हरि दर्शन पाए।' जो लोग बाहरी दौड़-धूप छोड़कर शाहरग (सुषुम्ना नाड़ी) में पहुंच जाते हैं, उनके लिए परमात्मा की दरगाह दूर नहीं रह जाती। जाती इस्म या सुरत का अभ्यास करने वाले साधक शाहरग में पहुंचकर अपने अन्दर झांक लेते हैं और द्वैत से ऊपर उठ जाते हैं। बुल्लेशाह के अनुसार मालिक के सच्चे प्रेमी जीते जी मरने का अभ्यास करते हैं। वे स्वयं प्रतिदिन मरते और प्रतिदिन जीवित होते थे।

बुल्लेशाह सभी बन्धनों से पार हो गए थे। अपनी रचना को अपना समझना भी बन्धनों में पड़े रहने के तल्य है। उन्होंने अपना कलाम भी लोकार्पण कर दिया और उसे संभालने की ज़रूरत महसूस नहीं की। लोगों के जिह्वाग्र पर यह अनेक रूप धारण करता गया। प्रतीत होता है कि जैसे बुल्लेशाह के मार्ग पर चलने वालों ने कुछ अपनी रचनाएं भी बुल्लेशाह के नाम से मनसूब कर दी होंगी, इस कारण आज पूरे भरोसे के साथ नहीं कहा जा सकता कि कौन-सी रचना बुल्लेशाह की मूल रचना है और कौन-सी मूल का विकृत रूप अथवा क्षेपक। इस सबके बाद भी, एक बात सत्य है कि बुल्लेशाह का कलाम एक धारा है, निरन्तर प्रवाहशील और परिवर्तनशील। उनके कलाम के रूप में कालान्तर में भले ही परिवर्तन कर दिया गया हो, किन्तु उसमें उनकी आत्मा अविकल बनी हुई है।

ہے۔ جب تک روح کو اس دسویں دروازے کا پتہ نہیں چلتا جہاں عاشق آتا جاتا ہے تب تک پیارے سے اس کا وصال نہیں ہوسکتا۔ اس کے لئے وہ کہتے ہیں ''الٹی گنگ بہائیو رے سادھو تب ہری درشن پائے'' جو لوگ ظاہری دوڑ دھوپ چھوڑ کر شہ رگ میں پہونچ جاتے ہیں ان کے لئے خدا کی درگاہ دور نہیں رہ جاتی۔ صوفی شہ رگ میں پہونچ کر اپنے اندر کا عرفان حاصل کر لیتے ہیں اور ''میں'' ''تم'' سے بے نیاز ہو کر ایک ہو جاتے ہیں۔ بلے شاہ کے مطابق مالک کے سچے عاشق زندگی میں فنا کی مشق کرتے ہیں۔ وہ خود بھی روز مرتے اور زندہ ہوتے تھے۔

بلے شاہ سبھی بندشوں سے آزاد ہو چکے تھے۔ اپنی شاعری کو اپنا سمجھنا بھی بندشوں میں جکڑے رہنے کے برابر ہے۔ انہوں نے اپنا کلام بھی عوام کو سونپ دیا۔ اور اسے سنبھالنے کی ضرورت محسوس نہیں کی۔ عام لوگوں کی زبان پر بہت سی صورتیں اپناتا گیا۔ معلوم ہوتا ہے کہ جیسے بلے شاہ کے راستے پر چلنے والوں نے کچھ اپنی شاعری بھی اُن کے نام سے منسوب کر دی ہوگی اس وجہ سے آج پورے اعتماد کے ساتھ یہ نہیں کہا جا سکتا کہ کون سا کلام بلّے شاہ کا اپنا ہے اور کون سا ان کے کلام کی بگڑی ہوئی شکل۔ ان سب کے بعد بھی یہ بات تو سچ ہے کہ بلے شاہ کا کلام ایک بہتی نہر ہے جو ہمیشہ بہتی رہتی ہے اور بدلتی رہتی ہے ان کے کلام کی شکل میں بھلے ہی بعد میں تبدیلی کی گئی ہو لیکن اس میں اُن کی روح قائم ہے۔

संकलन

مجموعۂ کلام

अपने संग रलाई

अपणे संग रलाईं पिआरे, अपने संग रलाईं। टेक।

पहला नेहुं लगाया सी तें, आपे चाईं चाईं;
मैं पाया ए या तुध लाया, आपणी तोड़ निभाई।

राह पवां तां धाड़े बेले, जंगल, लख बलाईं;
बिघने चीते ते चित्त-मचीते, बिघने रोकण राही।

हौल दिले तो थर-थर कंबदा, बेड़ा पार लंघाईं;
बल्ल्हे शाह नूं शौह दा मुखड़ा धुंघट खोल दिखाईं।

اپنے سنگ رلائیں

اپنے سنگ رلائیں پیارے، اُپنے سنگ رلائیں۔ (ٹیک)

پہلاں نیہوں لگایا سی تیں، آپے چائیں چائیں،
مَیں پایا اے یا تُدھ لایا، آپنی توڑ نبھائیں۔

راہ پُواں تاں دھاڑے بیلے، جنگل، لکھ بلائیں،
بگھنے چیتے تے چت مچیتے، بگھنے ردگن راہی۔

ہول دلے توں تھر تھر کنبدا بیڑا پار لنگھائیں
بلھے شاہ نوں شوہ دا مکھڑا گھونگھٹ کھول دکھائیں۔

अपने संग मिला ले

अध्यात्म यात्रा के कष्टों का वर्णन करते हुए शिष्य सतगुरु से निवेदन करता है कि हे प्यारे, मुझे अपने से मिला ले, पूर्णतः अपने साथ। पहले तो स्वयं तुम्हीं ने बड़े चाव से प्रेम किया था। अब चाहे यह प्रेम मैंने किया या तुमने मुझे लगा दिया, (इस झगड़े को भूलकर) तुम अपनी कृपा से अन्त तक उस प्रेम को निभाते रहना। इस प्रेम-मार्ग में बहुत विघ्न हैं; राह में डाकू हैं, जंगल हैं और लाखों भयानक जानवर हैं; चीते और तेन्दुए विघ्नकारी बनकर राह रोके खड़े हैं। मेरा हृदय भय से थर-थर कांप रहा है। आप कृपा करके मेरी नैया पार लगा देना। बुल्लेशाह को अपने शौह (पति, परमात्मा) का घूंघट हटाकर मुखड़ा दिखा देना।

اپنے ساتھ ملالے

انتہائی عقیدت کے ساتھ معتقد اپنے مرشد خاص سے درخواست کرتا ہے کہ اس روحانی سفر میں مُجھے اپنے ساتھ ملالو۔ پہلے تو بڑے شوق سے تمنے خود محبت کی تھی لیکن اب چاہے یہ محبت مینے تم سنے کی، یا تمہاری طرف سے مجھکو لگ گئی ہو اب میری درخواست ہے کہ اس محبت کو آخر تک نبھاتے رہنا۔

اس محبت کے سفر میں بہت سی مشکلات ہیں۔ راہ میں ڈاکو ہیں جنگل ہیں اور لاکھوں خوفناک جانور ہیں چیتے، تیندوُر کاوٹ بنکر راستہ روکے ہوئے ہیں۔

میرا دل خوف سے تھرتھر کانپ رہا ہے آپ مہربانی کر کے میری کشتی پار لگا دینا۔ بلّے شاہ کو اپنے شوہ (شوہر رب) کا گھونگھٹ ہٹا کر دکھا دینا۔

अपणा दस्स टिकाणा

अपणा दस्स टिकाणा, किधरों आया किधर जाणा। टेक।

जिस ठाणे का माण करें तूं,

ओहने नाल ना जाण।

जुल्म करें ते लोक सतावें,

कसब फड़िओ लुट खाणा।

कर लै चावड़ चार दिहाड़े,

ओड़क तूं उठ जाणा।

शहर खमोशां दे चल बसिये,

जित्थे मुलक समाणा।

भर-भर पूर लंघावे डाह्डा,

मलकुलमौत मुहाणा।

एहनां समनां चौं है बुल्ला –

औगुणहार पुराना।

اپنا دس ٹکانا

اپنا دس ٹکانا، کدھروں آیا کدھر جانا۔ (ٹیک)

جس ٹھانے کا مان کریں توں،

اوہنے نال نا جاناں۔

ظلم کریں تے لوک ستاویں،

کسب پھڑیئو لُٹ کھانا۔

کرلے چاوڑ چار دِہاڑے،

اوڑک تو اُٹھ جاناں

شہر خموشاں دے چل بسئے،

جتھے ملک سماناں۔

بھر بھر پور لنگھاوے ڈاہڈا،

مَلکُ الموت مُہانا۔

ایھنا سمناں چوں ہے بُلّا۔

اوگنہار پُرانا۔

अपना ठिकाना बता

हे जीव, बता, तेरा ठिकाना कहां है, किधर से आए हो और किधर जाना है। तुम्हें जिस ठिकाने का गर्व है, वह तुम्हारे साथ (परलोक) नहीं जाएगा। तुम अत्याचार करते हो, लोगों को सताते हो, लोगों को लूटकर खाना तुमने अपना पेशा बना रखा है, अरे भाई भले ही तुम चार दिन अहंकार कर लो, लेकिन आख़िर में तुम्हें इस दुनिया से उठ ही जाना है। चलो, हम भी शहर खमोशां (क़ब्रिस्तान) में चलकर बसते हैं, क्योंकि एक दिन) सारा संसार उसी में समा जाएगा, मौत का फ़रिश्ता बहुत निर्मम मल्लाह है, वह कश्ती भरकर लोगों को इधर (इहलोक) से उधर (परलोक) ले जाता है। बुल्लेशाह इन सभी से कहीं पुराना अवगुणों से भरा बन्दा है।

اپنی منزل بتا

اے انسان تیرا ٹھکانا بتا کہاں ہے۔ کہاں سے آئے ہو اور کہاں جانا ہے تمہیں جس ٹھکانے پر فخر ہے وہ تمہارے ساتھ نہیں جانا ہے۔

پھر کیوں تم ظلم کرتے ہو۔ لوگوں کو ستاتے ہو، لوگوں کو لوٹ کر کھانا تم نے اپنا پیشہ بنالیا ہے۔

اے بھائی بھلے ہی تم چار دن مزے سے گزار لو لیکن آخر میں تمکو اس دنیا سے اُٹھ جانا ہے۔

چلو ہم بھی شہر خموشاں (قبرستان) میں چلکر بستے ہیں کیونکہ ایک دن ساری دنیا اسی میں بس کر سما جائیگی۔ موت کا فرشتہ ایسا زبردست رحم نہ کرنے والا ملاّح ہے جو اپنی کشتی کو بھر بھر کر اِدھر (دارِ فانی) سے اُدھر (دار بقا) کی طرف لے جاتا ہے۔

بلّے شاہ ان سبھی سے زیادہ پرانا برائیوں سے بھرا بندہ ہے۔

अब तो जाग

अब तो जाग मुसाफ़िर प्यारे,
रैन गई लटके सब तारे। टेक।

आवागौन सराईं डेरे,
साथ तिआर मुसाफ़र तेरे,
अजे न सुणिओं कूच नगारे।

कर लै अज करनी दा बेरा,
मुड़ ना हो सी आवण तेरा,
साथी चल्लो पुकारे।

मोती, चूनी, पारस, पासे,
पास समुन्दर मरो पिआसे,
खोल्ह अक्खीं उठ बौह बेकारे।

बुल्ल्हा शौह दे पैरी पड़िये,
गफ़लत छोड़ कुझ हीला करिये,
मिरग जतन बिन खेत उजाड़े।

اپنا دس ٹکانا

اپنا دس ٹکانا، کدھروں آیا کدھر جانا۔(ٹیک)

جس ٹھانے کا مان کریں توں،

اوہنے نال نا جاناں۔

ظلم کریں تے لوک ستاویں،

کسب پھڑ یئو لُٹ کھانا۔

کر لے چاوڑ چار دِھاڑے،

اوڑک تو اُٹھ جاناں

شہر خموشاں دے چل بسیئے،

جتھے ملک سماناں۔

بھر بھر پور لنگھاوے ڈاہڈا،

ملکُ الموت مُہانا۔

ایھنا سمناں چوں ہے بُلاّ۔

اوگنہار پُرانا۔

अब तो जाग

प्यारे मुसाफ़िर, अब तो जाग जा। रात बीत गई है और सभी तारे लटक चुके हैं (छिप चुके हैं), जीवन तो आना और जाना है। इस संसार में रहना सराय (मुसाफ़िरखाने) में टिकने जैसा है। तेरे साथ और भी कई मुसाफ़िर (चलने के लिए) तैयार बैठे हैं, क्या तूने अभी तक कूच-नक्कारे की आवाज़ नहीं सुनी?

तेरा यह समय कुछ कर डालने का समय है, इसलिए उत्तम करनी कर ले। तुझे यहां दोबारा आने का अवसर नहीं मिलेगा। तेरे साथी बार-बार पुकारकर कह रहे हैं कि 'चलो, चलो'। चलने के समय अर्थात मृत्यु आने पर मोती, अन्न या पारसमणि सब पड़े रह जाएंगे, (किन्तु तेरे किसी काम न आएंगे) जैसे पास ही समुद्र हो, किन्तु प्यासे के किसी काम न आए। अरे निकम्मे, (अब भी) आंखें खोल ले। बुल्लेशाह कहते हैं, शौह (प्रिय, पति, परमात्मा) के चरणों में खुद को डाल दे, ग़फ़लत (ऊंघ, लापरवाही) छोड़कर भले काम के लिए कुछ उद्यम कर। यदि तू सावधान रहकर यत्न नहीं करेगा, तो मायामृग तेरे खेत को उजाड़ जाएगा।

اپنے ساتھ ملا لے

انتہائی عقیدت کے ساتھ معتقد اپنے مرشد خاص سے درخواست کرتا ہے کہ اس روحانی سفر میں مُجھے اپنے ساتھ ملا لو۔ پہلے تو بڑے شوق سے تمنے خود محبت کی تھی لیکن اب چاہے یہ محبت مینے تم سے کی، یا تمہاری طرف سے مجھکو لگ گئی ہو، اب میری درخواست ہے کہ اس محبت کو آخر تک نبھاتے رہنا۔

اس محبت کے سفر میں بہت سی مشکلات ہیں۔ راہ میں ڈاکو ہیں جنگل ہیں اور لاکھوں خوفناک جانور ہیں چیتے، تیندوُے کاوٹ بنکر راستہ روکے ہوئے ہیں۔

میرا دل خوف سے تھر تھر کانپ رہا ہے آپ مہربانی کر کے میری کشتی پار لگا دینا۔ بلّے شاہ کو اپنے شوہ (شوہر رب) کا گھونگھٹ ہٹا کر دکھا دینا۔

अम्मा-बाबे दी भलिआई

अम्मा-बाबे दी भलिआई,
ओह हुण कम्म असाडे आई। टेक।
अम्मा-बाबा चोर धुरां दे,
पुत्तर दी बडिआई,
दाणे उत्तों गुत्त-बिगुत्ती,
घर-घर पई लड़ाई।
असां कज़िये ताहीं जाले,
जद कणक ऊन्हां टरकाई।
खाए खैरा ते फाटिये जुम्मा,
उलटी दस्तक लाई।
बुल्ल्हा तोते मार बागां चौं कड्ढे,
उल्लू रहण उस जाई।

امّا بابے دی بھلی آئی

اما۔ بابے دی بھلی آئی،
اوہ ہون کم اُساڈے آئی۔ (ٹیک)

اما۔ بابا چور دُھراں دے،
پُتر دی بڑی آئی،
دانے اُتوں گُت۔ بگتی،
گھر گھر پئی لڑائی۔
اساں قضیئے تاہیں جالے،
جد کنک انہاں ٹرکائی،
کھائے خیرا تے پھاٹئے جمّا،
الٹی دستک لائی
بلھا توتے مار باگاں چوں کڈھے
الور ہن اُس جائی۔

मां-बाप की शराफ़त

यह काफ़ी व्यंग्यपरक है, जिसकी मूल ध्वनि यह है कि करता कोई है और भरता कोई है। हमारे मां-बाप कितने भले थे कि उनकी भलमनसाहत हमारे काम आ रही है, यानी हमारे पूर्वज आदम और हव्वा ने जो कुछ किया, उसका फल आज सारी मानव-जाति को भुगतना पड़ रहा है। हमारे मां-बाप ने आदिमकाल में ही चोरी की, यही तो पुत्र के बड़प्पन का आधार है, यानी चोर मां-बाप का पुत्र होने में गर्व कैसा? दाने-दाने की ख़ातिर हम एक-दूसरे की चोटी नोचते हैं, जिससे घर-घर में कलह है। यानी आदम और हव्वा द्वारा गेहूं की चोरी करने का फल आज यह है कि मानव-जाति में व्यापक वैमनस्य बना हुआ है। उन्होंने गेहूं चुराया और उसके कारण मानव-जाति आज तक क्लेश में फंसी हुई है। इस स्थिति का परिणाम यह हुआ है कि गुनाह तो खैरा करता है और सज़ा जुम्मा पाता है, कैसा उलटा न्याय है। बुल्लेशाह कहता है कि तोते तो बाग में से निकाल दिए गए हैं, अब तो वहां उल्लू बसते हैं।

ماں باپ کی شرافت

یہ قطعہ ایک مزاحیہ طور پر ہے جس کا مطلب یہ ہے کہ کرے کوئی بھرے کوئی بلے شاہ کہتے ہیں کہ ہمارے ماں باپ کتنے بھلے تھے کہ انکا یہ بھلا پن آج ہمارے کام آرہا ہے یعنی ہمارے سب سے پہلے ماں باپ یعنی آدم وحوا نے جو کچھ کیا اسکا پھل آج سبھی انسانوں کو بھگتنا پڑ رہا ہے ہمارے ماں باپ نے دنیا وجود میں آنے سے قبل جو گندم چرایا تھا یہ انکے بیٹے کے لئے بڑائی کی بات (یعنی چور ماں باپ کی اولاد ہونے میں فخر کیسا) دانے دانے کی خاطر آج ہم ایک دوسرے کی چوٹی نوچتے ہیں جس سے گھر گھر میں لڑائی جھگڑا پھیلا ہوا ہے اور انتشار بنا ہوا ہے۔ یہ سب آدم وحوا کے گیہوں چرانے کی وجہ سے ہوا (انہیں کی وجہ سے دنیا وجود میں آئی ہم سب آدمی آج تک جھمیلوں میں پھنسے ہوئے ہیں ہر ایک کے نئے نئے جھگڑے اور افسانے ہیں) اس کا نتیجہ یہ ہوا کہ گناہ تو خیرا کرتا ہے اور سزا جُما پاتا ہے کیسا الٹا انصاف ہے بلے شاہ کہتا ہے کہ طوطے تو باغ سے نکال دئے گئے ہیں اب تو وہاں الو بستے ہیں۔

असां मरना नाहीं

साडे वल मुखड़ा मोड़ वे प्यारिआ,
साडे वल मुखड़ा मोड़। टेक।

आपे पाइयां कुंडियां तें,
ते आपे खिचदा एं डोर।

अर्श कुर्सी ते बांगां मिलियां,
मक्के पै गिआ शोर।

बुल्ल्हे शाह असां मरना नाहीं।
मर जावे कोई होर।

اساں مرنا ناہیں

ساڈے ول مُکھڑا موڑ وے پیاری آ،
ساڈے ول مکھڑا موڑ۔ (ٹیک)

آپے پائیاں کنڈیاں تیں،
تے آپے کھچدا ایں ڈور۔

عرش کرسی سے بانگاں ملیاں،
مکے پے گیا شور۔

بُلھے شاہ اساں مرنا ناہیں،
مر جاوے کوئی ہور۔

हम मरेंगे नहीं

इस छोटी-सी भावमय काफ़ी में बुल्लेशाह अपने प्रियतम से प्रार्थना करते हैं कि हे प्रिय, हमारी ओर मुख मोड़ो अर्थात हम पर कृपादृष्टि करो। आप स्वयं ही तो हमें कुंडी (मछली पकड़ने की बंसी के कांटे) में फंसाते हो और स्वयं ही उसकी डोरी खींचते हो। गगनमंडल में अजान होने लगी है और उसकी ध्वनि मक्के तक पहुंची।[1] बुल्लेशाह कहते हैं कि हमें नहीं मरना (क्योंकि हम तो प्रिय रूप हो चुके हैं) भले ही कोई और मर जाए।

---

1. बुल्लेशाह ने कुरान शरीफ़ की आयतों के सन्दर्भ में इसे 'गंज मख़फ़ी की बांसुरी' अर्थात परमात्मा रूपी गुप्त खज़ाने की शब्द-ध्वनि भी कहा है। इसी को उन्होंने लामकान की पटड़ी पर बैठकर बजाने वाला नाद भी कहा है और इसे ही अर्शी-कुर्सी (गगनमंडल) की बांग का नाम दिया है। साईं बुल्लेशाह : राधा स्वामी सत्संग, (व्यास, पृ. 109)

ہم مریں گے نہیں

اس قطعہ میں بلّھے شاہ اپنے خدا سے توجہ مبذول کرنے کی درخواست کرر ہے ہیں۔ کہتے ہیں: اے خدا ہماری طرف توجہ فرما اور ہم پر مہربانی کر، آپ خود ہی تو ہمیں کنڈی (مچھلی پکڑنے کے کانٹے) میں پھنساتے ہیں اور خود ہی اُسے کھینچ لیتے ہیں۔ آسمان میں اذان ہونے لگی ہے اور اس کی آواز مکہ تک پہونچی[1] ہے۔ بلّھے شاہ کہتے ہیں کہ ہمیں نہیں مرنا (کیونکہ ہم تو اُسے پیارے ہیں) بھلے ہی کوئی اور مر جائے۔

1- بلّھے شاہ نے قرآن کریم کی آیتوں کو "گنج مخفی کی بانسری" یعنی خدائی پوشیدہ خزانے کی آواز کہا ہے، اسی کو انہوں نے لامکاں پر بیٹھ کر بجانے والا ناد بھی کہا ہے، اور اسی کو عرش و کرسی کی بانگ کا نام بھی دیا ہے۔
سائیں بلّھے شاہ: رادھا سوامی ستسنگ ویاس صفحہ نمبر 109

इक्को रंग कपाई दा

सब इक्को रंग कपाई दा,
इक आपे रूप वटाई दा। टेक।

अरूड़ी ते जो गदों चराबैं,
सो भी वांगी गाईं दा।

सभ नगरां विच आपे वस्से,
ओहो मेहर गराईं दा।

हर जी आपे हर जा खेले,
सदिआ चाईं चाईं दा।

बाग़ बहारां तां तूं वेखें,
थी चाक अराईं दा।

इश्क-मुश्क दी सार की जाणे,
कुत्ता सूर सराईं दा।

बुल्ल्हा तिस नूं वेख हमेशा,
इह है दर्शन साईं दा।

اِکّو رنگ کپائی دا

سب اکو رنگ کپائی دا،
اک آپے روپ وٹائی دا۔ (ٹیک)

اروڑی تے جو گدوں چراویں،
سو بھی وانگی گائیں دا۔

سبھ نگراں وِچ آپے وَسّے،
اوہو میہر گرائیں دا۔

ہر جی آپے ہر جا کھیلے،
سدی آ چائیں چائیں دا۔

باغ بہاراں تاں توں ویکھیں،
تھیویں چاک آرائیں دا۔

عشق مشک دی سار کی جانیں۔
کتا سور سرائیں دا۔

بلہا تس نوں ویکھ ہمیشا،
ایہہ ہے درشن سائیں دا۔

एक ही रंग है कपास का

सब कपास का एक ही रंग है। अलग-अलग रंगों का कपड़ा कपास से ही बनता है। इस प्रकार एक कपास ही (भिन्न-भिन्न) रूप बदलती रहती है। अर्थात सबकी आत्मा एक ही है। गन्दगी के ढेर पर गधे चरानेवाला उस गौ चराने वाले से भिन्न नहीं है। सभी नगरों में रहने वाला वह परमात्मा स्वयं ही है और गांवों पर कृपा करने वाला भी वही है। हर जीव में, हर स्थान पर, वही तो खेल रहा है। वह बुलाया गया तो खुश होकर चला आया है। यदि तुम बाग-बहार देखना चाहते हो अर्थात प्रसन्न जीवन व्यतीत करना चाहते हो तो अराई (मुर्शिद शाह इनायत क़ादिरी) के सेवक (मुरीद) बन जाओ।

सराय का कुत्ता या सुअर (अर्थात जो परमात्मा को पाने का साधन नहीं करता) इश्क़ का रहस्य क्या जाने?

बुल्लेशाह का कहना है कि हर जीव में सदा उसको देखो। उस परमात्मा (स्वामी) के दर्शन करने का यही मार्ग है।

کپاس کا ایک ہی رنگ ہے

سب کپاس کا ایک ہی رنگ ہے۔ مختلف رنگوں کا کپڑا کپاس سے ہی بنتا ہے۔ اس طرح ایک ہی کپاس مختلف شکلیں بدلتی ہے۔ یعنی سب کی روح ایک ہی ہے۔ گندگی کے ڈھیر پر گدھے چرانے والا' گائیں چرانے والے سے مختلف نہیں ہے۔ سب جگہوں کے رہنے والے خود ہی خدا ہیں اور گاؤں پر رحم کرنے والے بھی وہی ہیں۔ ہر انسان میں، ہر جگہ وہی تو کھیل رہا ہے۔ اس کو بلایا گیا تو خوش ہو کر چلا آیا۔ اگر تم باغ و بہار دیکھنا چاہتے ہو یعنی خوشگوار زندگی گزارنا چاہتے ہو تو اُرائی (مرشد شاہ عنایت قادری) کے مرید بن جاؤ۔ سرائے کا کتا یا خنزیر (یعنی جو خدا کو پانے کا کام نہیں کرتا) عشق کا راز کیا جانے۔

بلھے شاہ کا کہنا ہے کہ ہر چیز میں ہمیشہ اسی (خدا) کو دیکھو اس کے نظارے کا یہی ایک راستہ ہے۔

इक रांझा मैनूं लोड़ीदा

इक रांझा मैनूं लोड़ीदा। टेक।

कुन फ़यकुन1 अग्गे दीआं लग्गीआं।
नेहुं न लगड़ा चोरी दा।

आप छिड़ जांदा नाल मज्झीं दे,
सानूं क्यों बेलिओं होड़ीदा?

रांझे जेहा मैनूं होर न कोई,
मिन्नतां कर कर मोड़ीदा।

मान वालियां दे नैंन सलोने,
सूहा दुपट्टा गोरी दा।

अहद अहमद विच फ़रक न कोई,
इक रत्ती भेत मरोड़ी[2] दा

एक रांझा मैनूं लोड़ीदा

---

1. कुरान शरीफ़ की आयत है कि खुदा ने कहा हो जा (कुन) और हो गया (फ़यकुन)।
2. फ़ारसी में 'अहद' शब्द में मीम की थोड़ी-सी मरोड़ी लगा देने से अहमद बन जाता है।

اک رانجھا مینوں لوڑی دا

اک رانجھا مینوں لوڑی دا۔ (ٹیک)

کُن فَیکُن[1] آگے دی آں لگی آں،
نیہوں نہ لگڑا چوری دا۔

آپ چھڑ جاندا نال مجھیں دیں،
سانوں کیوں بیلی اوں ہوڑی دا؟

رانجھے جیھا مینوں ہور نہ کوئی،
منّتاں کر کر موڑی دا۔

مان والیاں دے نین سلونے،
سوہا دوپٹا گوری دا۔

اَحد اَحمد وِچ فرق نہ کوئی،
اک رتی بھیت مڑوڑی[2] دا۔

اک رانجھا مینوں لوڑی دا

۱۔ قرآن شریف کی آیت ہے کہ خدا نے کہا ہو جا (کُن) اور ہو گیا (فیکون)۔
۲۔ عربی کے 'احد' لفظ میں میم کے لئے تھوڑا سا موڑ دینے سے احمد بن جاتا ہے

मुझे एक रांझे की ज़रूरत है

आत्मा-परमात्मा के आदिकाल से चले आ रहे प्रेम का वर्णन करते हुए इस काफ़ी में कहा गया है कि मुझे केवल एक रांझा (सद्गुरु) मेरा प्रिय चाहिए।

संसार-उत्पत्ति से पहले से ही मुझे उससे प्यार था और हमारा वह प्यार चोरी-छिपे का नहीं, विश्वविदित है। वह रांझा आप तो चला जाता है भैंसें चराने, तब हमें अकेले जाने से क्यों रोकता है? रांझे के समान हमें कोई नहीं जंचता (कोई सद्गुरु जैसा नहीं), जब वह जाने लगता है तो हम मिन्नतें करके उसे रोकते हैं। मानिनी के नयन सलोने हैं और उस गोरी के सिर पर गहरा लाल (प्रेम रंग) दुपट्टा है।

अहद (अल्ला) और अहमद (मुर्शिद) में कोई अन्तर नहीं, बस, मीम की एक मरोड़ी-भर का अन्तर है। मुझे तो बस एकमात्र रांझा चाहिए, जो मेरा प्रिय है, प्रियतम है।

مجھے اک رانجھے کی ضرورت ہے

روح اور خالق کی پرانے زمانے سے چلی آرہی محبت کا ذکر کرتے ہوئے اس قطعہ میں کہا گیا ہے کہ مجھے ایک رانجھا (لائق استاد) کی محبت چاہئے۔

دنیا کی تخلیق سے پہلے ہی مجھے اس سے محبت تھی، اور ہماری وہ محبت چوری چھپے کی نہیں تھی، یہ سب جانتے ہیں وہ رانجھا خودتو بھینس چرانے چلا جاتا ہے پھر ہم کو اکیلے جانے سے کیوں روکتا ہے رانجھے جیسا ہمیں کوئی نہیں لگتا (کوئی مرشد جیسا نہیں) جب وہ جانے لگتا ہے تو ہم اس کو منتیں کر کے روکتے ہیں۔ اسکی آنکھیں سلونی ہیں۔ اور گوری کے سر پر گہرے لال رنگ کا (محبت کے رنگ کا دوپٹہ) ہے۔

اُحد (اللہ) اور احمد (مرشد) میں کوئی فرق نہیں۔ بس میم میں ذرا سی تبدیلی کا فرق ہے۔ مجھے تو بس رانجھا چاہئے جو میرا پیارا ہے۔

इक अलफ़ पढ़ो छुटकारा ए

इक अलफ़ पढ़ो छुटकारा ए। टेक।

इक अलफ़ों दो तीन चार होए,
फिर लख करोड़ हज़ार होए,
फिर ओथों बाझ शुमार होए,
हिक अलफ़ दा नुक्रता न्यारा ए।

क्यों पढ़ना एं गड्ड किताबां दी,
सिर चाना एं पंड अज़ाबां दी,
हुण होइउ शकल जलादां दी,
अग्गे पैंडा मुश्कल मारा ए।

बण हाफ़िज़ हिफ़ज़ कुरान करें
पढ़-पढ़ के साफ़ ज़बान करें,
फिर निअमत वल्ल ध्यान करें,
मन फिरदा ज्यों हलकारा ए।

बुल्लाह बी बोहड़ या बोया सी,
ओह बिरछा वड्डा जां होया सी,
जद बिरछ ओह फ़ानी होया सी,
फिर रह गया बीज अकाश ए।

इक अलफ़ पढ़ो छुटकारा ए।

اِک اَلف پڑھو چھٹکارا اے

اک اَلف پڑھو چھٹکارا اے۔(ٹیک)

اک الفوں دو تین چار ہوئے،
پھر لکھ کروڑ ہزار ہوئے،
پھر اوتھوں باجھ شمار ہوئے،
ہک الف دا نقطہ نیارا اے۔

کیوں پڑھنا ایں گڈا کتاباں دی،
سر چاناایں پنڈ عذاباں دی،
ہُن ہوئی او مشکل جلاداں دی،
آگے پینڈا مشکل مارا اے۔

بن حافظ حفظ قرآن کریں،
پڑھ پڑھ کے صاف زبان کریں،
پھر نعمت وَل دھیان کریں،
من پھر دا جیوں ہلکارا اے۔

بلاہ بی بَو ہڑ یا بَو یا سی،
اوہ برچھا وڈا جاں ہویا سی،
جد برجھا اوہ فانی ہویا سی،
پھر رہ گیا بیج اکاش اے،

اک الف پڑھو چھٹکارا اے۔

एक अक्षर में मुक्ति

एक अलिफ़ (अल्ला) का नाम लो, इसी में मुक्ति है, निजात है। (अरबीफ़ारसी वर्णमाला में अल्लाह लिखें, तो पहला अक्षर अलिफ़ है, जो आकार में एक 'परमात्मा' के समान है।) उसी एक से दो-तीन-चार हुए यानी सृष्टि की उत्पत्ति हुई। उनसे फिर हज़ारों, लाखों और करोड़ों हुए, और फिर उन्हीं से अगणित होते गए। इस प्रकार यह एक का नुक्ता कितना अद्वितीय है। क्यों पढ़ते हो गाड़ी-भर किताबें, आखिर क्यों पढ़ते हो और सिर पर (क्यों) उठाते हो गठड़ी दुखों की?

(बहुत पढ़ लेने के बाद) तुम्हारी शक्ल जल्लाद-सी हो गई है। (मौत के बाद) तुम्हें दुर्गम घाटी में से गुज़रना होगा।

हाफ़िज़ बनकर कुरान शरीफ़ हिफ़्ज़ (कंठस्थ) कर ली और बार-बार पढ़ कर ज़बान भी रवां कर ली। उसके आगे हुआ यह कि दुनिया की नेमतों की ओर ध्यान देने लगे और मन हरकारे की तरह चहुं ओर दौड़ने लगा।

अर्थात किताबी ज्ञान के बाद भी चित्त स्थिर होकर प्रभु चरणों में नहीं लगा। बुल्लेशाह कहता है कि कभी वटवृक्ष-सा यह संसार बोया गया था और कालक्रम में यह वटवृक्ष बड़ा होता गया। जब यह वृक्ष नष्ट हो जाएगा, तो जो कछ बाक़ी बचेगा वह बीज-रूप में आकाररहित अल्ला होगा। संसार-रूपी वृक्ष नष्ट होने पर बीज-रूप में निराकार परमात्मा ही विद्यमान होता है। इसी प्रकार शरीर नष्ट होने पर आत्मा नष्ट नहीं होती। अतः एक अल्ला का नाम लो। इसी में मुक्ति (निजात) है।

صرف ایک حرف کے ذریعہ نجات پاؤ

ایک الف یعنی (اللہ) کے نام سے نجات ہے۔اسی ایک حرف سے دو، تین، چار ہوئے۔ یعنی دنیا پیدا ہوئی، پھراس سے ہزاروں لاکھوں اور کروڑں ہوئے۔اور پھران ہی سے بے شمار ہوگئے۔یہ نقطہ کتنا عجیب ہے۔کیوں پڑھتے ہو گاڑی بھر کتابیں۔آخر کیوں پڑھتے ہواور سر پر کیوں اٹھائے ہودکھوں کی گٹھڑی۔

(بہت زیادہ پڑھنے کے بعد) تمہاری شکل جلاد جیسی ہوگئی ہے۔

(موت کے بعد) تم کو گنجان علاقہ سے گزرنا ہوگا۔

قرآن کریم حفظ کرکے حافظ بن گئے۔اور بار بار پڑھ کے زبان بھی رواں کرلی اس کے بعد دنیا کی نعمتوں کی طرف متوجہ ہوگئے اور دل ہرکارے کی طرح چہروں کی طرف دوڑنے لگا۔یعنی کتابی تعلیم کے بعد بھی دل یکسوئی کے ساتھ خدا کی طرف متوجہ نہ ہوا۔بلّے شاہ کہتا ہے:۔کہ کبھی برگد کے پیڑ کی طرح یہ دنیا بوئی گئی تھی،اور وقت گزرنے کے ساتھ ساتھ یہ درخت بڑھتا گیا جب یہ درخت ختم ہوگا تو اللہ کی ذات کے سوا سب کچھ فنا ہوجائے گا۔اور صرف اللہ ہی کا نام باقی رہے گا۔اسی طرح جسم کے فنا ہوجانے پر روح فنا نہیں ہوگی۔اس لئے ایک اللہ کا نام لو، اسی میں نجات ہے۔

इक टूणा

इक टूणा अचम्भा गावांगी,
मैं रुट्ठा यार मनावांगी। टेक।

इह टूणा मैं पढ़-पढ़ फूकां,
सूरज अगन जलावांगी।
अक्खीं काजल काले बादल,
भवां से आंधी लिआवांगी।
सत समुन्दर दिल दे अन्दर,
दिल से लहर उठावांगी।

बिजली होकर चमक डरावां,
बादल हो गरजावांगी।
इश्क अंगोठी हरमल तारे,
चांद से कफ़न बनावांगी।
लामकान की पटड़ी ऊपर,
बैहकर नाद बजावांगी।
लाए सवां मैं शौह गल अपने,
तद मैं नार कहावांगी।

اک ٹونا

اک ٹونا اچمبھا گاوانگی،
میں رُٹھا یار مناوانگی۔ (ٹیک)

اِہ ٹوناں میں پڑھ پڑھ پھوں کاں،
سورج اگن جلاوانگی۔
اکھیں کاجل کالے بادل،
بھواں سے آندھی لیاوانگی،
ست سمندر دل دے اندر،
دل سے لہر اٹھاوانگی۔

بجلی ہو کر چمک ڈراواں،
بادل ہو گرجاوانگی،
عشق انگوٹھی ہر مل تارے،
چاند سے کفن بناوانگی،
لامکان کی پٹڑی اوپر،
بہہ کرناد بجاوانگی،
لائے سواں میں شوہ گل اپنے،
تد میں نار کہاوانگی،

एक टोना

इस काफ़ी में प्रेमिका (आत्मा) कहती है कि मुझे भले ही कोई साधन अपनाना पड़े, मैं जैसे भी होगा, अपने प्रियतम (परमात्मा) को मनाकर रहूंगी। मैं विचित्र बोल गाऊंगी और इस तरह अपने रूठे प्रियतम को मनाऊंगी। इस मन्त्र को पढ़-पढ़कर फूंकें मारूंगी, जिससे सूर्य के समान अग्नि पैदा होगी। मेरी आंखों का काजल काला बादल बन जाएगा और भौंहों से तो मैं आंधी ही ले आऊंगी। सात समुद्रों को मैं हृदय में समेटकर दिल ही से उनमें तूफ़ान उठाऊंगी।

बिजली बनकर मैं डरावनी चमक पैदा करूंगी, और बादल के समान गरजूंगी। इश्क की अंगीठी में हरमल (जड़ी-बूटी) फेंकूगी और तारों का ईंधन जलाऊंगी। चांद की चांदनी से सफ़ेद कफ़नी बनाऊंगी। लामकान की पटड़ी पर बैठकर मैं नाद बजाऊंगी। अपने शौहर को अपने गले लगाकर सो जाऊंगी, तभी मैं उसकी प्रिया कहाने के योग्य हो सकूँगी।

ایک منتر

اس نظم میں محبت کرنے والی (روح) کہتی ہے کہ مجھے چاہے کوئی راستہ اپنانا پڑے۔ جیسے بھی ہوگا میں اپنے محبوب کو منا کر رہوں گی۔ میں انوکھے گیت گاؤں گی اور اپنے روٹھے ہوئے پیارے کو مناؤں گی اس منتر کو پڑھ کر پھونک ماروں گی جس سے سورج جیسی آگ پیدا ہوگی۔ میری آنکھوں میں کاجل کا بادل بن جائے گا اور بھوؤں سے تو میں آندھی ہی لے آؤں گی۔ سات سمندر کو اپنے دل میں سمیٹ کر دل ہی سے ان میں طوفان اٹھاؤں گی۔

بجلی بن کر میں ڈراونی چمک پیدا کروں گی اور بادل کی طرح گرجوں گی۔ عشق کی انگیٹھی میں جڑی بوٹی ڈالوں گی اور تاروں کا ایندھن جلاؤں گی چاندکی چاندنی سے سفید کفن بناؤں گی۔ لامکاں کی پیری پر بیٹھ کر ناد بجاؤں گی اپنے شوہر کو اپنے گلے لگا کر سو جاؤں گی تبھی میں اس کی عاشقہ کہلانے کے قابل بن سکوں گی۔

मैनूं लगड़ा इश्क

मैनूं लगड़ा इश्क अवलड़ा अव्वल दा,
रोज़ अज़ल दा। टेक।

विच कड़ाही तिल-तिल पावे,
तलिआं नूं चा तलदा।

मोइआं नूं एह वल-वल मारे,
दलियां नूं एह दलदा।

की जाणां कोई चिणग कखी ए,
नित सूल कलेजे सलदा।

बुल्ल्हा, शौह दा न्योंह अनोखा,
ओह नहीं रलाइआं रलदा।

مینوں لگڑا عشق

مینوں لگڑا عشق اولڑا،
اوّل دا روز ازل دا۔ ٹیک۔

وِچ کڑاہی تِل تِل پاوے،
تلی آں نوں چا تلدا۔

موئی آں نوں ایھ وَل۔وَل مارے،
دلیاں نوں ایھ دلدا۔

کی جاناں کوئی چنگ لکھی اے،
نِت سول کلیجے سلدا

بلھا، شوہ دا نیوہ انوکھا
اوہ نہیں رلائیاں رلدا

मुझे इश्क हो गया है

मुझे अपने प्रियतम से अनोखा और अक्खड़ प्रेम हो गया है। उसका यह प्रेम सृष्टि-रचना के पहले दिन से ही है।

साधक को अनेक विपत्तियां उठानी पड़ती हैं। मेरा प्रियतम मुझे तिल-तिल करके कड़ाही में डालता और मुझ तली हुई को और तलता है। (प्रभु अपने भक्त को कष्टों पर कष्ट देता ही चला जाता है।)

यह प्रेममार्ग है ही ऐसा कि इसमें जो मर चुके हैं, प्रेम उन्हें और भी घेर-घेरकर बार-बार मारता है, शूल की तरह कलेजे को बराबर सालता रहता है।

बुल्लेशाह कहते हैं कि उस प्रियतम का प्रेम बड़ा ही अनोखा है। उसका जैसा प्रेम किसी और का नहीं हो सकता। उसका प्रेम सबसे अलग है। उसका अहैतुक प्रेम अनूठा है।

مجھے عشق ہو گیا ہے

مجھے اپنے پیارے سے انوکھا اور زبردست عشق ہو گیا ہے اس کی محبت دنیا کی آبادی کے پہلے دن سے ہی ہے۔

صوفی کو بہت سی مصیبتیں اٹھانی پڑتی ہیں میرا محبوب مجھے تل تل کر کے کڑھائی میں ڈالتا ہے اور مجھ تلی ہوئی کو اور تلتا ہے (خدا اپنے ماننے والوں کا امتحان لیتا ہے)

محبت کا راستہ ہے ہی ایسا کہ اس میں جو مر چکے ہیں محبت ان کو بار بار مارتی ہے کانٹے کی طرح کلیجے میں بار بار چُبھتی رہتی ہے۔ بلّے شاہ کہتے ہیں کہ اس عاشق کا عشق بڑا انوکھا ہے، اس جیسا عشق کسی کا نہیں ہو سکتا۔ اس کی محبت سب سے الگ ہے۔ اور اس کا بے انتہا عشق انوکھا ہے۔

रांझा जोगीड़ा बन आया

रांझा जोगीड़ा, बन आया नी,
वाह सांगी सांग रचाया नी। टेक।

इस जोगी दे नैन कटोरे,
बाज़ा वांगू लैंदे डोरे,
मुख वेखिआं दुख जावण छोड़े,
इन्हां अक्खियां लाल लखाया नी।

इस जोगी दी कीनी निशानी,
कन्न विच्च मुन्दरां गल विच गानी,
सूरत उसदी यूसफ़ सानी,
उस अलफ़ों अहद बनाया नी।

रांझा जोगी ते मैं जुगिआनी,
उसदी खातर भरसां पानी,
एवं तां पिछली उमर विहाणी,
उस हुण मैनूं भरमाया नी।

बुल्ल्हा शौह दी हुण गत पाई,
पीत पुरानी मुड़ मचाई,
एह गल कीकण छपे छुपाई,
लै तख़त हज़ारे नूं धाया नी।

رانجھا جوگیڑا بن آیا

رانجھا جوگیڑا بن آیا نی،
واہ سانگی سانگ رچایا نی، (ٹیک)

اس جوگی دے نین کٹورے،
بازاں وانگوں لیندے ڈورے،
مُکھ ڈیکھی آں دکھ جاون چھوڑے،
اِنہاں اکھیاں لال لکھایا نی۔

اس جوگی دی کینی نشانی،
کن وچ مُندراں گل وچ گانی،
صورت اُسدی یوسف ثانی،
اس الفوں احد بنایاں نی۔

رانجھا جوگی تے میں جُگ آنی،
اُس دی خاطر بھرساں پانی،
ایویں تاں پچھلی عمر وِہانی،
اُس ہُن مینوں بھرمایا نی۔

بلّھا شوہ دی ہُن گت پائی،
پیت پرانی مڑ مچائی،
ایہہ گل کیکن چھپے چھپائی،
لئے تخت ہزارے نوں دھایاں نی۔

रांझा जोगी बनकर आया है

निराकार और प्रकाशमय आत्मा माया के प्रभाव से देह धारण करती है। परमात्मा (रांझा) को भी संसार में योगी का वेश धरकर आना होता है। सद्गुरु हीर को प्रभु रूप की असली झलक दिखाता है। हीर (आत्मा) को जब रांझे में प्रभु के दर्शन होते हैं, तो वह स्वतः उस योगी की तरफ़ खिंची चली जाती है और प्रीति-पुरातन जाग जाती है। बुल्लेशाह ने इसी भाव को इस काफ़ी में व्यक्त करते हुए लिखा है कि रांझा (परमात्मा) जोगी बनकर आया है और कैसा अनुपम रूप है और उस स्वांगधारी ने कैसा स्वांग रचाया है।

इस जोगी के नयन जैसे मद के प्याले हैं और ये आंखें बाज़ के समान मेरे चारों ओर मंडराती रहती हैं। देखने से सुख मिलता है और सारे दुख छूट जाते हैं। इसने प्रिय के साक्षात दर्शन करवा दिए हैं।

इस जोगी की निशानी क्या है? इसके कानों में मुद्रिकाएं हैं, गले में माला है। वह इतना रूपवान है, जैसे वह दूसरा यूसफ़ हो। उसने अलिफ़ को अहद[1] बना दिया है।

रांझा जोगी है, मैं उसकी जोगिन हूं। मैं तो उसके लिए सब-कुछ करने को तैयार हूं। मैं तो उसकी पनिहारन बन जाऊंगी। मुझे तो दुख यही है कि योगी से प्रेम होने से पहले का समय व्यर्थ ही बीत गया। अब जब वह मिल गया है, तो उसने मुझे पूरी तरह अपने वश में कर लिया है।

बुल्लेशाह कहता है, अब मैं पति परमेश्वर को जान गई हूं और पुरानी प्रेमाग्नि पुनः धधक उठी है। यह प्रेम अब कैसे भी छुपाए नहीं छुप सकता। मेरा प्रिय मुझे तख़्त हज़ारे की ओर लेकर चल पड़ा है।

---

1. एक अकेला; खुदा का सिफ़ाती नाम।

رانجھا فقیر کے بھیس میں آیا ہے

جسم سے عاری اور روشنی سے معمور روح مایا کے اثر سے جسم کو اپناتی ہے۔ رب (رانجھا) کو بھی دنیا میں فقیر کا بھیس بدل کر آنا ہوتا ہے۔ استاد خاص ہیر رب کی اصلی جھلک دکھاتا ہے۔ ہیر کو رانجھے میں جب خدا کا نظارہ ہوتا ہے تو وہ خود ہی اس فقیر کی طرف کھنچی چلی آتی ہے۔ اور پرانی محبت جاگ اٹھتی ہے۔ بلّے شاہ بھی اس خیال کو اس قطعہ میں بیان کرتے ہوئے لکھتے ہیں کہ رانجھا (رب) فقیر بن کر آیا ہے اس کا کیسا انوکھا روپ ہے۔ اور بہروپ بھرنے والے نے کیا بہروپ بھرا ہے۔ اس فقیر کی آنکھیں شراب کے جام کی طرح ہیں۔ یہ آنکھیں باز کی طرح میرے چاروں طرف منڈلاتی رہتی ہیں۔ جنھیں دیکھنے سے سکون ملتا ہے۔ اور سارے رنج وغم دور ہو جاتے ہیں۔ اس نے محبوب کا دیدار کرا دیا ہے۔ اس فقیر کی نشانی کیا ہے؟ اس کے کانوں میں کنڈل ہیں۔ گلے میں مالا ہے، وہ اتنا خوبصورت ہے جیسے وہ دوسرا یوسف ہو۔ اس نے الف کو اَحد بنا دیا ہے۔ رانجھا جوگی ہے، میں اس کی جوگن ہوں۔ میں تو اسکے لئے سب کچھ کرنے کو تیار ہوں۔ میں اس کی پہناوَنی بن جاؤں گی۔ مجھے تو افسوس یہ ہے کہ جوگی سے محبت ہونے سے پہلے کا وقت بیکار گیا۔ لیکن اب وہ مل گیا ہے تو اس نے مجھے پوری طرح اپنے قبضے میں کر لیا ہے۔

بلّے شاہ کہتے ہیں کہ اب میں شوہر کی جان بن گئی ہوں، اور پرانی محبت کی آگ دوبارہ بھڑک اٹھی ہے۔ یہ محبت اب چھپائے نہیں چھپتی۔ میری محبت مجھے تخت ہزارے کی طرف لے کر چل پڑی ہے۔

इश्क दी नवियों नवीं बहार

इश्क़ दी नवियों नवीं बहार। टेक।

जां मैं सबक़ इश्क दा पढ़िआ,
मसजिद कोलों जियूड़ा डरिआ,
पुछ पुछ ठाकरद्वारे वेडिआ।
जित्थे वजदे नाद हज़ार।

वेद कुरानां पढ़-पढ़ थक्के,
सिज़दे करदिआं घस गये मत्थे,
ना रब तीरथ ना रब मक्के,
जिस पाया तिस नूर अनवार।

फूक मुसल्ला भन्न सुट लोटा,
ना फड़ तसबी आसा सोटा,
आशन कहंदे दे-दे होका,
तरक हलालों खा मुरदार।

हीर-रांझे दे हो गये मेले,
भुल्ली हीर ढूंडेंदी बेले,
रांझण यार बग़ल विच खेले,
सुरत न रह्या सुरत संभार।

عشق دی نوی یوں نوی بہار

عشق دی نوی یوں نوی بہار۔(ٹیک)

جاں میں سبق عشق دا پڑھی آ،
مسجد کولوں جیوڑا ڈری آ،
پُچھ پُچھ ٹھاکر دوارے وڑی آ،
جتھے وجدے ناد ہزار۔

وید قرآناں پڑھ پڑھ تھکے،
سجدے کردی آں گھس گئے متھے،
نا رب تیرتھ نا رب مکے،
جس پایا تس نور انوار۔

پھونک مصلّہ بھن سُٹ لوٹا،
نا پڑھ تسبیح آسا سوٹا،
عاشق کیہندے دیدے ہوکا،
ترک حلالوں کھا مردار،

ہیر رانجھے دے ہو گئے میلے،
بھلی ہیر ڈھونڈیدی بیلے،
رانجھن یار بغل وچ کھیلے
صورت نہ رہیا صورت سنبھار۔

इश्क़ का आनन्द नित्य नया

जिसे प्रेम का रहस्य ज्ञात हो जाता है और प्रभु का प्रकाश अनुभव होने लगता है, उसके लिए इश्क का आनन्द नित्य नया होता है। बुल्लेशाह कहते हैं कि जब मैंने इश्क की दीक्षा ली, तो मेरा अन्तर्मन मस्जिद से डरने लगा। पूछते-पुछाते, मैं ठाकुरद्वारे जा घुसा, जहां हज़ारों नाद बज रहे थे। (आत्मज्ञान और प्रभु की कृपा हो जाने पर जाति-धर्म सब छूट जाते हैं) लोग वेद और कुरान पढ़-पढ़कर थक रहे हैं, सिजदा करते-करते माथे घिस गए हैं, लेकिन इससे क्या प्रभु मिलता है? भगवान न तो तीर्थ-स्थानों पर है और न मक्के में। वह जिसे भी प्राप्त हुआ वह नूर-अनवार (प्रकाश रूप) हो जाता है। प्रभु को प्राप्त करना है, तो मुसल्ले को फूंक दो, लोटे को तोड़ दो और तसबीह, आसा, सोटा हाथ में कुछ मत लो। आशिक़ पुकार- पुकारकर कह रहा है कि उसे पाने के लिए हलाल और हराम सब त्याग दे (अर्थात हलाल और हराम में अन्तर करना छोड़ दे)। हीर और रांझे का मिलन हो गया, भ्रमित हीर यों ही (रांझे को) बेले में ढूंढ़ती रही, उसका प्रिय रांझा तो उसकी बगल में ही खेल रहा था, उसे होश ही न था। अरी होश में आ, तभी तो रांझे से मिलन सम्भव होगा।

عشق کا لطف ہر بار نیا

جسے محبت کا راز معلوم ہو جاتا ہے اور خدا کا عرفان حاصل ہو جاتا ہے اس کے لئے عشق کا لطف ہر بار نیا ہوتا ہے۔ بلّے شاہ کہتے ہیں کہ جب میں نے عشق کرنا سیکھا تو میرا دل مسجد سے ڈرنے لگا۔ پوچھتے پوچھتے میں ٹھاکر کے دروازے تک چلا گیا جہاں ہزاروں ناد بج رہے تھے (اپنے متعلق صحیح معلومات اور خدا کی مہربانی ہو جانے سے ذات برادری سب کچھ چھوٹ جاتی ہیں) لوگ وید اور قرآن پڑھ کر تھک رہے ہیں سجدے کرتے کرتے پیشانیاں گھس گئی ہیں۔ لیکن کیا اس سے خدا مل جاتا ہے۔ اللہ نہ تو تیرتھ جگہوں پر ہے اور نہ مکہ میں، وہ جس کو بھی مل جاتا ہے وہ نور الانوار ہو جاتا ہے۔ رب کو حاصل کرنا ہے تو مصلے جلا دو، لوٹے توڑ دو، تسبیح، عصا (ڈنڈا) ہاتھ میں کچھ مت لو۔ عاشق پکار پکار کر کہہ رہا ہے کہ اسے حاصل کرنے کے لئے حلال و حرام سب چھوڑ دو (یعنی ان میں فرق کرنا چھوڑ دو) ہیر اور رانجھے کا ملن ہو گیا۔ مغالطہ میں پڑی ہوئی ہیر رانجھے کو بیلے میں تلاش کرتی رہی۔ اس کا رانجھا تو اس کی آغوش میں کھیل رہا تھا۔ اس کو ہوش ہی نہ تھا، ارے ہوش میں تو آ، تبھی تو رانجھے سے ملنا ممکن ہوگا۔

उठ जाग

उठ जाग घुराड़े मार नहीं,
एह सौण तेरे दरकार नहीं। टेक।

कित्थे हैं सुलतान सिकन्दर,
मौत न छडिआ पीर पगम्बर,
सबमें छड़-छड़ गए अडम्बर,
कोई एथे पायेदार नहीं।

जो कुछ कसैं सो कुझ पार्टी,
नहीं तां ओड़क पच्छो तासैं,
सुंजी कुंज वांग कुरलासैं,
खभां बाझ उडार नहीं।

बुल्ल्हा शौह बिना कोई नाहीं,
एथे ओथे दोहीं सराईं,
संभल-संभल क़दम टिकाईं,
फिर आवण दूजी वार नहीं।

اٹھ، جاگ

اُٹھ جاگ گھراڑے مار نہیں،
ایہہ سَون تیرے درکار نہیں۔ (ٹیک)

کتھے ہیں سلطان سکندر،
موت نہ چھڈے پیر پیغمبر،
سب میں چھڈ چھڈ گئے اڈمبر،
کوئی ایتھے پائیدار نہیں۔

جو کچھ کریں سو کچھ پاسیں،
نہیں تاں اوڑک پچھوتاسیں،
سنجی کونج وانگ کرلاسیں،
کھاں باجھ اُڈار نہیں۔

بلّھا شوہ بنا کوئی ناہیں،
ایتھے اُوتھے دوہیں سرائیں،
سنبھل سنبھل قدم ٹکائی،
پھر آون دوجی وار نہیں،

उठ जाग

बुल्लेशाह अचेत जीव को सावधान करते हुए जीवन का वास्तविक उद्देश्य समझाते हुए कहते हैं कि उठ जाग, खर्राटे मारकर सोता ही न रह। इस प्रकार सो जाने की तुझे ज़रूरत नहीं, बल्कि आलस्य छोड़कर प्रभु की ओर ध्यान दो। ओ ज़रा सोचो कि विश्वविजयी सुल्तान सिकन्दर आज कहां है। सदा याद रख कि मृत्यु ने किसी भी पीर-पैग़म्बर तक को नहीं छोड़ा, तब तेरी क्या बिसात। सभी लोग इस आडम्बर (रंगारंग संसार) को छोड़कर चले गए। जाहिर है कि यहां कोई भी स्थिर नहीं है। इस संसार में तो जो कुछ करोगे उसी का प्रतिफल पाओगे, अच्छे का अच्छा, बुरे का बुरा। यदि प्रभु से प्रेम नहीं किया, तो अन्त में पछताना पड़ेगा। तुम्हारा हस्र यह होगा कि पंखों के बिना उड़ने में असमर्थ होगे और सूनी, अकेली कुंज की तरह क्रन्दन करोगे।

बुल्ला कहता है कि शौह (पति-परमेश्वर) के बिना और कोई नहीं, इसलिए यहां और वहां, दोनों लोकों में, संभल-संभलकर क़दम रखो। यहां लौटकर दूसरी बार न आ सकोगे।

اٹھ جاگ

بلّھے شاہ سوتے ہوئے انسان کو جگاتے ہوئے اور اسے زندگی کا اصل مقصد سمجھاتے ہوئے کہتے ہیں کہ اُٹھ جا، سوتا نہ رہ۔ اس طرح تجھے سونے کی ضرورت نہیں۔ بلکہ کاہلی چھوڑ کر خدا سے لو لگا۔ ارے ذرا سوچو تو کہ دنیا کو جیتنے والا سکندر بادشاہ آج کہاں ہے؟ ہمیشہ یاد رکھو کہ موت نے کسی پیر، پیغمبر تک کو نہیں چھوڑا، پھر تری تو کیا اوقات ہے؟ سب لوگ اس دنیا کی رعنائیاں (رنگارنگ دنیا) کو چھوڑ کر چلے گئے یہاں ہمیشہ کوئی بھی نہیں رہے گا۔

اس جہاں میں تو تم جو کچھ کروگے اسی کا پھل ملے گا۔ اچھے کا اچھا بُرے کا برا، اگر خدا سے محبت نہیں کی تو آخر میں پچھتانا پڑیگا۔ تمہارا حشر یہ ہوگا کہ پروں کے بغیر اڑنے میں ناکام رہوگے اور سنسان جگہ میں تنہا رہنے والی کویل کی طرح آواز نکالوگے (روؤگے)

بلّا کہتا ہے کہ رب کے علاوہ اور کوئی نہیں، اس لئے یہاں اور وہاں دونوں جگہ (دار بقا، دار فانی) میں سنبھل سنبھل کر قدم اٹھاؤ۔ یہاں دوسری بار لوٹ کر نہ آسکوگے۔

उठ चल्ले गुआंढों यार

उठ चल्ले गुआंदों यार,
रब्बा हुण की करिये। टेक।

उठ चल्ले हुण रहंदे नाही
होया साथ तियार,
रब्बा हुण की करिये?

चारों तरफ़ चल्लण दे चरचे,
हर सू पई पुकार,
रब्बा हुण की करिये।

ढांड कलेजे बल-बल उठ दी,
बिन देखे दीदार,
रब्बा हुण की करिये?

बुल्ल्हा शहु पिआरे बाझों,
रहे उरार ना पार,
रब्बा हुण की करिये?

اُٹھ چلّے گوآنڈھوں یار

اُٹھ چلّے گوں آنڈھوں یار،
ربا ہُن کی کریئے۔ (ٹیک)

اُٹھ چلّے ہُن رہندے ناہی،
ہویا ساتھ تیار،
ربا ہُن کی کریئے؟

چاروں طرف چلن دے چرچے۔
ہر سو پئی پکار،
ربا ہن کی کریئے؟

ڈھانڈ کلیجے بل بل اُٹھدی،
بن دیکھے دیدار،
ربا ہُن کی کریئے؟

بُلھا شہو پیارے باجھوں،
رہے اُرار نا پار،
ربا ہُن کی کریئے؟

चल दिए यार पड़ोस से

अपने प्रिय (मुरशद) के कहीं दूर चले जाने पर बुल्लेशाह की विरह-वेदना का वर्णन इस काफ़ी में किया गया है। वे कहते हैं कि मेरे प्रिय तो मेरे समीप से उठकर चले गए। या अल्ला, अब मैं क्या करूं? मेरे प्रिय जब उठकर चल दिए, तो अब रुकते नहीं। उनके साथ चलने के लिए और भी कई तैयार हैं। या अल्ला, अब मैं क्या करूं? चारों ओर उनके चलने की बातों के चर्चे हो रहे हैं, सभी ओर यही पुकार है कि वे चले गए। या अल्ला, अब मैं क्या करूं? मेरे कलेजे में तो उनके दर्शन के बिना आग की लपटें जल रही हैं। या अल्ला, अब मैं क्या करूं? अब हालत यह है कि प्रिय पति के बिना बुल्लेशाह न तो दरिया के इस ओर है, न उस ओर। या अल्ला, अब मैं क्या करूं?

پیارے تشریف لے گئے

اپنے پیارے مرشد کے کہیں دور چلے جانے پر بلّے شاہ کی دلی دکھ کا ذکر اس قافیہ میں کیا گیا ہے ۔وہ کہتے ہیں کہ میرے پیارے تو میرے پاس سے اٹھکر چلے گئے ۔ یااللہ ! اب میں کیا کروں ۔ میرے پیارے جب اٹھکر چلے گئے تو اب رکتے نہیں ہیں انکے ساتھ چلنے کے لئے اور بھی کئی تیار ہیں یااللہ !اب میں کیا کروں ۔ چاروں طرف انکے جانے کی چرچے ہو رہی ہے ۔ ہر سو یہی پکار ہے کہ وہ چلے گئے ۔ یااللہ ! اب میں کیا کروں ۔ میرے کلیجہ میں تو انکے دیکھے بغیر آگ کی لپٹے جل رہی ہیں ۔ یااللہ ! اب میں کیا کروں ۔ اب حالت یہ ہے کہ پیارے شوہر کے بغیر بلاّ شاہ نہ تو دریا کے اس طرف ہے اور نہ اس طرف یااللہ ! اب میں کیا کروں ۔

उलटे होर ज़माने आये

उलटे होर ज़माने आये –
तां मैं भेद सजण दे पाये। टेक।

कां लगड़ा नूं मारन लग्गे।
चिड़ियां जुट्टै ढाये।
घोड़े चुगण अरूड़ियां उत्ते।
गद्दों ख़वेद पवाये।

आपणिआं विच उलफ़त नाहीं।
क्या चाचे क्या ताये।
पिओ पुत्तरां इतफ़ाक न काई।
धीआं नाल न माये।

सचिआं नूं पए धक्के मिलदे।
झूठे कोल बहाये।
अगले हो कंगाले बैठे,
पिछलिआं फ़रश बिछाये।

भूरियां वाले राजे कीते।
राजिआं भीख मंगाये।
बुल्लिहआ हुकम हजूरों आया।
तिस नूं कौण हटाये।

اُلٹے ہور زمانے آئے

اُلٹے ہور زمانے آئے
تاں میں بھید سجن دے پائے۔(ٹیک)

کاں لنگڑاں نوں مارن لگّے،
چڑیاں جُرّے ڈھائے،
گھوڑے چُگن اَرُوڑیاں اُتّے،
گدّوں خوید پوائے۔

آپنی آں وِچ اُلفت ناہیں۔
کیا چاچے کیا تائے۔
پِیو پُتّراں اِتفاق نہ کوئی۔
دِھی آں نال نہ مائے۔

سچّی آں نوں پئے دھکّے مِلدے۔
جھوٹے کول بہائے۔
اگلے ہو کنگالے بیٹھے،
پچھلیاں فرش بچھائے۔

بُھوریاں والے راجے کیتے
راجیاں بھیک منگائے
بُلھّا حُکم حضوروں آیا۔
تِس نوں کون ہٹائے۔

कैसा उलटा ज़माना आ गया

ज़माने में न जाने कैसे सदाचारिक तथा नैतिक परिवर्तन आ गए हैं कि कुछ और ही तरह का वक्त आ गया है। उस बदलाव से शायद प्रभु की इच्छा जुड़ी हुई है। इसी में मैंने प्रिय प्रभु का भेद जाना।

ज़माने की उलटी चाल का हाल यह है कि कौए बाज़ों को मारने लगे हैं। चिड़ियों ने बाज़ को चित कर दिया है। घोड़े गन्दगी के ढेर पर चुग रहे हैं और गधों को हरे खेत में छोड़ दिया गया है।

लोगों में आपसी प्रेम-सद्भाव इतना ख़त्म हो गया है कि अपनों में प्रेम नहीं रहा। चाचे-ताऊ तक प्यार से खाली हैं। पिता-पुत्रों के बीच एकता नहीं रही और मां का भी बेटियों के साथ प्यार नहीं रह गया है।

जो सच्चे हैं, उन्हें धक्के दिए जा रहे हैं और झूठों को पास बैठाया जा रहा है। जो अगली कतार में थे अर्थात खुशहाल थे, वे कंगाल हो गए हैं, जो पिछली कतार में थे, वे कालीन बिछाकर शानो-शौक़त से बैठे हैं।

भूरे ओढ़ हुए गरीब लोग राजे बन बैठे हैं। और राजे भीख मांगने पर मजबूर हैं। बुल्ला कहता है कि इन सबका हुकम (आदेश) स्वयं खुदा ने जारी किया है, तब इसे कौन टाल सकता है।

---

1. यह संकेत तत्कालीन सिख योद्धाओं के प्रति प्रतीत होता है।

کیسا الٹا زمانہ آ گیا

زمانے میں نہ معلوم کیسے اخلاقی اور سماجی بدلاؤ آ گئے ہیں کہ کچھ اور ہی طرح کا وقت آ گیا ہے اس بدلاؤ میں شاید خدا کی مرضی شامل ہے۔ اسی میں میں نے اپنے پیارے رب کا راز پا لیا ہے۔ زمانے کی الٹی چال کا حال یہ ہے کہ کوے بازوں کو مارنے لگے ہیں۔ چڑیوں نے باز کو چت کر دیا ہے۔ گھوڑے گندگی کے ڈھیر پر چگ رہے ہیں اور گدھوں کو ہرے ہرے کھیت میں چھوڑ دیا گیا ہے۔ لوگوں میں آپسی محبت اور بھائی چارہ اس حد تک ختم ہو گیا ہے کہ اپنوں میں بھی محبت نہیں رہی۔ چچا، تائے تک پیار محبت سے خالی ہیں۔ باپ بیٹے میں اختلاف ہے تو ماں کا بھی بیٹوں کے ساتھ پیار نہیں رہا۔ جو سچے ہیں انہیں دھکے دئے جا رہے ہیں اور جھوٹوں کو پاس بٹھایا جا رہا ہے۔ جو خوشحال تھے وہ کنگال ہو گئے ہیں۔ جو بدحال تھے وہ قالین بچھا کر شان و شوکت سے بیٹھ رہے ہیں۔ غریب لوگ راجہ بن بیٹھے ہیں[1] اور راجہ لوگ بھیک مانگنے پر مجبور ہیں۔

بلا کہتا ہے ان سب کا حکم خود خدا نے جاری کیا ہے۔ پھر اُسے کون ٹال سکتا ہے۔

1- یہ اشارہ اس وقت کے سکھ سرداروں کے لئے معلوم ہوتا ہے۔

कदी मोड़ मुहारां ढोलिआ

कदी मोड़ मुहारां ढोलिआ,
तेरीआं वाटां तों सिर धोलिआ। टेक।

मैं न्हाती-धोती रह गई,
कोई गंढ सजन गल बह गई,
कोई सुखन अवल्ला बोलिआ,
कदी मोड़ मुहारां ढोलिआ।

बुल्ल्हा शौह कदी घर आवसी,
मेरी बलदी भी बुझावसी,
जीहदे दुःखां ने मुंह खोलिआ,
कदी मोड़ मुहारां ढोलिआ।

کدی موڑ مُہاراں ڈھولیا

کدی موڑ مُہاراں ڈھولیا،
تیری آس واتاں توں سر ڈھولیاں۔ (ٹیک)

میں نہاتی دھوتی رہ گئی،
کوئی گنڈھ سجن گل بہہ گئی،
کوئی سخن اَوَلّا بولیا،
کدی موڑ مہاراں ڈھولیا،

بُلّھا شوہ کدی گھر آوسی،
میری بلدی بھی بجھاوسی،
جیہدے دُکھاں نے منہ کھولیا،
کدی موڑ مُہاراں ڈھولیا،

मेरे प्यारे कभी तो लौटो

विरहिणी आत्मा अपने प्रिय से लौट आने का अनुरोध करती है कि हे मेरे प्यारे, कभी तो लौट आओ। मेरा प्राण तो तेरी राहों पर न्यौछावर है।

मैं नहा-धोकर तैयार तो हुई, किन्तु साथ न जा सकी। पता नहीं प्रिय के मन में कौन-सी गांठ, कोई आशंका बैठ गई? पता नहीं, अनजाने में मेरे मुंह से कोई गलत बात निकल गई। मैं बेक़रार हूं, अतः मेरे प्यारे कभी तो लौट आओ।

बुल्ले को भरोसा है कि कभी-न-कभी तो शौहर (पति) घर लौटकर आएगा और मेरे मन की जलती आग को बुझा देगा। लेकिन इस समय तो स्थिति यह है कि उसका विरह-दुख मुंहबाए खड़ा है। इसलिए हे मेरे प्यारे, कभी तो लौट आओ।

میرے پیارے کبھی تو واپس آؤ

بچھڑی ہوئی روح اپنے پیارے سے واپس آنے کی ضد کرتی ہے کہتی ہے کہ میرے پیارے کبھی تو واپس آؤ میری زندگی تو تیرے اوپر قربان ہے۔ میں نہا دھو کر تیار تو ہو گئی لیکن ساتھ نہیں جا سکی۔ معلوم نہیں میرے پیارے کے دل میں کون سی گرہ لگ گئی یا کوئی شک پیدا ہو گیا۔ بادلِ ناخواستہ میرے منہ سے پتہ نہیں کون سی غلط بات نکل گئی۔ میں بے قرار ہوں اس لئے اے میرے پیارے کبھی تو واپس آؤ۔ بلّے کا یقین ہے کہ کبھی نہ کبھی تو شوہر گھر لوٹ کر آئے گا اور میرے دل کی جلتی آگ کو بجھائے گا۔ لیکن اس وقت تو حالت یہ ہے کہ اس کے دل کی بے چینی منہ کھولے کھڑی ہے۔ اس لئے میرے پیارے کبھی تو واپس آؤ۔

की कर गिआ माही

देखो नी की कर गिआ माही,
लैंदा ही दिल हो गिआ राही। टेक।

अम्बड़ झिड़के मैनूं बाबल मारे,
ताहुने देंदे वीर पिआरे,
उस्से दी गल ओहा नितारे,
हसदिआं गल विच पै गई फाही।

बूहे ते उन नाद ब जाया,
अक्ल फ़िकर सभ चा वंजाया,
जे बुरी बुरिआर मैं होईआं,
मैनूं देवो उत वल लाही।

बुल्ल्हा शौह दे इश्क रंजाणी,
डंगीआं मैं किसे नाग अयाणी,
अज्ज अजो की प्रीत न जाणी,
लग्गी रोज़ अज़ल दी आही।

کی کر گیا ماہی

دیکھونی کی کر گیا ماہی،
لیندا ہی دل ہو گیا راہی۔ (ٹیک)

امبڑ جھبڑ کے مینوں بائل مارے،
تانہے دیندے ویر پیارے،
اسے دی گل اودھا نتارے،
ہنس دیاں گل وچ پے گئی پھاہی۔

بوھے نے اُن ناد بجایا،
عقل فکر سب چا ونجایا۔
جے بُری بُری آر میں ہوئیاں،
مینوں دیو اُت ول لاھی۔

بلّہا شوہ دے عشق رنجانی۔
ڈنگی آں میں کسے ناگ ایانی،
اَج اَجو کی پریت نہ جانی،
لگی روز ازل دی آہی۔

क्या कर गया प्यारा

आत्मा के आकर्षण और प्रियतम से न मिल पाने की तड़प का वर्णन करते हुए इस काफ़ी में प्रेमोदय और उसकी मीठी कसक का मार्मिक चित्रण करते हुए बुल्लेशाह कहते हैं कि ऐ सखी, देखो तो वह प्यारा क्या कर गया? मेरा दिल लेते ही बस चल दिया।

अब स्थिति यह है कि मुझ प्रेम दीवानी को मां झिड़कती है, मुझे बाप मारता है और प्यारे भाई भी ताने कसते हैं। उसकी बात का निर्णय वही करे, लेकिन उसको देख, जो ज़रा हंसी के हंसते मेरे गले में फांस पड़ गई।

हुआ यह कि उसने मेरे दरवाजे पर आकर नाद बजाया। उसे सुनते ही मेरे तो होशो-हवास जाते रहे और मैं बुरी तरह पगला गई हूं। अब तो बस मुझे उसी की ओर धकेल दो।

बुल्ला शौहर के इश्क में फंसा गमगीन है। मैं अज्ञानी हूं, मुझे उसके प्रेम-नाग ने डस लिया है, लेकिन एक बात बता दूं कि उसकी और मेरी प्रीति आज, बिल्कुल आज की नहीं है, बल्कि यह प्रीति तो रोज़े-अज़ल (सृष्टि-रचना के दिन) से चली आ रही।

کیا کر گیا پیارا

روح کا میلان اور اپنے پیارے سے نہ مل پانے کی تڑپ کا ذکر کرتے ہوئے اس قطعہ میں محبت کی تڑپ اور اس کی میٹھی کسک کا اچھوتا نقشہ کھینچتے ہوئے بلے شاہ کہتے ہیں کہ اے دوست دیکھ تو وہ پیارا کیا کر گیا ہے۔ میرا دل لوٹ کر چلا گیا۔ اب حالت یہ ہے کہ اس محبت میں دیوانی کو ماں جھڑکتی ہے، باپ مارتا ہے، اور پیارے بھائی بھی طعنے دیتے ہیں۔ اس بات کا فیصلہ وہی کرے۔ لیکن اُسے دیکھو میں ذرا ہنسی اور ہنستے ہی میرے گلے میں پھانسی لگ گئی۔

ہوا یہ کہ اس نے میرے دروازے پہ آ کر ناد بجایا۔ اسے سن کر میرے ہوش حواس گم ہو گئے۔ اور میں بری طرح بدحواس ہو گئی۔ اب تو بس مجھے اسی طرف دھکیل دو۔

بلا شوہر کے عشق میں غمگین ہے۔ میں انجان ہوں، مجھے اس کی محبت کے ناگ نے ڈس لیا ہے۔ لیکن ایک بات بتاؤں، مجھے اس سے محبت بالکل نئی نہیں ہے بلکہ یہ تو روزِ ازل سے چلی آ رہی ہے۔

की जाणां

की जाणां मैं कोई रे बाबा,
की जाणां मैं कोई। टेक।

जो कोई अन्दर बोले चाले,
जात असाड़ी सोई।

जिसदे नाल मैं नेहुं लगाया,
ओहो जिहा मैं होई।

मिहर करी ते फ़ज़ल करीं तू,
मैं आज़ज़ दी ढोई।

नचण लगी तां धुंघट केहा,
जद मुंह थीं लत्थी लोई।

भला होया असीं दूरों छुट्टे,
नेडिओं लाल लधोई।

बुल्ल्हे शौह इनाइत करके -
शौक शराब दित्तोई।

کی جاناں

کی جاناں میں کوئی رے بابا،
کی جاناں میں کوئی۔ (ٹیک)

جو کوئی اندر بولے چالے،
ذات اساڈی سوئی۔

جس دے نال میں نیہوں لگایا،
اوہو جہاں میں ہوئی۔

مہر کریں تے فضل کریں تو،
میں عاجز دی ڈھوئی۔

نچن لگی تاں گھونگھٹ کیہا،
جد منہ تھیں لتھی لوئی۔

بھلا ہویا اسیں دوروں چھٹے،
نیڑے آؤں لال لدھوئی۔

بلھے شوہ عنایت کر کے،
شوق شراب دِت توئی۔

मैं क्या जान

आत्मा की अपनी कोई जाति नहीं होती और सामान्य व्यक्ति अपने को पहचान भी कहां पाता है। इसीलिए जिज्ञासु सन्त कहता है कि अरे बाबा, मुझे क्या पता कि मैं कौन हूं। मैं कौन हूं, यह मैं भला कैसे जान सकता हूं। मैं तो इतना ही कह सकता हूं कि मेरे भीतर बैठा जो मुझसे बातचीत करता है, वही मेरी जात है। उसी के साथ मेरा नेह जुड़ा है और मैं बस उस जैसी ही हो गई हूं। अब प्रेम-बन्धन के कारण मैं विवश हूं और मेरा कोई सहारा नहीं है, इसलिए आप मुझ पर कृपा करो, दया करो। जब नाचने लगी तो घूंघट कहां टिकता है। अब तो चेहरे से परदा उतर गया है। (आत्मा-परमात्मा के बीच की बाधा गई) यह एक प्रकार से अच्छा ही हुआ, जो मेरा प्रिय मुझे समीप ही मिल गया, मुझे दूर जाने के झंझट में नहीं पड़ना पड़ा। बुल्ले पर शौह (पति) ने कृपा की और उसे प्रेम-मदिरा पिला दी। (उसी से आई बेखुदी में प्रभु से मिलना सम्भव हुआ।)

میں کیا جانوں

روح کی اپنی کوئی برادری نہیں ہوتی۔ عام آدمی اپنے کو پہچان بھی نہیں پاتا، اس لئے معرفت حاصل کرنے کے لئے بے چین صوفی کہتا ہے کہ ارے بابا مجھے کیا معلوم کہ میں کون ہوں۔ اور بھلا یہ بات میں کیسے جان سکتا ہوں، میں تو اتنا ہی کہہ سکتا ہوں کہ میرے اندر موجود جو میرے ساتھ بات چیت کرتا رہتا ہے وہی میری ذات ہے اس سے مجھے محبت اور لگاؤ ہے۔ میں بس اس جیسی ہی ہوگئی ہوں۔ محبت میں گرفتار ہو جانے کی وجہ سے میں مجبور ہوں۔ اور میرا کوئی سہارا نہیں ہے۔ اس لئے آپ مجھ پر رحم کریں۔ ناچتی ہوں تو گھونگھٹ ٹکتا نہیں ہے اب چہرے سے پردہ اتر ہی گیا ہے (روح اور رب کے بیچ کی مشکل دور ہوگئی ہے) تو یہ ایک طرح سے اچھا ہی ہوا۔ ومیرا پیارا مجھے نزدیک ہی مل گیا۔ ہمیں دور جانے کے جھنجھٹ میں پڑنا نہیں پڑا۔ بلّے پر شوہر نے مہربانی کی اور اسے پیار کی شراب پلادی (اس سے آئی بے خودی میں، رب سے ملنا آسان ہوگیا)

की बेदर्दी के संग यारी

की बेदर्दी के संग यारी?
रोवण अखियां ज़ारो-ज़ारी। टेक।

सानूं गये बेदर्दी छड़ के,
सीने सांग हिज़र दी गड़ के,
जिस्मों जिंद नूं लै गये कढ़ के,
एह गल कर गये हैं सियारी।

बेदर्दी दा की भरवासा,
ख़ौफ़ नहीं दिल अन्दर मासा,
चिड़िया मरन गंवारा हासा,
मगरों हस-हस ताड़ी मारी।

आवण कह गये फेर न आये,
आवण दे सब क़ौल भुलाये,
मैं भुल्ली भुल नैण लगाये,
कहे मिले सानूं ठग ब्योपारी।

کی بیدرداں کے سنگ یاری

کی بیدرداں کے سنگ یاری
رَووَن اُکھیاں زاروزاری۔ (ٹیک)

سانوں گئے بیدردی چھڈ کے،
سینے سانگ ہجر دی گڈ کے،
جسموں جند نوں لے گئے کڈھ کے،
ایہہ گل کر گئے ہیں سیاری۔

بیدرداں دا کی بھرواسا،
خوف نہیں دل اندر ماسا،
چڑیاں مَرن گنواراں ھاسا،
مگروں ہس ہس تاڑی ماری۔

آون کہہ گئے پھیر نہ آئے،
آون دے سب قول بھلائے،
میں بھلی بھل نین لگائے،
کیہے ملے سانوں ٹھگ بیوپاری۔

कैसे बेदर्दी से प्रीत लगी

इस काफ़ी में प्रियतम को बेदर्दी ठहराते हुए कहा गया है कि वह प्रीति लगाकर प्रेमिका को विरह की अग्नि में जलने के लिए छोड़ गया है। वह बेचारी दुखिया बनकर कहती है कि कैसे बेदर्दी से प्रीति लगी है, जो आंखों से आंसू थमते ही नहीं।

प्रीति लगाकर वह कठोर होकर हमें छोड़कर चले गए हैं और कलेजे में गाड़ गए विरह का भाला। देह में से प्राण निकालकर ले गए हैं। हाय, वे यह कैसी हृदयहीनता कर गए हैं।

भला ऐसे निर्मम लोगों का क्या भरोसा? उनके हृदय में (ईश्वर का) रत्ती-भर भय नहीं। चिड़ियां मर जाएं तो गंवार हंसते हैं। और हंसने के बाद, उपहास-भरी तालियां बजाते हैं। (भला यह भी कोई बात हुई कि किसी की बेबसी पर हंसें।)

वे कह तो यह गए थे कि हम अवश्य लौट आएंगे, किन्तु अभी तक लौटे नहीं। यही नहीं, उन्होंने तो लौट आने के सभी वचन भुला दिए। असल में चूक मुझसे ही हुई, जो भूल में उनसे नयन लगा बैठी। कैसे ठग व्यापारी मिले थे मुझे।

کیسے بے درد سے محبت ہوئی

اس قطعہ میں اپنے عاشق کو بیدرد ٹھہراتے ہوئے کہا گیا ہے کہ محبت کی آگ لگا کر اپنی معشوقہ کو ہجر کی آگ میں جلنے کے لئے چھوڑ گیا ہے۔ وہ بیچاری افسردہ ہو کر کہتی ہے کہ کیسے بے درد سے محبت ہوئی ہے کہ آنکھوں سے آنسو رکتے ہی نہیں۔

محبت کر کے وہ پتھر دل مجھے چھوڑ کر چلا گیا ہے۔ اور میرے کلیجے میں ہجر کی آگ بھڑکا گیا ہے۔ وہ میری روح نکال کر لے گیا ہے۔ ہائے اس نے کیسی بے رحمی کا ثبوت دیا ہے۔

بھلا ایسے رحم کا کیا بھروسہ، اس کے دل میں ذرا بھی خدا کا خوف نہیں۔ چڑیں مر جائیں تو گنوار ہنستے ہیں اور مذاق میں تالیاں بجاتے ہیں (بھلا یہ بھی کوئی بات ہوئی کہ کسی کی بے بسی پر ہنسیں۔

وہ کہہ کر تو یہ گئے تھے کہ ہم ضرور واپس آئیں گے۔ لیکن ابھی تک واپس نہیں آئے۔ بات صرف یہی نہیں بلکہ انہوں نے تو واپس آنے کے سبھی وعدے بھلا دیئے ہیں۔ اصل میں غلطی مجھ سے ہوئی، جو بھول کر ان سے دل لگا بیٹھی۔ کیسے ٹھگ سوداگر ملے تھے۔

कुत्ते

राती जागे करें इबादत
रातों जागण कुत्ते,
तैकू उत्ते।

भौंकणों बन्द मूल ना हुंदे
जा रूड़ी ते सुत्ते,
तै... उत्ते।

ख़सम अपणे दा दर न छड्डदे
भावें वज्जण जुत्ते,
तैकू उत्ते।

बुल्लेशाह कोई वस्त विहाज लै
नहीं ते बाजी लै गये कुत्ते,
तैकू उत्ते।

کُتّے

راتیں جاگیں کریں عبادت،
راتوں جاگن کُتے،
تیکوں اُتے۔

بھونکوں بند مُول نا ہُندے،
جا روڑی تے سُتے،
تیکوں اُتے۔

خصم اپنے دا در نا چھڈدے،
بھاویں وَجن جُتے،
تیکوں اُتے۔

بُلّھے شاہ کوئی وست وِہاج لے،
نہیں تے بازی لے گئے کُتے،
تیکوں اُتے۔

कुत्ते

इस भावपूर्ण काफ़ी में बुल्लेशाह निष्ठा की चर्चा करते हुए कुत्ते की स्वामिभक्ति की चर्चा करके, उसे साधक की निष्ठा से जोड़ देते हैं। वे कहते हैं कि रात-भर जागते हो, इबादत करते हो। रात-भर तो कुत्ते भी जागते हैं। तब तो कुत्ते तुमसे कहीं बढ़कर हैं।

कुत्ते कूड़े के ढेर पर पड़े हुए निरन्तर भौंकते रहते हैं। इस लिहाज़ से तो कुत्ते तुमसे कहीं बढ़कर हैं।

भले ही कोई उन्हें कितना मारे या ठुकराए, वे अपने मालिक का द्वार नहीं छोड़ते। इस दृष्टि से भी कुत्ते तुमसे कहीं बढ़कर हैं।

बुल्लेशाह कहते हैं कि साधना के मार्ग पर चलकर निष्ठापूर्वक कोई कमाई कर लो, वरना कुत्ते बाज़ी ले जाएंगे। अरे, तुमसे कहीं बढ़कर हैं कुत्ते।

کُتّے

اس قطعہ میں بلّے شاہ کتوں کی فرمانبرداری اور جی حضوری کا تقابل رات کے جاگنے والے عبادت گذار سے کرتے ہیں۔

کہتے ہیں کہ تم رات بھر جاگ کر عبادت کرتے ہو۔ رات بھر تو کُتّے بھی جاگتے ہیں تب تو وہ تم سے کہیں بہتر ہیں۔ کُتّے کوڑے کے ڈھیر پر پڑے لگاتار بھونکتے رہتے ہیں، اسطرح تو کتّے تم سے کہیں زیادہ بہتر ہیں۔ چاہے انہیں کوئی کتنا ہی مارے اور دھتکارے۔ وہ اپنے مالک کا دروازہ نہیں چھوڑتے۔ اس حساب سے کتّے تم سے بہت بہتر ہیں۔

بلّے شاہ کہتے ہیں: کہ صوفیت کے راستے میں سعادت مندی سے تھوڑی بہت کمائی کرلو ورنہ کتّے تم سے بازی لے جائیں گے اور کتّے تم سے کہیں بہتر کہلائیں‌گے۔

किह करि

अब लगन लगी किह करिये,
नांह जी सकिये नाह ते मरिये। टेक।

तुम सुनो हमारे बैना,
मोहि रात दिने नहीं चैना,
हुण पी बिन पलक न सरिये।

इह अगन बिरोंह दी जारी,
कोई हमरी तपत निवारी,
बिन दरसन कैसे तरिये?

बुल्ल्हा पई मुसीबत भारी,
कोई करो हमारी कारी,
एह अज्जर कैसे जरिये?

کیا کریئے

اب لگن لگی کہہ کریئے،
ناہ جی سکتے ناہ تے مریئے۔ (ٹیک)

تم سنو ہمارے بینا،
موہی رات دِنیں نہیں چینا،
ہُن پی بن پلک نا سریئے۔

اِہ اگن برہوں دی جاری،
کوئی ہمری تپت نواری،
بن درسن کیسے تریئے۔

بُلّھا پئی مصیبت بھاری،
کوئی کرو ہماری کاری،
اِہ اجر کیسے جریئے۔

क्या करें

प्रिय मिलन का आनन्द उठा लेने पर वियोग की तपिश असहनीय होती है और उसकी जान सांसत में पड़ जाती है। कुछ सूझता नहीं, तो विरहिणी कह उठती है कि अब लगन लगी है, क्या करें। न तो हम जी सकते हैं और न मर सकते हैं। यह दुखदाई प्रीत त्यागी भी तो नहीं जा सकती।

अच्छा, अब तुम मेरी सीधी-सादी बात सुनो। रात हो या दिन; मुझे चैन नहीं है और अब प्रिय के बिना पल-भर भी गुज़र नहीं हो पा रही है।

विरहाग्नि मुझे निरन्तर जला रही है। मेरे इस ताप को दूर करने का कोई तो इलाज करो। सच तो यह है कि उसके दर्शन बिना विरह की आग कैसे भी शान्त नहीं होने वाली।

बुल्लेशाह पर भारी संकट आन पड़ा है, तुम हमारा इलाज करो। अब तुम्ही बताओ कि इस असह्य कष्ट को कैसे सहन करें।

کیا کریں

اپنے پیارے سے وصل کی لذت حاصل کرنے کے بعد ہجر کی تپش نا قابل برداشت ہو جاتی ہے۔اور جان مشکل میں پڑ جاتی ہے۔ جب کچھ سوجھتا نہیں تو ہجر کی ماری ہوئی کہہ اٹھتی ہے کہ اب دل لگا ہی لیا ہے تو کیا کریں، نہ تو ہم جی سکتے ہیں نہ مر سکتے ہیں۔ یہ غم دینے والی محبت چھوڑی بھی نہیں جا سکتی۔

اچھا اب تم میری سیدھی سادی بات سنو۔ رات ہو یا دن مجھے سکون نہیں ہے۔ اب محبوب کے بغیر ایک پل بھی جینا مشکل ہے۔ ہجر کی آگ مجھے مسلسل جلائے جا رہی ہے۔ میری اس جلن کو دور کرنے کا کچھ تو علاج کرو۔ سچ تو یہ ہے کہ اس کے دیدار کے بغیر یہ سوزش کسی بھی طرح ختم ہونے والی نہیں ہے۔

بلّے شاہ کہتے ہیں کہ مجھ پر بڑی بھاری مصیبت آن پڑی ہے تم میرا علاج کرو۔ تم ہی بتاؤ کہ اس نا قابل برداشت مصیبت کو کیسے برداشت کروں۔

क्यों ओले बैह् बैह् झाकीदा

क्यों ओले बैह् बैह् झाकीदा?
एह पर्दा किस तों राखी दा?। टेक।

तुसीं आप ही आये सारे हो,
क्यों कहिये तुसीं निआरे हो,
आये अपने आप नज़ारे हो,
विच बरज़ज़ रख्या ख़ाकी दा।

जिस तन विच इश्क दा सोज़ होइआ,
ओह बेखुदा ते बेहोश होइआ,
ओह क्यों कर रहे खमोश होइआ,
जिस प्याला पीता साक़ी दा।

तुसीं आप असां वल धाये हो,
कद रहंदे छपे छपाये हो,
तुसीं शाह इनायत बन आये हो,
हुण ला ला नैन झमाकी दा।

बुल्ल्हा शाह तन दी भाठी कर,
अग बाल हड्डां तन माटी कर,
एह शौक मुहब्बत बाक़ी कर,
एह मधवा इस बिध छानी दा।

کیوں اَوہلے بہہ بہہ جھاکیدا؟

کیوں اَوہلے بہہ بہہ جھاکیدا؟
ایہہ پردا کس توں راکھی دا؟۔ (ٹیک)

تسیں آپ ہی آئے سارے ہو،
کیوں کہئے تسیں نیارے ہو،
آئے اپنے آپ نظارے ہو،
وِچ برزخ رکھیا خاکی دا۔

جس تن وِچ عشق دا سوز ہویا،
اوہ بیخود اتے بے ہوش ہویا،
اوہ کیوں کر رہے خاموش ہویا،
جس پیالا پیتا ساقی دا۔

تُسیں آپ اَساں وَل دھائے ہو،
کدرہندے چھپے چھپائے ہو،
تُسیں شاہ عنایت بن آئے ہو،
ہُن لا لا نین جھماکی دا۔

بُلھا شاہ تَن دبی بھاٹھی کر،
اَگ بال ہڈاں تن ماٹی کر،
ایہہ شوق محبت باقی کر،
ایہہ مدھوا اِس بدھ چھاتی دا۔

ओट में बैठे ताक-झांक

नवयुवती की भांति माया का आवरण डाले प्रभु सब रचना देख रहा है, इसी बात को बुल्लेशाह ने इस काफ़ी में बयान करते हुए कहा है कि क्यों ओट में बैठकर ताक-झांक करते हो? अरे यह पर्दा तुम किससे रखते हो?

हर स्थान पर तुम स्वयं उपस्थित हो, तब भला मैं यह कैसे कहूं कि तुम संसार से अलग हो। तुम स्वयं ही अपना दर्शन करने आए हो, अब बीच में खाकी शरीर की आड़ कैसी?

जिस शरीर में इश्क़ का सरूर फैला हो, वह अपने-आप को भूला जाता है, बेहोश हो जाता है। वह भला चुप होकर कैसे बैठ सकता है, जिसने साक़ी (मुर्शिद) से प्रेम का प्याला लेकर पिया हो!

तुम स्वयं हमारी ओर दौड़कर आए हो, अब भला तुम कैसे छुपे हुए रह सकते हो? तुमने मुर्शिद शाह इनायत का रूप ले लिया है, अब नयन मिलाकर बार-बार आंखें झपकते हो, कभी आंखें मूंदते हो तो कभी खोलते हो, आखिर यह क्या खेल है।

बुल्लेशाह अपने तन को भट्ठी बना, उस इश्क की आग में तन को तपा, तन को मिट्टी (राख) की तरह मिटा दे, केवल अपने प्रेम के मूल भाव को शेष रहने दे, प्रेम-मधु चखने का यही ढंग है।

پوشیدہ رہ کر کیوں جھانکتے ہو؟

ایک نوجوان حسینہ کی طرح شرم وحیا کا نقاب ڈالے خالق اپنی تخلیق کو دیکھ رہا ہے۔اسی بات کو بلّے شاہ نے اس قطعہ میں بیان کرتے ہوئے کہا ہے کہ کیوں اوٹ میں بیٹھ کرتاک جھانک کرتے ہو۔ارے یہ پردہ تم کس سے کر رہے ہو۔

ہر جگہ پر تم خود موجود ہو بھلا پھر میں یہ کیسے کہوں کہ تم دنیا سے الگ ہو۔تم خود ہی اپنا دیدار کرنے آئے ہو تو بیچ میں خاکی جسم کی آڑ کیسی۔

جس جسم میں عشق کا زہر پھیلا ہو وہ اپنے آپ کو بھول جاتا ہے اور مدہوش ہو جاتا ہے۔وہ بھلا خاموش کیسے بیٹھ سکتا ہے جس نے ساقی کے ہاتھ سے محبت کا پیالہ لے کر پیا ہو۔

تم خود ہماری طرف دوڑ کر آئے ہو۔اب بھلا تم کیسے چھپے رہ سکتے ہو تم نے مرشد شاہ عنایت کا بھیس لے لیا ہے اب آنکھیں ملا کر بار بار آنکھیں جھپکتے ہو۔کبھی آنکھیں بند کر لیتے ہو تو کبھی کھول لیتے ہو آخر یہ کیا ماجرا ہے۔

بلّے شاہ اپنے جسم کو بھٹی بنا۔اس عشق کی آگ میں اپنے تن کو تپا،بدن کو مٹی کی طرح مٹا دے۔صرف اپنے پیار کی اصل حالات کو باقی رہنے دے۔پیار کے شہد کو چکھنے کا یہی ایک طریقہ ہے۔

से वणजारे आए

से वणजारे आए नी माए,
से वणजारे आए,
लालां दा ओह वणज करेंदे,
होका आख सुणाए।

सुणिआ होका, मैं दिल गुज़री,
मैं वो लाल लै आवां,
इक ना इक कन्नां विच पा के,
लोकां नूं दिखलावां।

कच्ची, कच्च विहाजण जाणां,
लाल विहाजण चल्ली,
पल्ले ख़र्च न, साख न काई,
वेखो हारन चल्ली।

जां मैं मुल्ल ओहह्लां नूं पुछिआ,
मुल्ल करन ओह भारे,
डम्म सूई दा कदे ना खाधा,
ओह पुच्छण सिर बारे।

जेड़ियां गइयां लाल विहाजण,
ओहनां सीस लुहाए,
से वणजारे आए नी माए,
से वणजारे आए।

سے ونجارے آئے

سے ونجارے آئے نی مائے،
سے ونجارے آئے،
لالاں دا اوہ وَنج کریدیں،
ہوکا آنکھ سُنائے۔

سنی آ ہوکا، میں دِل گزری،
میں وو لال لیں آواں،
اِک نا اِک گنّاں وِچ پا کے،
لوکاں نوں دِکھلاواں۔

گھّی گج وِھا جن جاناں،
لال وِھا جن چلّی،
پلّے خرچ نہ، ساکھ نہ کائی،
ویکھو ہارن چلّی۔

جاں میں مُل اوھناں نوں پُچھیا،
مُلّ کرن اوہ بھارے،
ڈم سُوئی دا کدے نا کھادا،
اوہ پچھن سر بارے۔

جیھڑیاں گئی یاں لال وِھا جن،
اوہ ناں سیس لُوھائے،
سے وَنجارے آئے نی مائے،
سے ونجارے آئے۔

सैकड़ों बंजारे आए

नाम रूपी हीरों का व्यापार करने वाले सन्त-महात्मा और कामिल-मुर्शिद बनजारों (व्यापारी) को देखकर जीव के मन में उन्हें ख़रीदने की इच्छा होती है। जब उस हीरे का मूल्य 'शीश देवा' सुनते हैं, तो लोग भाग खड़े होते हैं। भक्ति या नाम का रतन खरीदने की अवस्था का वर्णन इस काफ़ी में किया गया है।

मां, सैकड़ों ही बनजारे आए हुए हैं। वे हीरे-जवाहरात का व्यापार करते हैं और ऊंची आवाज़ से पुकारकर हमें सुनाते हैं।

मैंने जब यह पुकार सुनी, तो जी में आया कि मैं भी एक हीरा ख़रीद लूं और एक-न-एक हीरा कानों में लटका लूं और लोगों को दिखाऊं।

मैं अप्रौढ़ हूं और कांच तक नहीं परख सकती। फिर मैं चली हूं हीरा ख़रीदने। पल्ले पैसा न था, मेरी कोई साल भी न थी। देखो, इस सौदे में सीधे-सीधे हानि के लिए चल दी।

जब मैंने उनसे हीरे का मोल पूछा, तो उन्होंने उसका भारी मोल बताया - शीश। मैंने कभी सूई तक की चुभन सहन नहीं की थी और वे मांगने लगे कि इस हीरे के बदले सिर कटवा सकोगी? अर्थात अहं त्याग सकोगी?

जो-जो हीरे-जवाहरात ख़रीदने गईं, उन्होंने अपने सिर कटवा लिए। सैकड़ों ही बनजारे आए हैं मां, सैकड़ों ही बनजारे आए हैं।

سینکڑوں بنجارے آئے

قیمتی ہیروں کا کاروبار کرنیوالے صوفی سنت اور کامل مرشد بنجاروں (تاجران) کو دیکھ کر انسان کے دل میں ان کو خریدنے کی خواہش ہوتی ہے۔ جب اس ہیرے کی قیمت ''سرکٹوانا'' سنتے ہیں تو لوگ بھاگ کھڑے ہوتے ہیں ''ریاضت'' نام کا رتن خریدنے کی اصلی حالت کا ذکر اس رباعی میں کیا گیا ہے۔

یہاں سینکڑوں بنجارے آئے ہوئے ہیں وہ ہیرے جواہرات کا کاروبار کرتے ہیں اور اونچی آواز سے پکار کر ہمیں سناتے ہیں۔ میں نے جب یہ پکار سنی تو دل میں آیا کہ میں بھی ایک ہیرا خریدلوں، ایک ہیرا کان میں لٹکا لوں۔ اور لوگوں کو دکھاؤں۔

میں معصوم ہوں کانچ تک کو پرکھ نہیں سکتی، اور چلی ہوں میں ہیرا خریدنے۔ میرے پاس ایک پیسہ بھی نہ تھا اور نہ کوئی میرا اثر رسوخ تھا۔ دیکھو اس سودے میں سیدھے سیدھے نقصان کرنے چلدی۔

جب میں نے اس ہیرے کی قیمت معلوم کی تو انہوں نے اس کی بھاری قیمت بتائی یعنی (سر) میں نے کبھی سوئی کی بھی چبھن نہ سہی تھی، اور انہوں نے کہا کہ اس ہیرے کے بدلے سر کٹوا سکوگی؟ یعنی اپنی انا پرستی (غرور) چھوڑ سکوگی۔

جو بھی ہیرے جواہرات خریدنے گیا اس نے اپنا سر کٹوا دیا۔ سینکڑوں بنجارے آئے ہیں سینکڑوں بنجارے۔

हम गुम हुए

अब हम गुम हुए गुम हुए,
प्रेम नगर के सैर। टेक।

अपने आप यूँ सोध रहा हूं,
न सिर हाथ न पैर।
कित्त्थे पकड़ लै चले घरां थीं,
कौण करे निरवैर।

ख़दी खोई अपणा अपचीना,
तब होई कुल खैर।
बुल्ल्हा साईं दोहीं जहानी,
कोई न दिसदा गैर।

ہم گم ہوئے

اب ہم گم ہوئے گم ہوئے،
پریم نگر کے سیر۔ (ٹیک)

اپنے آپ نوں سودھ رہاں ہوں،
نہ سر نہ ہاتھ نہ پیر،
کتھے پکڑ لے چلے گھراں تھیں،
کون کرے نرویر۔

خودی کھوئی اپنا اپچینا
تب ہوئی کل خیر۔
بلّھا سائیں دوہیں جہانی،
کوئی نہ دِسدا غیر۔

हम गुम हुए

प्रेम-मार्ग में साधक का अपनापा समाप्त हो जाता है। इसे ही लक्ष्य करके इस काफ़ी में कहा गया है कि अब हम प्रेम-नगर नामक शहर में गुम हो गए हैं।

अब स्थिति यह है कि मैं अपने आप को ढूंढ़ रहा हूं, लेकिन सिर, हाथ या पांव - कुछ नहीं मिलता।

अरे भाई, मुझे अपने घर से पकड़कर कहां ले चले हो। तुम्हें बैर से मुक्त कौन करे?

जब अहं खो दिया तभी अपने-आप को पहचान पाया। अपनी पहचान होने पर सर्वत्र कुशल-ही-कुशल है।

बुल्लेशाह के लिए तो लोक और परलोक में एक ही स्वामी है, उसे अब कोई भी गैर नहीं दीखता।

ہم گم ہو گئے

محبت کے شہر میں عاشق اپنے آپ گم ہو کر رہ جاتا ہے۔اس چیز کو اس رباعی میں بیان کیا گیا ہے کہ اب ہم محبت کے شہر میں گم ہو گئے ہیں۔اب حال یہ ہے کہ میں اپنے آپ کو ڈھونڈ رہا ہوں لیکن سر، ہاتھ، یا پاؤں کچھ بھی نہیں چلتا۔

ارے بھئی مجھے اپنے گھر سے پکڑ کر کہاں لے جا رہے ہو۔تمہیں دشمنی سے کون آزاد کرے۔

جب ہم نے اپنے اندر سے تکبّر ختم کر دیا تبھی اپنے آپ کو پہچان پائے۔اپنی پہچان ہو جانے پر ہر جگہ ہر طرح سے خیریت ہے۔

بلّے شاہ کے لئے تو دونوں جگہ (دنیا اور آخرت میں) ایک ہی مالک ہے اسے اب کوئی بھی غیر نظر نہیں آتا۔

गल रौले लोकां पाई ए

गल रौले लोकां पाई ए। टेक।

सच आख मना क्यों डरना एं,
इस सच पिच्छे तूं तरना एं,
सच सदा अबादी करना एं,
सच वस्त अचम्भा आई एं।

शाह रग थीं ओह वसदा नेड़े,
लोकों पा ल्ये लम्मे झेडे,
यां के झगड़े कौन नबेड़े,
भज भज के उमर गवाई ए।

گل روے لوکاں پائی اے

گل روے لوکاں پائی اے۔(ٹیک)

سچ آکھنا کیوں ڈرنا ایں،
اس سچ پچھے توں ترنا ایں،
سچ سدا ابادی کرنا ایں،
سچ وست اُچمبھا آئی اَیں۔

شاہ رگ تھیں اوہ وسدا نیڑے،
لوکوں پا لئے لمے جھیڑے،
یا کے جھگڑے کون نبیڑے،
بھج بھج کے عمر گوائی اے۔

शोर में उलझा दी बात

साधक का व्यवहार सामान्य जन से भिन्न होता है, अतः लोगों में तरह-तरह की चीमागोइयां होती रहती हैं, जिससे बात कुछ-की-कुछ हो जाती है। यही तथ्य इस काफ़ी में वर्णित है कि लोगों ने शोर मचा-मचाकर बात उलझा दी है।

ऐ मेरे मन, सच कह, भला इस सबसे तू डरता क्यों है? तेरा उद्धार तो सच के द्वारा ही होगा। सच में इतनी शक्ति है कि वह सदा आबाद करता है। सत्य का मार्ग अपनाने से विचित्र वस्तु प्राप्त हुई है।

प्रभु शाहरग तभी समीप रहता है। उसे प्राप्त करने के लिए लोगों ने लम्बे-चौड़े विवाद खड़े कर रखे हैं। उन झगड़ों का निपटारा भला कौन करे? वे तो व्यर्थ ही भटक-भटक कर उम्र गंवा रहे हैं।

شور میں اُلجھادی بات

صوفی کا معاملہ اور طور طریقہ عام آدمی سے مختلف ہوتا ہے اسلئے لوگوں میں چہ میگوئیاں ہوتی رہتی ہیں، جس سے بات کچھ سے کچھ ہو جاتی ہے۔ اس رباعی میں اسی کو بیان کیا گیا ہے کہ لوگوں نے شور مچا کر بات الجھادی ہے۔

اے میرے دل سچ بتا کہ تو ان سب سے کیوں ڈرتا ہے؟ تیرا بیڑا تو سچ سے پار ہوگا۔ سچ میں، اس قدر قوت ہے کہ وہ ہمیشہ انسان کو آباد ہی کرتا ہے، سچ کا راستہ اپنانے سے ایک انوکھی چیز حاصل ہوتی ہے۔

خدا شہ رگ سے بھی زیادہ قریب ہے۔ اسے حاصل کرنے کے لئے لوگوں نے لمبے چوڑے جھگڑے کھڑے کر رکھے ہیں۔ ان جھگڑوں کو کون نپٹائے لوگ خواہ مخواہ بھٹک کر عمر گنوار ہے ہیں۔

चुप करके करीं गुज़ारा

चुप करके करीं गुज़ारे नूं। टेक।

सच सुण के लोक न सैंदे ने,
सच आखिये तां गल पैंदे ने,
फिर सच्चे पास न बैंदे ने,
सच्च मिट्ठा आशन प्यारे।

सच शरा करे बर्बादी ए,
सच आशक दे घर शादी ए,
सच करदा नवीं अबादी ए,
जेहा शरा तरीक़तहारे।

चुप आशिक तों ना हुंदी ए,
जिस आई सच सुगन्धी ए,
जिस माल सुहाग दी गुन्दी ए,
छड दुनिया कूड़ पसारे नूं।

چپ کر کے کریں گزارا

چھپ کر کے کریں گزارے نوں۔(ٹیک)

سچ سُن کے لوک نہ سینھدے نے،
سچ آکھیئے تاں گل پیندے نے،
پھر سچے پاس نہ بینھدے نے،
سچ مِٹھا عاشق پیارے نو۔

سچ شرا کرے بربادی اے،
سچ عاشق دے گھر شادی اے،
سچ کردا نویں آبادی اے،
جیھا شرا طریقت ہارے نوں۔

چپ عاشق توں نا ہُندی اے،
جس آئی سچ سُگندھی اے،
جس ساحل سہاگ دی گُندی اے،
چھڑ دنیا کوڑ پسارے نوں۔

चुप रहकर गुजर-बसर करो

सत्य का कहना और सच सुनकर सह लेना, दोनों ही कठिन हैं। इसलिए साधक को बुल्लेशाह की सलाह है कि चुप रहकर गुजर-बसर करो।

सच सुनकर लोग उसे सहन नहीं करते। सच कड़वा होता है, अतः आमतौर पर सच कहें, तो लोग झगड़ने लगते हैं और सच कहने वाले के निकट बैठते तक नहीं। लेकिन साधक और प्रभु-प्रेमी को सच बहुत मीठा लगता है।

सच दुनियादारी को बर्बाद कर देता है, किन्तु सच आशिक को प्रसन्न करता है। सच से व्यक्ति के भावना-जगत में बहुत कुछ नया फूट उठता है। तरीक़त के मुक़ाम पर पहुंचे हुए सूफ़ी के लिए सच ही शाह है।

आशिक़ चुप नहीं रह सकता। उसके पास सच सुगन्ध की तरह पहुंचता है। उसने सुहाग (प्रभु-मिलन) के लिए हार गूंथ रखे हैं। सच की ख़ातिर वह दुनिया को त्याग देता है, जो कि सर्वत्र फैला हुआ झूठ है।

خاموش رہ کر گزر بسر کرو

سچ کہنا اور سچ سن کر سہ لینا، دونوں ہی مشکل کام ہیں۔اس لئے صوفی کو بلّے شاہ کا مشورہ ہے کہ چپ رہ کر زندگی گزارو۔

سچ سن کر لوگ اُسے برداشت نہیں کر پاتے۔ سچ کڑوا ہوتا ہے۔اس لئے عام طور پر لوگ سچ بات پر جھگڑنے لگتے ہیں اور سچ بولنے والے کے قریب بھی نہیں پھٹکتے لیکن خدا اور سول سے لگاؤ رکھنے والے کو سچ بہت میٹھا لگتا ہے۔

سچ دنیاداری کو برباد کر دیتا ہے۔لیکن سچ عاشق کو خوش رکھتا ہے۔ سچ سے آدمی کے خیالات کی دنیا میں بہت سی نئی تبدیلیاں آتی ہیں۔ طریقت کے مقام پر پہونچے ہوئے آدمی کے لئے سچ ہی سب کچھ ہے۔ عاشق چپ نہیں رہ سکتا۔اسکے پاس سچ خوشبو کی طرح پہونچتا ہے۔اس نے سہاگ (وصلِ خدا) کے لئے ہار گوندھ رکھے ہیں۔ سچ کی خاطر وہ دنیا کو چھوڑ دیتا ہے جو چاروں طرف پھیلا ہوا فریب ہے۔

वाह-वाह रमज़ सजण दी

वाह-वाह रमज़ सजण दी होर। टेक।

कोठे चढ़कर देवां होका,
इश्क विहाजो कोई न लोकां,
इस दा मूल न खाणा धोखा,
जंगल बस्ती मिले न ठौर।

दे दीदार होया जद राही,
अचनचेत प्यी गल विच फाही,
उण्हडी कीती बेपरवाही,
मैनूं मिलिया ठग लाहौर।

आशिक़ फिरदे चुप-चपाते,
जैसे मरुत सदा मदमाते,
दामे जुल्फ़ दे अन्दर फाते,
ओत्थे चल्लै वस्स न ज़ोर।

बुल्हिआ शौह नूं कोई न देखे,
जो देखे सो किसे न लेखे,
उसदा रंग न रूप न रेख ए,
ओही होवे होके चोर।

واہ واہ رَمز سجن دی

واہ واہ رمز سجن دی ہور۔ (ٹیک)

کوٹھے چڑھکر دیواں ہوکا،
عشق وِہا جو کوئی نہ لوکاں،
اس دا مول نہ کھانا دھوکا،
جنگل بستی ملے نہ ٹھور۔

دے دیدار ہویا جد راہی،
اَچن چیت پئی گل وِچ پھاہی،
اُن ہڈی کیتی بیپرواہی،
مَینوں مِلی یا ٹھگ لاہور۔

عاشق پھردے چپ چپاتے،
جیسے مروت سدا مد ماتے،
دامے زلف دے اندر پھاتے،
اوتھے چلّے وَس نہ زور۔

بُلّھا شوہ نوں کوئی نہ دیکھے،
جو دیکھے سو کسے نہ لیکھے،
اُس دا رنگ نہ رُوپ نہ ریکھاے،
اوہی ہووے ہو کے چور۔

वाह-वाह सजन का रहस्य

सजन (परमात्मा) का रहस्य अनोखा है। क्या कमाल है!

प्रेम का रोग ऐसा विषम और उद्दाम है कि उसके वश में आकर न जाने कितने कष्ट होते हैं, इसलिए बुल्लेशाह कहते हैं कि कोठे पर चढ़कर सभी को उच्च स्वर में सावधान कर रहा हूं कि लोगो, इश्क का व्यापार भूलकर भी न करना। प्रेम का धोखा कभी न खाना। क्योंकि प्रेमी के लिए जंगल या बस्ती में, कहीं भी ठौर नहीं।

दर्शन देकर जब प्रेमी चल दिया, तो महसूस हुआ कि गले में फन्दा पड़ गया है। उसने बहुत बेपरवाही दिखाई। ऐसे लगा कि जैसे किसी लाहौरी ठग ने ठग लिया हो।

आशिक़ लोग सर्वथा मौन रहकर प्रेम में दीवाने हुए भटकते रहते हैं, जैसे मस्त हों या मदमत्त हों। उनका मन प्रिय के केशपाश में फंसा रहता है। वहां किसी का वश नहीं चलता, किसी का ज़ोर काम नहीं आता।

बुल्लेशाह कहते हैं कि उस पति-परमेश्वर को कोई देख नहीं सकता, जो कुछ जिसे हम देखते हैं, वह किसी काम का नहीं। लेकिन एक मुश्किल भी सामने आती है कि प्रिय का न तो रूप है, न रंग है और न रेखा है। अदृश्य होने पर भी सभी जगह वही है।

سجن (خدا) کا راز بھی خوب ہے

سجن (خدا) کا راز انوکھا ہے، کیا کمال ہے۔

محبت ایسی تکلیف دہ بیماری ہے کہ اس کے چنگل میں پھنس کر بے انتہا تکلیف ہوتی ہے۔اس لئے بلّے شاہ کہتے ہیں کہ لوگو، میں چھت پر چڑھ کر بلند آواز سے سبھی کو باخبر کر رہا ہوں، کہ عشق کا کاروبار بھول کر بھی نہ کرنا۔کبھی محبت کا دھوکا نہ کھانا۔کیونکہ عاشق کے لئے جنگل اور بستی دونوں میں کہیں بھی چین نہیں ہے۔محبت کرنے والا جب دیدار کر کے چلا تب ایسا محسوس ہوا کہ گلے میں طوق پڑ گیا ہے۔اس نے بہت زیادہ لاپرواہی کا ثبوت دیا ایسا محسوس ہوا کہ جیسے کسی لاہوری ٹھگ نے ٹھگ لیا ہو۔

عاشق لوگ ہمیشہ خاموش رہ کر محبت میں دیوانے ہو کر بھٹکتے پھرتے ہیں جیسے مست ہوں یا نشے میں ہوں۔ان کا دل پیارے کی زلفوں کے جال میں پھنسا رہتا ہے محبت میں کسی کا بس نہیں چلتا کسی کا زور کام نہیں آتا۔

بلے شاہ کہتے ہیں کہ۔اس خدا کو کوئی نہیں دیکھ سکتا۔جو کچھ جسے ہم دیکھتے ہیں وہ کسی کام کا نہیں لیکن ایک مشکل بھی سامنے آتی ہے، کہ اس پیارے کا نہ تو روپ ہے نہ رنگ ہے اور نہ کوئی نشان ہے۔ظاہر نہ ہونے پر بھی جگہ وہی ہے۔

संभल के नेहु लाए

दिलबर संभल के नेहु लाए,
पिच्छों पछोतावहिंगा।
जाणेगा तूं तां,
जां रोइ रोइ हाल वजावेंगा।

ओथै इश्क जुलीखा है,
ओथै आशक तड़फन सै,
ओथै मजनूं करदा है,
ओथों तूं क्या ल्यावहिंगा।

जाहि जि जाना फेरि,
ओथै बेपरवाहीआं ढेर,
ओथै उछिल खलोंदे शेर,
ओथै तूं भी उछिया जावहिंगा।

कलालां दा धरि पासे,
ओथै आवण मसत पिआसे,
भरि-भरि पीन पिआले ख़ासे,
ओथै तूं भी जीउ ललचावहिंगा।

बुल्ल्हा गैर शरा न होइ,
सुख दी नीझर भरि करि सोइ,
अनलहक न मुखों बुगोइ,
चढ़ सूली ढोला गावहिंगा।

سنبھل کے نیھو لائے

دلبر سنبھل کے نیھو لائے،
پچھوں پچھوتاوھنگا۔
جانیگا توں تاں،
جاں روئی روئی حال وجاں وینگا۔

اوتھے عشق زلیخا سے،
اوتھے عاشق تڑفن سے،
اوتھے مجنوں کردا ہے،
اوتھوں توں کیا لیا وھنگا۔

جاہی جی جاناں پھیری،
اوتھے بے پرواھیاں ڈھیر،
اوتھے اُچھل کھلوندے شیر،
اوتھے توں بھی اُچھپا جاوُھنگا۔

کلالاں دادھری پاسے،
اوتھے آون مست پیاسے،
بھری بھری پین پیالے خاسے،
اوتھے توں بھی جی اولچاوِھنگا۔

بلّھا غیر شرانہ ہوئی،
شکھ دی نجھر بھری کری سوئی،
اُلحق نہ مکھوں بگوئی،
چڑھ سولی ڈھولا گاوُھنگا،

संभलकर प्रेम करना

प्रेम-मार्ग की कठिनाइयों को जानने के कारण साईं बुल्लेशाह चेताते हैं कि हे प्रिय, संभलकर प्रेम करना, अन्यथा बाद में पछताना पड़ेगा।

तुम्हें पता ही तब चलेगा जब रो-रोकर अपनी अधोगति का वर्णन करेगा।

इश्क में तुम्हारा हाल जुलैखा-सा[1] हो जाएगा। वहां सैकड़ों आशिक़ तड़पते हैं और वहां मजनूं हाय-हाय करता है। सोच-समझ लो कि वहां तुम क्या प्राप्त कर सकोगे।

मेरे समझाने पर यदि नहीं मानते और यदि जाना ही है तो चला जा। वहां ढेरों बेपरवाहियां हैं। इतनी बेरहमी भी है कि वहां शेरों तक के दिल दहल जाते हैं। मैं बताए देता हूं कि वहां तुम भी छले जाओगे।

वहां कलालों[2] का घर समीप ही है। वे खुदाई इश्क में मस्त हुए अपनी-अपनी प्यास बुझाने आते हैं और भर-भरकर प्रेम-प्याले पीते हैं।

वहां जाओगे तो तुम्हारा मन भी उनकी श्रेणी में जाने को ललचाने लगेगा।

बुल्लेशाह कहता है कि शरह में वेगाना न हो, और इस प्रकार सुख की गहरी नींद सो जा, अपने मुख से अनलहक़ कभी[3] न कहना, वरना तुम्हें सूली पर चढ़कर प्रेमगीत गाना पड़ेगा।

---

1. यूसुफ़ की प्रेमिका जो यूसुफ़ के न मिलने पर अन्धी हो गई।
2. खुदाई इश्क की मदिरा से मस्त कर देने वाला, मुर्शिद।
3. मंसूर का नारा (मैं हक़ यानी खुदा हूं)। इसी के कारण उसे सूली पर चढ़ना पड़ा।

سنبھل کے محبت کرنا

محبت کے راستے کی مشکلات سے واقف ہونے کی وجہ سے سائیں بلے شاہ سب کو باخبر کرتے ہیں کہ اے پیارے سنبھل کے پیار کرنا ورنہ بعد میں پچھتانا پڑے گا۔ تم کو اس کی اصلیت کا پتہ اس وقت چلے گا جب تم رو رو کر اپنے نقصان کو بتلاؤ گے۔ عشق میں تمہارا حال زلیخا جیسا ہو جائے گا۔ وہاں سینکڑوں عاشق تڑپتے ہیں۔ اور مجنوں ہائے ہائے کرتے ہیں سوچ لو کہ وہاں تم کیا حاصل کر سکو گے۔

میرے سمجھانے پر اگر تم نہیں مانتے اور جانا ہی چاہتے ہو تو چلے جاؤ۔ وہاں بے شمار لاپروائیاں ہیں اتنی بے رحمی ہے کہ وہاں شیروں تک کے دل دہل جاتے ہیں۔ میں تم کو بتلا رہا ہوں کہ وہاں تم بھی پریشان ہو جاؤ گے۔

وہاں کلالوں کا گھر قریب ہی ہے۔ وہ خدا کے عشق میں مست ہو کر اپنی پیاس بجھانے آتے ہیں اور بھر بھر کر محبت کے پیالے پیتے ہیں وہاں جاؤ گے تو تمہارا دل بھی اُن جیسا ہو جانے کو چاہے گا۔

بلے شاہ کہتا ہے کہ شرع سے ناواقف نہ ہو اور سکھ آرام سے گہری نیند سوتا رہ اپنے منہ سے انا الحق کبھی نہ کہنا، ورنہ تمہیں سولی پر چڑھ کر عشق حقیقی کے گیت گانے پڑیں گے۔

۱۔ یوسف کی عاشقہ جو یوسف کے نہ ملنے کی وجہ سے اندھی ہوگئی۔

۲۔ خدائی عشق میں محو کر دینے والا مرشد۔

۳۔ منصور کا نعرہ (میں حق یعنی خدا ہوں) اسی کی وجہ سے اسکو سولی پر چڑھنا پڑا۔

चूढ़ी हां

मैं चूढ़ेटरी आं सच्चे साहिब दी सरकारों। टेक।
धिआन दी छज्जली गिआन दा झाड़,
काम क्रोध नित झाड़ों।
काज़ी जाणे हाकम जाणे,
फ़ारख़तो बेगारों। दिने राती मैं एहो मंगदी,
दूर न कर दरबारों।
तुध बाझों मेरा होर न कोई,
मैं वल्ल करी पुकारों।
बुल्ल्हा शौह अनाइत बाझों,
बखरा मिले दीदारों।

حوڑھی ھاں

میں چُوڑھیڑی آں سچے صاحب دی سرکاروں۔ (ٹیک)

دھیاں دی چھجلی گیان دا جھاڑد،
کام کرودھ نت جھاڑوں۔
قاضی جانیں حاکم جانیں.
فارختوں بے گاروں۔
دنے راتیں میں ایھو منگدی،
دُور نہ کر دربا روں۔
تُدھ باجھوں میرا ہور نہ کوئی،
کیس ول کری پکاروں۔
بلھا شوہ عنایت باجھوں،
بکھرا ملیں دیداروں۔

भंगिन हूं सरकार की

बुल्लेशाह नम्रतावश स्वयं को प्रभु के दरबार की मेहतरानी बताते हुए कहते हैं कि मैं सच्चे सरकार की भंगिन हूं।

इस रूपक को आगे बढ़ाते हुए वे कहते हैं कि मेरे पास है ध्यान का छाज और ज्ञान की झाड़, जिससे मैं सदा काम और क्रोध को झाड़ती रहती हूं।

काज़ी भी यह जानता है और हाकिम भी जानता है कि मैं सांसारिक बेगार से पूरी तरह आज़ाद हूं।

अब जब मैं पूरी तरह उनकी ही हूं, तो दिन-रात यही मांगती हूं कि मुझे अपने दरबार से कभी अलग मत करना।

साधक की प्रभु पर निर्भरता का बयान करते हुए सन्त कहता है कि तुम्हारे बिना मेरा कोई नहीं है। अब अगर चाहूं भी, तो फ़रियाद किसके पास करूं?

शौहर (मुर्शिद) इनायत शाह के अतिरिक्त दर्शन का सौभाग्य किससे मिल सकता है?

مہترانی ہوں خدا کے دربار کی

بلے شاہ عاجزی وانکساری میں اللہ کے دربار کی خود کو مہترانی قرار دیتے ہوئے کہتے ہیں کہ سچے سرکار کی مہترانی ہوں۔ وہ کہتے ہیں کہ میرے پاس غور وفکر کا جھاج اور علم کی جھاڑو ہے۔ جس سے میں ہمیشہ جہالت اور غصہ کو جھاڑتی رہتی ہوں۔

قاضی بھی یہ جانتا ہے اور حاکم بھی جانتا ہے کہ میں دنیا کے بکھیڑوں سے پوری طرح آزاد ہوں۔

اب چونکہ میں ان کی ہوگئی ہوں تو دن رات ان سے یہی مانگتی ہوں کے مجھے اپنے دربار سے دور مت کرنا۔ صوفی کی رب کی طرف توجہ اور فکر کو بیان کرتے ہوئے صوفی کہتا ہے کہ تمہارے سوا میرا کوئی نہیں، میں اگر چاہوں بھی تو فریاد کس سے کروں؟

شوہر (مرشد) کے بغیر اس کے دیدار کا شرف کیسے حاصل ہو سکتا ہے۔

जिस तन लगिआ इश्क़ कमाल

जिस तन लगिआ इश्क कमाल,
नाचे बेसुर ते बेताल। टेक।

दरदमन्द नू कोई न छेड़े,
जिसने आपे दुःख सहेड़े,
जम्मणा जीणा मूल उखेड़े,
बूझे अपणा आप ख़िआल।

जिसने वेस इश्क दा कीता,
धर दरबारों फ़तवा लीता,
जदों हजूरों प्याला पीता,
कुछ ना रह्या जवाब सवाल।

जिसदे अन्दर वस्स्या यार,
उठिया यार ओ यार पुकार,
ना ओह चाहे राग न तार,
ऐंवे बैठा खेडे हाल।

बुल्हिआ शौह नगर सच पाया,
झूठा रौला सब मुकाया,
सच्चियां कारण सच्च सुणाया,
पाया उसदा पाक जमाल।

جس تن لگی آ عشق کمال

جس تن لگی آ عشق کمال،
ناچے بے سُر تے بے تال۔ (ٹیک)

درمندنوں کوئی نہ چھیڑے،
جس نے آپے دُکھ سہیڑے،
جمنا جینا مول اکھیڑے،
بوجھے اپنا آپ خیال۔

جس نے ویس عشق دا کیتا،
دُھر دربار وں فتوا لیتا،
جدوں حضوروں پیالا پیتا،
کچھ نا رہیا جواب سوال،

جس دے اندر وسیا یار،
اُٹھیا یاراُو یار پکار،
نا اوہ چاہے راگ، نا تار،
اَیوں بیٹھا کھیڈے حال۔

بلھا شوہ نگر سچ پایا،
جھوٹھا رولا سب مکایا
سچیاں کارن سچ سنایا،
پایا اس دا پاک جمال۔

जिसे पूर्ण प्रेम हो जाता है

जिसे प्रभु से पूर्ण प्रेम हो जाता है, वह आनन्दमय मस्ती में आकर बेसुर और बेताल नाचने लगता है।

उस वेदना-भरे जीव को कोई क्या तंग करेगा, जिसने स्वयं अपने लिए दुख संजो लिये हैं। दुखों को वरण करने वाला जन्म और मरण को उखाड़ फेंकता है, और वह अपनी हस्ती को स्वयं पहचान लेता है।

जिसने प्रभु-प्रेम को जीवनाधार बना लिया है, उसे स्वयं आदिसत्ता से आदेश प्राप्त होने लगते हैं। जब स्वयं आदिसत्ता के हाथ से प्रेम का प्याला पिया हो तो उस अवस्था में किसी प्रकार की दुविधा के लिए स्थान ही नहीं रहता।

जिसके हृदय के अन्दर उसका यार (प्रभु) बस जाता है, तो वह आपा भूलकर यार-ही-यार पुकार उठता है। जब रोम-रोम में प्रिय की ध्वनि गूंजने लगे, तब फिर किसी बाहरी राग अथवा ताल की चाह ही नहीं रह जाती और वह अनायास मिलन-सुख में डूबकर नाचने लगता है।

बुल्लेशाह कहता है कि प्रिय के नगर में ही सच प्राप्त होता है। प्रियतम के नगर को देखने के बाद तो संसार के सारे झूठे शोर समाप्त हो जाते हैं। यह परम सत्य मैंने उन लोगों के लिए कहा है, जो सच्चे हैं, और जिन्हें उसके परम प्रेममय पवित्र रूप सौन्दर्य का दर्शन हो चुका है।

جسے مکمل پیار ہو جاتا ہے

جس کو خدا سے پوری طرح محبت ہو جاتی ہے وہ خوشی اور مستی میں آ کر جھوم اٹھتا ہے۔اس دکھ بھرے انسان کو کوئی کیا تنگ کریگا جس نے خود ہی اپنے لئے دکھ مول لے لئے ہوں۔دکھوں کو چن لینے والا انسان موت اور زندگی کو پچھاڑ دیتا ہے،اور اپنی ہستی کی اصلیت پہچان لیتا ہے۔

جس نے خدا سے محبت کو اپنی زندگی کا مقصد بنا لیا اُسے خود خالق کائنات کی طرف سے الہامات ہونے لگتے ہیں۔جب خود ہی خالق کائنات کے ہاتھ سے محبت کا پیالہ پیا ہو تو اس حال میں کسی بھی طرح کی شکایت کی کوئی گنجائش نہیں رہتی۔

جس کے دل کے اندر اس کا محبوب بس جاتا ہے تو وہ اپنا آپ کو بھول کر محبوب محبوب ہی پکارتا ہے۔جب روئیں روئیں میں عاشق کی آواز گونجنے لگتی ہے تو باہر کے کسی سُر اور راگ کی ضرورت نہیں رہتی۔اور وہ بے خود ہو کر لذت وصال میں ڈوب کر جھوم اٹھتا ہے۔

بلے شاہ کہتے ہیں کہ اپنے پیارے کے شہر میں ہی سچ حاصل ہوتا ہے اس کے شہر کو دیکھنے کے بعد تو دنیا کا مکمل جھوٹ اور شور ختم ہو جاتا ہے یہ بے انتہا سچ میں نے ان لوگوں کے لئے کہا ہے جو سچے ہیں اور ان کو خدا کی ذات پاک اور اس کا جمال کا دیدار ہو چکا ہے۔

बेकैद

मैं बेक़द, मैं बेक़द;
ना रोगी, ना वैद।

ना मैं मोमन, ना मैं काफ़र,
ना सैयद, ना सैद।

चौधीं तबकी सैर असाडा,
किते ना हुंदा कैद।

खराबात है जात असाडी,
ना सोमा, ना ऐब।

बुल्ल्हेशाह दी ज़ात की पुच्छनै,
ना पैदा ना पैद।

بے قید

میں بے قید، میں بے قید
نا روگی نا وید۔

نا میں مومن[1]، نا میں کافر،[2]
نا سیّد،[3] نا سید،[4]

چودھی طبقیں[5] سیر اُساڑا،
کتے نا ہُندا قید۔

خرابات ہے جات اُساڑی،
نا سوما، نا عیب۔

بُلھے شاہ دی ذات کی پُچھنے
نا پیدا نا پید۔

ا۔ ایمان لانے والا مسلمان

۲۔ بے دین، خدا کو نہ ماننے والا

۳۔ رسول کی بیٹی فاطمہؓ کے خاندان سے نسبی تعلق رکھنے والا

۴۔ سید کا مختصر

۵۔ سات طبق زمین اور سات طبق آسمان یعنی چودہ طبقات

मैं बन्धन-मुक्त

में किसी कैद में नहीं, किसी भी बन्धन में बंधा नहीं रह गया हूं। मैं न तो रोग की कैद में हूं, और न वैद की कैद में।

मैं मोमिन[1] नहीं हूं और काफ़िर[2] भी नहीं हूं। मैं सैयद[3] हूं, और सैद[4] भी नहीं हूं।

चौद हो तनकों[5] (भुवनों) में हम घूमते हैं। सर्वत्र आना-जाना होने पर भी हम कहीं कैद नहीं होते। हम कहीं किसी मोहपाश में नहीं बंधते।

हमारी प्रकृति ही मस्ती या बेखुदी की है। हम अपने में न कोई शोभाशाली गुण मानते हैं और न हममें कोई अवगुण है।

बुल्लेशाह के वजूद की बात क्या पूछते हो, वह तो है ही नहीं, गुम है। न पैदा हुआ है और न पैदा होगा अर्थात वह आवागमन से मुक्त हो गया है।

---

1. ईमान लाने वाला, मुसलमान। 2. बेदीन, खुदा को न मानने वाला। 3. रसूल अल्ला की बेटी फ़ातिमा के कुल का व्यक्ति। 4. सय्यद का ही अपभ्रंश। 5. सात तबक़ ज़मीन, सात तबक आकाश अर्थात चौदह भुवन।

میں آزاد ہوں

میں کسی کی قید میں نہیں۔ کسی بھی بندش میں نہیں ہوں۔ میں نہ بیماری کی قید میں ہوں اور نہ کسی معالج کی قید میں۔ میں مومن نہیں ہوں اور کافر بھی نہیں ہوں نہ میں سید ہوں اور نہ سید کی طرح۔

چودہ طبق میں ہم گھومتے ہیں ہر طرف آمد و رفت کی وجہ سے بھی ہم کہیں قید نہیں ہوتے۔ ہم کسی بھی لالچ کے جال میں نہیں پھنستے۔ ہمارا مزاج ہی مستی اور بے خودی کا ہے۔ ہمیں اپنے اندر نہ کوئی اچھی عادت دکھائی دیتی ہے اور نہ بری عادت۔

بلّے شاہ کے وجود کے بارے میں کیا معلوم کرتے ہو وہ تو ہے ہی نہیں، گم ہے، نہ پیدا ہوا ہے اور نہ پیدا ہوگا۔ یعنی وہ آمد و رفت کی بندش سے آزاد ہو گیا ہے۔

‘रांझा-रांझा’ करदी

‘रांझा-रांझा’ करदी हुण मैं आपे रांझा होई। टेक।
सद्दो मैनूं धीदो रांझा हीर न आखो कोई।

रांझा मैं विच, मैं रांझे विच गैर खिआल न कोई,
मैं नाहीं ओह आप है अपणी आप करे दिलजोई।

जो कुझ साडे अन्दर वस्से ज़ात असाडी सोई,
जिस दे नाल मैं न्योंह लगाया ओही जैसी होई।

चिट्टी चादर लाह सुट कुड़िये, पहन फ़क़ीरां दी लोई,
चिट्टी चादर दाग लगेसी, लोई दाग न कोई।

तख्त हज़ारे लै चल बुल्लिहआ, स्याली मिले न ढोई,
रांझा रांझा करदी हुण मैं आपे रांझा होई।

رانجھا-رانجھا کردی

رانجھا رانجھا کردی ہُن میں آپے رانجھا ہوئی۔
سدّ ومینوں دھید و رانجھا ہیر نہ آکھو کوئی۔ (ٹیک)

رانجھا میں وِچ، میں رانجھے وچ غیر خیال نہ کوئی،
میں ناہیں اوہ آپ ہے اپنی آپ کرے دلجوئی۔

جو کچھ ساڈے اندر وسّے ذات اساڑی سوئی،
جس دے نال میں نیوہ لگایا اوہی جیسی ہوئی۔

چٹی چادر لاہ سُٹ کڑیے، پہن فقیراں دی لوئی،
چٹی چادر داغ لگیسی، لوئی داغ نہ کوئی۔

تخت ہزارے لے چل بُلھا، سیالی ملے نہ ڈھوئی،
رانجھا رانجھا کردی ہُن میں آپے رانجھا ہوئی۔

रांझा-रांझा कहती

सद्गुरु (मुर्शिद) परमात्मा-स्वरूप होता है, इसलिए मुर्शिद से अभेदता परमात्मा की अभेदता में बदल जाती है। इस अभेदता में शिष्य अपना अस्तित्व ही भूल जाता है। सद्गुरु की आत्मा के रंग में रंग जाने की अवस्था का वर्णन इस काफ़ी में करते हुए कहा गया है कि 'रांझा-रांझा' कहती-कहती मैं स्वयं ही रांझा हो गई हूं। अब मुझे सब कोई 'रांझा' के नाम से पुकारो। मुझे हीर न कहो।

अब तो एकात्म-अभेद की स्थिति यह है कि रांझा मेरे अन्दर है, मैं रांझे के अन्दर हूं, और हम एक-दूसरे से अलग नहीं हैं। अब मैं तो रह ही नहीं गई, जो कुछ भी है, वह स्वयं ही है और आत्म-आनन्द की तुष्टि के लिए वही अपनी दिलजोई स्वयं करता है।

जो हमारे अन्दर बस रहा है, अब तो वही हमारी जात है। अब तो हालत यह है कि जिसके साथ हमने प्रेम किया है, हम उसी जैसे हो गए हैं।

अरी लड़की, उतार फेंक यह सफ़ेद चादर और पहन ले फ़क़ीरों की लोई। सफ़ेद चादर में तो दाग लग जाएगा, लेकिन फ़क़ीरी लोई में कोई दाग नहीं लगता।

बुल्लेशाह कहते हैं कि हमें तख़्त हज़ारे[1] ले चलो, स्याल[2] में हमारा ठिकाना नहीं है, क्योंकि 'रांझा-रांझा' कहती-कहती, मैं स्वयं रांझा हो गई हूं।

---

1. रांझे का गांव, प्रिय का देश। 2. हीर का गांव, यह संसार।

رانجھا-رانجھا کہتی

مرشد سے خدا کا دیدار ہوتا ہے۔اس لئے مرشد کی ملاقات وملاپ خدا سے قریب اور ایک ہونے میں بدل جاتی ہے اس ایک ہونے میں مرید اپنا سب کچھ بلکہ اپنی موجودگی بھی بھول جاتا ہے۔اچھے استاد کی روح کے رنگ میں رنگ جانے کا ذکر اس رباعی میں کرتے ہوئے کہا گیا ہے کہ رانجھا کہتی کہتی میں خود ہی رانجھا ہوگئی ہوں۔اب مجھے سب رانجھا کے نام سے پکاریں کوئی 'ہیر' نہ کہے۔ایک جان دو قالب ہونے کی وجہ سے رانجھا میرے اندر ہے اور میں رانجھے کے اندر، ہم ایک دوسرے سے الگ نہیں ہو سکتے۔میرا تو وجود تو نہیں رہا ہے۔جو کچھ بھی مجھ میں ہے خود وہ ہی ہے اپنی خوشی اور دل کی تسکین کی خاطر وہ اپنی دل جوئی خود ہی کرتا ہے۔

جو ہمارے اندر ہے وہ ہماری ذا . اب تو حال یہ ہے کہ ہم نے جس سے محبت کی ہے ہم اسی جیسے ہوگئے ہیں اے لڑکی یہ چادر اتار پھینک اور فقیروں کی چادر اوڑھ لے۔سفید چادر میں تو داغ لگ جائیگا۔لیکن فقیر کی چادر میں کوئی داغ نہیں لگے گا۔

بلے شاہ کہتے ہیں کہ ہمیں تخت ہزارے لے چلو سیال میں ہمارا ٹھکانا نہیں ہے کیونکہ رانجھا کہتی کہتی میں ہی خود رانجھا ہوگئی ہوں۔

ا۔رانجھے کا گاؤں، محبوب کا دیس۔

۲۔ہیر کا گاؤں، یہ دنیا۔

मैं कमली आं

हाजी लोक मक्के नूं जांदे,
मेरा रांझा माही मक्का,
नी मैं कमली आं।

मैं ते मंग रांझे दी होई आं,
मेरा बाबल करदा धक्का,
नी मैं केमली आं।

हाज़ी लोक मक्के नूं जांदे,
मेरे घर विच नौशौह मक्का,
नी मैं कमली आं।

विच्चे हाज़ी विच्चे गाज़ी,
विच्चे चोर उचक्का,
नी मैं कमली आं।

हाज़ी लोक मक्के नूं जांदे,
असां जाणा तख्त हज़ारे[1]
नी मैं कमली आं।

जित बल यार उते वल काबा,
भावें फोल किताबां चारे[2],
नी मैं कमली आं।

---

1. रांझे का गांव। 2. तौरैत, ज़बूर, इंजील, कुरान।

میں کملی آں

حاجی لوک مکّے نوں جاندے،
میرا رانجھا، ماہی مکا،
نی میں کملی آں۔

میں تے منگ رانجھے دی ہوئی آں،
میرا بابل کردا دھکا،
نی میں کملی آں۔

حاجی لوک مکّے نوں جاندے،
میرے گھر وچ نوشوہ مکا،
نی میں کملی آں۔

وچّے حاجی وچّے غازی،
وچّے چور اچکّا،
نی میں کملی آں۔

حاجی لوک مکّے نوں جاندے،
اساں جاناں تخت ہزارے،
نی میں کملی آں،

جت وَل یار اوتّے ول کعبا،
بھاویں نول کتاباں چارے،
نی میں کملی آں،

۱۔ رانجھے کا گاؤں۔ ۲۔ توریت، زبور، انجیل اور قرآن کریم۔

मैं पगली हूं

अन्तर्मुखी हो जाने पर साधक के लिए ज्ञान, तीर्थ सब-कुछ परमप्रिय प्रभु हो जाता है। यही भाव बुल्लेशाह ने स्वयं को पगली बताकर इस काफ़ी में व्यक्त किया है। लोग हज के लिए मक्के की ओर जाते हैं, लेकिन मुझे तो मेरा प्रिय रांझा ही मक्का प्रतीत होता है। दुनिया की दृष्टि में मैं तो हूं ही पगली।

रांझे के साथ मेरा विवाह निश्चित है, मेरा बाबुल कुछ और ही ज़ोरज़बर्दस्ती कर रहा है। पर मैं तो पगली हूं। अपनी बात पर ही अड़ी हूं।

हाजी लोग तो हज के लिए मक्के की ओर जाते हैं, लेकिन मुझे तो अपने घर में मेरा दूल्हा (मुर्शिद) ही मक्का प्रतीत होता है, तो उसी के प्रेम में पगली

मेरे अन्दर ही हाजी हैं, गाज़ी हैं (शुभ गुण हैं) और मेरे अन्दर ही चोरउचक्के भी हैं (दुर्गुण हैं)। री मैं तो पगली हूं।

हाजी लोग तो मक्के की ओर जा रहे हैं, लेकिन मैं तो तख्त हज़ारे की ओर ही जाऊंगी, क्योंकि मैं तो हूं ही पगली।

जिस ओर मेरा प्रिय है मेरे लिए तो उसी ओर काबा है। यह ऐसा सत्य है, जो चारों किताबों में मिलेगा। अरी, मैं तो पगली हूं।

میں پگلی (مجذوب) ہوں

یہ ہی بات بلّے شاہ نے خود کو 'پگلی' بتا کر اس رباعی میں بیان کیا ہے کہتے ہیں: لوگ حج کے لئے مکہ جاتے ہیں لیکن مجھے تو میرا پیارا رانجھا ہی مکہ محسوس ہوتا ہے۔ دنیا کی نظر میں تو میں ہوں ہی پگلی۔

رانجھے کے ساتھ میری شادی یقینی ہے۔ میرا بابل کچھ زیادہ ہی مجبور کر رہا ہے۔ لیکن میں پگلی ہوں، اپنی ہی بات پر اڑی ہوئی ہوں۔ حاجی لوگ حج کے لئے مکہ جاتے ہیں لیکن مجھے تو اپنے گھر میں میرا دولھا ہی مکہ لگتا ہے۔ میں تو اس کی محبت میں پاگل ہوگئی ہوں۔ میرے اندر ہی حاجی ہے اور غازی ہے۔ (اچھی عادتیں بھی ہیں) ارے میں تو پاگل ہوگئی ہوں حاجی لوگ مکے کو جا رہے ہیں اور میں تخت ہزارے کی طرف جاؤں گی کیونکہ میں تو ہوں ہی پاگل جدھر میرا محبوب ہے میرا کعبہ تو اس طرف ہے یہ ایسا سچ ہے جو چاروں کتابوں میں ملے گا۔ ارے میں تو پاگل ہوگئی ہوں۔

माटी कुदम करेंदी

माटी कुदम करेंदी यार
वाह-वाह माटी दी गुलज़ार। टेक।

माटी घोड़ा, माटी जोड़ा,
माटी दा असवार।
माटी माटी नूं दौड़ावे,
माटी दा खड़कार।
माटी माटी नूं मारन लग्गी,
माटी दे हथियार।
जिस माटी पर बहुती माटी,
सो माटी हंकार।
माटी बाग बगीचा माटी,
माटी दी गुलज़ार।
माटी माटी नूं वेखण आई,
माटी दी ए बहार।
हस खेड फिर माटी होवै,
सौंदी पाउं पसार।
बुल्ल्हा एह बुझारत बुज्झें,
तां लाह सिरों भुईं मार।

ماٹی کدم کریندی

ماٹی کدم کریندی یار
واہ واہ ماٹی دی گلزار۔ (ٹیک)

ماٹی گھوڑا، ماٹی جوڑا،
ماٹی دا اسوار۔
ماٹی ماٹی نوں دوڑاوے،
ماٹی دا کھڑکار۔
ماٹی ماٹی نوں مارن لگی،
ماٹی دے ہتھیار۔
جس ماٹی پر بُہتی ماٹی،
سو ماٹی ہنکار۔
ماٹی باغ بغیچہ ماٹی،
ماٹی دی گلزار۔
ماٹی ماٹی نوں ویکھن آئی،
ماٹی دی اے بہار۔
ہس کھیڈ پھر ماٹی ہووے،
سوندی پاؤں پسار۔
بُلھا ایہہ بجھارت بجھیں،
تاں لاہ سروں بھوئیں مار۔

माटी की उछल-कूद

माटी उछल-कूद रही है मित्र। इस माटी की रौनक़ भी क्या खूब है।

माटी का घोड़ा है, उस पर माटी का ही झोल है और माटी का ही सवार है। माटी को माटी ही दौड़ा रही है। माटी का ही कोड़ा है और उसकी चटाख आवाज भी माटी की है। माटी माटी को पीट रही है। उसके हथियार भी माटी के ही हैं।

जिस माटी के पास कुछ अधिक ही माटी है, उसे व्यर्थ का अहंकार हो जाता है। यह बाग-बगीचा भी माटी का है, फूलों की क्यारी भी माटी की है।

माटी ही माटी को देखने आई है, यह सारी रौनक़ माटी की ही है। संसार के भौतिक आनन्द लूटकर (मनुष्य) पुनः माटी हो जाता है। और पांव पसारकर मृत्यु की गोद में सो जाता है। बुल्लेशाह कहता है कि इस पहेली को समझना चाहते हो, तो सारा बोझ सिर से उतारकर धरती पर पटक दो।

सब-कुछ मिट्टी से बना है और व्यर्थ का अहंकार बढ़ाने के बाद भी अन्ततः व्यक्ति मिट्टी में मिल जाता है, इस सर्वज्ञात तथ्य को इस काफ़ी में अत्यधिक सहजता से व्यक्त किया गया है। इसके बोल सीधे हृदय पर असर डालने वाले हैं।

مٹی کی اُچھل کود

دوست مٹی اچھل کود رہی ہے۔اس مٹی کی رونق بھی کیا خوب ہے۔مٹی کا گھوڑا ہے۔اس پر مٹی کا ہی جھول ۔اور مٹی کا ہی سوار ہے۔مٹی کو مٹی ہی دوڑا رہی ہے۔مٹی کا ہی گھوڑا ہے اس کی چٹاخ چٹاخ کی آواز بھی مٹی کی ہی ہے مٹی ہی پیٹ رہی ہے۔اس کے ہتھیار بھی مٹی کے ہی ہیں۔

جس کے پاس کچھ زیادہ ہی مٹی ہے اس کو بے وجہ غرور ہو جاتا ہے یہ چمن یہ باغیچہ مٹی کا ہے۔ پھولوں کی کیاری بھی مٹی کی ہی ہے۔مٹی کو مٹی ہی دیکھنے آتی ہے۔ یہ سب رونق مٹی کی ہی ہے۔دنیا کے تمام عیش و آرام چھوڑ کر انسان مٹی میں مل جاتا ہے۔اور پاؤں پھیلا کر موت کی آغوش میں سو جاتا ہے. بلے شاہ کہتے ہیں کہ اگر اس پہلی کو سمجھنا چاہتے ہو، تمام بوجھ سر سے اتار کر زمین پر پٹخ دو۔

سب کچھ مٹی سے بنا ہے۔اور فضول کا غرور بڑھانے کے بعد بھی آخر میں آدمی مٹی میں مل جاتا ہے، وہ بات جو سب کو معلوم ہے اسے اس رباعی میں بہت ہی آسانی سے بیان کیا گیا ہے۔

اس کے الفاظ سیدھے دل پر اثر کرتے ہیں۔

तूहिओं हैं मैं नाहीं वे सजणा

तूहिओं हैं मैं नाहीं वे सजणा।
तूहिओं हैं मैं नाहीं। टेक।

खोले दे परछावें वांगू।
घुम रिहा मन माहीं।

जे बोला तूं नाले बोलें।
चुप रह्वां मन माहीं।
जै सौवां तूं नाले सौवें।
जे तुरां तू राहीं।

बुल्लिहा शौह घर आया मेरे।
जिंदड़ी घोल घुमाईं।

توہی اوں ہیں، میں ناہی وے سجنا

توہی اوں ہیں، میں ناہی وے سجنا
توہی اوں میں ناہی۔ (ٹیک)

کھولے دے پر چھاویں وانگوں،
گھم رہا من ماہیں۔

جے بولاں توں نالے بولیں،
چپ رہواں من ماہیں۔

جے سَوواں توں سَووَیں،
جے تراں توں راہیں۔

بُلھا شوہ گھر آیا میرے،
جندڑی گھول گھمائی۔

तुम ही हो मैं नहीं हूं

अध्यात्म की उच्च अवस्था में जब साधक का अहं मिट जाता है, तो उसे सर्वत्र प्रभु ही दिखते हैं। आपा नष्ट होने की अवस्था में वह पुकारकर कहता है कि प्रिय, सभी कहीं तुम ही तुम हो। मैं नहीं हूं। तुम मेरे मन में इस प्रकार घूम रहे हो, जैसे किसी खंडहर में परछाईं घूमती है।

तदाकारिता की स्थिति यह है कि यदि मैं बोलती हूं, तो तुम मेरे साथ बोलते हो, मैं चाहूं तो भी मन के भीतर चुप नहीं रह सकती। जब मैं सो जाती हूं, तो तुम मेरे साथ ही सोते हो, जब मैं चलती हूं तब भी तुम ही राह में मेरे साथ होते हो।

बुल्लेशाह कहता है कि पति-परमेश्वर मेरे घर आया हुआ है और मैंने तन-मन-प्राण सब-कुछ उस पर न्यौछावर कर दिया।

تم ہی ہو میں نہیں ہوں

روحانیت کے ایک مقام پر پہونچ کر صوفی کا 'ہم' ختم ہو جاتا ہے۔ اس حال میں اُسے ہر جگہ خدا ہی نظر آتا ہے۔ آپنا آپ ختم ہو جانے پر وہ ہر جگہ پکار کر کہتا ہے کہ اے رب ہر جگہ ترا ہی جلوہ ہے۔ میں کچھ نہیں ہوں، تو میرے دل میں اس طرح گھوم رہا ہے جیسے کسی کھنڈر میں پرچھائی گھومتی ہے۔

حال یہ ہے کہ اگر میں بولتی ہوں تو تو میرے ساتھ بولتا ہے۔ میں چاہوں گا تو بھی دل میرا خاموش نہیں رہتا۔ جب میں سو جاتی ہوں تو تو میرے ساتھ ہوتا ہے۔ جب میں چلتی ہوں تو، تو میں میرے ساتھ چلتا ہے۔

بلے شاہ کہتے ہیں کہ میرا خدا مجھے مل گیا ہے۔ اور میں نے اپنا جسم (زندگی) دل و جان سب کچھ اس پر قربان کر دیا ہے۔

तेरा नाम तिहाई दा

तेरा नाम तिहाई दा,
साईं तेरा नाम तिहाई दा। टेक।

बुल्ल्हे नालों चुल्ल्हा चंगा
जिस पर ताम पकाई दा।

रल्ल फ़क़ीरां मजलस कीती,
भोरा भोरा खाई दा।

रंगड़े वालों खिंगर चंगा,
जिस पर पैर घसाई दा।

बुल्ल्हा शौह नूं सोई पावे,
जेहड़ा बकरा बणे कसाई दा।

تیرا نام تہائی دا

تیرا نام تہائی دا،
سائیں تیرا نام تہائی دا۔ (ٹیک)

بُلھے نالوں چلھا چنگا،
جس پر طعام پکائی دا۔

رَل فقیراں مجلس کیتی،
بھورا بھورا کھائی دا۔

رنگڑے والوں کھنگر چنگا،
جس پر پیر گھسائی دا۔

بُلھا شوہ نوں سوئی پاوے،
جیہڑا بکرا بنیں قصائی دا۔

तेरा नाम सुमिरते हैं

साधना का मार्ग आत्म-विसर्जन, सन्तोष और अहंकार को त्यागने का है। इसी पक्ष को इस काफ़ी में उजागर किया गया है। साईं तो सीधे-सीधे कहते हैं, हम तेरे नाम का सुमिरन करते हैं।

स्वामी, बस तेरे ही नाम का सुमिरन करते हैं।

बुल्ले से तो वह चूल्हा अच्छा है, क्योंकि वह तपता है और जिस पर तुआम (भोजन) पकाया जाता है।

फ़क़ीर लोग इकट्ठा होते हैं। उनमें इतना सन्तोष भाव होता है कि वे थोड़ा-थोड़ा (बांटकर) भोजन खाते हैं।

अहंकार मनुष्य की सबसे बड़ी रुकावट है साधना के मार्ग में। अहंकारी व्यक्ति से तो वह पत्थर अच्छा है, जिस पर पांव घिसकर साफ़ किया जाता है। पत्थर तक मैल छुटाने के काम आता है किन्तु अहंकार तो आत्मा पर मैल जमा करता है।

बुल्लेशाह कहता है कि शौहर (परमात्मा) को वही प्राप्त कर सकता है जो कसाई का बकरा बनने अर्थात आत्म-विसर्जन के लिए तैयार हो। साधना की सफलता अपने को मिटाकर ही प्राप्त होती है।

تیرے ہی نام کی تسبیح پڑھتے ہیں

صوفیت کا راستہ اپنی ذات کو فنا کرنے قناعت سے کام لینے اور غرور کو چھوڑنے کا راستہ ہے۔اس بات کو اس رباعی میں اجاگر کیا گیا ہے۔سائیں صاف صاف کہتے ہیں کہ ہم تیرے ہی نام کی تسبیح پڑھتے ہیں۔

بلے شاہ سے تو وہ چولھا اچھا ہے جو تپتا ہے اور جس پر کھانا پکایا جاتا ہے۔فقیر لوگ اکٹھا ہوتے ہیں تو ان میں اس قدر قناعت ہوتی ہے کہ کھانا تھوڑا تھوڑا تقسیم کر کے کھاتے ہیں۔

تکبر آدمی کی سب سے بڑی رکاوٹ ہے۔صوفیت کے میدان میں مغرور آدمی سے تو وہ پتھر بہتر ہے جس پر گھس کر پیر صاف کیئے جاتے ہیں پتھر بھی میل چھڑانے کے کام آتا ہے،لیکن تکبر سے روح پر میل جم جاتی ہے بلے شاہ کہتے ہیں کہ رب کو وہی پا سکتا ہے جو قربانی کا بکرا بننے یعنی خود سپردگی کے لئے تیار ہو،صوفیت یعنی رب کو پانے میں کامیابی تو خود مٹا کر ہی حاصل ہو سکتی ہے۔

तेरे इश्क नचाईआं कर थईया-थईया

तेरे इश्क नचाईआं कर थईया-थईया। टेक।

तेरे इश्क़ ने डेरा मेरे अन्दर कीता,
भर के ज़हर पिआला मैं तां आपे पीता,
झबदे वहुड़ी वे तबीबा नहीं ते मैं मर गईआं।

छुप गिआ वे सूरज बाहर रह गई लाली,
वे मैं सदके होवां मुड़ देवें जे विरवाली,
पीरा मैं भुल गईआं तेरे नाल न गईआं।

एस इश्क़ दे कोलों मैनूं हटक न माए,
लाहू जांदड़े बेड़े केहड़ा मोड़ लिआए,
मेरी अकल जुं भुल्ली नाल म्हाणिआं गईआं।

एस इश्क दी झंगी विच मोर बुलेंदा,
सानूं किबला तो काबा सोणा यार दिसेंदा,
सानूं घायल करके फेर ख़बर न लईआं।

बुल्लहा, शौह न आंदा मैनूं इनायत दे बूहे,
जिसने मैनूं पुआए चोले सावे ते सूहे,
जां मैं मारी ए अड्डी मिल पिआ ए वहीआ।

تیرے عشق نچائیاں کر تھیا۔ تھیا۔

تیرے عشق نچائیاں کر تھیا۔ تھیا۔ (ٹیک)

تیرے عشق نے ڈیرا میرے اندر کیتا،
بھر کے زہر پیالا میں تاں آپے پیتا،
جھبدے وھوڑی وے طبیبا نہیں تے میں مر گئیاں۔

چھپ گیا وے سورج باہر رہ گئی لالی،
وے میں صدکے ہوواں مڑ دیویں جے وِروالی،
پیرا میں بھل گئیاں تیرے نال نہ گئیاں۔

ایس عشق دے کولوں مینوں ہٹک نہ مائے،
لاہو جاندڑے بیڑے کیہڑا موڑ لیائے،
میری عقل جو بھلی نال مہانیاں گئیاں۔

ایس عشق دی جھنگی وِچ مور بلیندا،
سانوں قبلہ تو کعبا سوہنا یار دسیندا،
سانوں گھایل کر کے پھیر خبر نہ لئیاں۔

بلھا شوہ نہ آندا مینوں عنایت دے بوھے،
جسنے مینوں پُوآئے چولے ساوے تے سوھے،
جاں میں ماری اے اڈی مل پیا اے وھیا۔

तेरे इश्क ने नचाया मुझे

अध्यात्म प्रेम के अनूठे रंगों का इस काफ़ी में वर्णन किया गया है। बुल्लेशाह कहते हैं, तेरे इश्क ने मुझे उन्मत्त की भांति नचाया है। सच्ची हालत तो यह है कि हे प्रियतम, तेरे इश्क ने मेरे अन्तर में डेरा जमा लिया है। अब मैं करूं भी तो क्या? क्योंकि तेरे प्रेम का प्याला, जो अब वियोग में ज़हर का प्याला बन गया है, मैंने खुद ही तो भरकर पिया था। इसलिए मेरे मुर्शिद, फ़ौरन चले आओ वरना मैं मर जाऊंगी।

सूर्य अस्त हो गया है, केवल दिवस-लालिमा ही शेष रह गई, यदि तुम पुनः दिखाई दे दो, तो मैं तुम्हारी ख़ातिर प्राण न्यौछावर करने को तैयार हूं। मुझसे भूल हो गई, मेरे मुर्शिद, क्योंकि मैं तुम्हारे साथ न जा सकी।

ऐ मेरी मां, मुझे इश्क की इस राह से मत रोको। मैं रुकुंगी नहीं। प्रेम के इस तेज़ तूफ़ान में उतरकर जा रही नाव को कौन वापस ला सका है। मेरी मत मारी गई, जो मैं प्रेम नदी के किनारे मल्लाहों के साथ चली गई।

यह प्रभु-प्रेम कितना आकर्षक और उन्मादपूर्ण है। देखो तो इस प्रेमवाटिका में मोर बोल रहा है। किबला और काबा का दर्शन मुझे अपने यार में ही होता है। मुझे घायल करके वह चला गया और मुझ बीमार का हाल-चाल लेने के लिए भी न आया।

बुल्लेशाह को कृपापूर्वक पति-परमेश्वर मुर्शिद शाह इनायत के द्वार पर ले आया। उसी ने मुझे यह हरा और पीला लिबास पहना दिया। जब मैं एड़ी मारकर नाचने लगी तो मुझे वही मिल गया। तेरे प्रेम ने न जाने मुझे कैसे नाच नचा दिए हैं।

تیرے عشق نے نچایا مجھے

روحانی محبت کے انوکھے رنگوں کو اس رباعی میں بیان کیا گیا ہے۔ بلے شاہ کہتے ہیں کہ تیرے عشق نے مجھے پاگل کی طرح نچایا ہے۔ سچی بات تو یہ ہے کہ اے پیارے تیرے عشق نے میری روح میں ڈیرہ جما لیا ہے۔ اب میں کروں بھی تو کیا۔ کیونکہ تیری محبت کا پیالہ جواب دکھ میں زہر کا پیالہ بن گیا ہے۔ میں نے خود ہی تو بھر کر پیا تھا۔ اس لئے میرے مرشد فوراً چلے آؤ ورنہ میں مر جاؤں گی۔

سورج غروب ہو گیا ہے۔ صرف دن کی سرخی باقی رہ گئی ہے۔ اگر تم دوبارہ دکھائی دیدو تو میں تمہاری خاطر جان دینے کو تیار ہوں۔ مجھ سے بھول ہو گئی میرے مرشد کیونکہ میں تمہارے ساتھ نہیں جا سکی۔ اے میری ماں مجھ کو عشق کی اس راہ سے مت روکو۔ میں ٹھہروں گی نہیں۔ محبت کے اس تیز طوفان میں اتر کر جا رہی اس ناؤ کو کون واپس لا سکا ہے۔ میری عقل ماری گئی جو میں محبت کی ندی کے کنارے ملاحوں کے ساتھ چلی گئی۔

یہ خدا سے محبت کتنی انوکھی اور پاگل کر دینے والی ہے۔ دیکھو تو اس محبت کے باغیچہ میں مور بول رہا ہے۔ قبلہ اور کعبہ کا نظارہ مجھے اپنے یار میں ہی ہوتا ہے۔ مجھے زخمی کر کے وہ چلا گیا اور مجھ بیمار کا حال چال پوچھنے بھی نہ آیا۔

بلے شاہ پر عنایت کر کے ان کو مرشد شاہ عنایت کے آستانے پر لے آیا۔ اس نے مجھے یہ ہرا اور پیلا لباس پہنا دیا ہے، جب میں ایڑی مار کر ناچنے لگی تو مجھے وہی مل گیا۔ تیرے عشق نے مجھے نہ جانے کیسے ناچ نچا دیے ہیں۔

तोबा मत कर यार

तोबा मत कर यार, कैसी तोबा है?
नित पढ़ दे इस्तराफ़ार कैसी तोबा है। टेक।

मूंहों तोबा दिलों न करदा,
इस तोबा थीं तरक न फड़दा,
किस ग़फ़लत न पाइओ परदा,
तैनूं बख्शे क्यों ग़फ़्फ़ार।

सावीं दे के लवें सवाये,
डिओढ़िआं तक बाज़ी लाये,
मुसलमानी ओह कित्थों पाये,
जिसदा होवे इह किरदार।

जित न जाणा ओत्थे जावें,
हक़ बेगाना मुक्कर खावें,
कूड़ किताबां सिर ते चावें,
होवे कीह तेरा इतबार।

जालम जुलमों नाहीं डर दे,
अपणी कीतियों आपे मर दे,
नाहीं ख़ौफ़ खुदा दा कर दे,
ऐथे ओत्थे होण ख़वार।

توبہ مت کر یار

توبہ مت کر یار کیسی توبہ ہے؟
نت پڑھدے استغفار کیسی توبہ ہے۔(ٹیک)

مونھوں توبہ دلوں نہ کردا،
اس توبہ تھیں ترک نہ پھڑدا،
کس غفلت نہ پائیو پردا،
تینوں بخشے کیوں غفار۔

ساویں دے کے لویں سوائے،
ڈاُوڑھیاں تک بازی لائے،
مسلمانی اوہ کتھوں پائے،
جسدا ہووے اِہ کردار۔

جت نہ جانا اوتھے جاویں،
حق بیگانہ مکر کھاویں،
کوڑ کتاباں سیر تے چاویں،
ہووے کیھ تیرا اتبار۔

ظالم ظلموں ناہیں ڈردے،
اپنی کیتیوں آپے مردے،
ناہیں خوف خدا دا کردے،
ایتھے اوتھے ہوں خوار۔

तौबा मत करो प्यारे

जब तक व्यक्ति अन्दर से पश्चात्ताप नहीं करता तो केवल शाब्दिक पश्चात्ताप सर्वथा निरर्थक है। यही भाव इस काफ़ी में व्यक्त करते हुए कहा गया है- मेरे प्यारे, शाब्दिक तौबा मत करो। ऐसी तौबा से क्या लाभ? तुम प्रतिदिन बार-बार इस्तग़फ़ार (तौबा, क्षमा) कहते हो, इससे भला क्या होगा?

दिखावे की तौबा करने वालों की चर्चा करते हुए साईं जी कहते हैं कि मुंह से तो तुम तौबा करते हो, लेकिन दिल से तौबा नहीं करते। मौखिक रूप से भले ही तुम तौबा करते हो, किन्तु जो चीजें तुम्हें छोड़ देनी चाहिए, उनको त्यागते नहीं। न जाने तुम्हारे मन पर किस लापरवाही का परदा पड़ा है! ऐसी हालत में भला क्षमाशील भगवान तुम्हें क्यों क्षमा करें!

मुंह से तौबा कहते हुए भी जो बराबर देकर उसके बदले में उसका सवाया प्राप्त करता है और ड्योढ़ा वसूल करने पर नज़र है। जिसका चलन ऐसा हो - उसे सच्चे मुसलमान की गति कैसे प्राप्त हो सकती है!

तौबा करने के साथ यदि व्यक्ति जिधर जाना नहीं चाहिए, उधर ही जाता है, बेगानी वस्तु बिना अधिकार के लूटकर खा जाता है और धर्मग्रन्थों की झूठी कसमें खाता है। ऐसे हालात में तुम पर भरोसा क्यों किया जाए?

जालिम लोग निस्संकोच जुल्म करते रहते हैं, उन्हें अन्ततः अपने ही कुकर्मों का दुष्परिणाम भुगतना पड़ता है, उन्हें ईश्वर का भी भय नहीं। ऐसे लोग इस लोक में तो दुख पाते ही हैं, परलोक में भी दुख पाते हैं।

توبہ نہ کر پیارے

انسان جب دل سے کسی چیز کو برا نہیں سمجھتا تو الفاظ سے ملامت بالکل بیکار ہے۔ یہ ہی بات اس رباعی میں بیان کی گئی ہے۔ کہتے ہیں کہ اے میرے پیارے لفظوں سے توبہ مت کرو، ایسی توبہ سے کیا فائدہ۔ تم روز استغفار کرتے ہو اس سے کوئی فائدہ نہیں۔ دکھاوے کی توبہ کرنے والوں کا ذکر کرتے ہوئے سائیں جی کہتے ہیں کہ زبان سے تم توبہ کرتے ہو لیکن دل سے توبہ نہیں کرتے۔ توبہ کرنے کے بعد جو چیزیں چھوڑ دینی چاہئے انھیں کیوں نہیں چھوڑتے؟ پتہ نہیں تمہارے دل پر کس لاپرواہی کا پردہ پڑا ہے، ایسی حالت میں بخشش کرنے والا خدا کیسے معاف کرے۔

زبان سے توبہ کرنے کے بعد بھی جو برابر دے کر اس کے بدلے میں سوایا حاصل کرتا ہے اور ڈیڑھ گنا حاصل کرنے پر نظر رکھتا ہے۔ جس کا چال چلن ایسا ہو، بھلا اُسے سچے مسلمان کا مقام کیسے حاصل ہو سکتا ہے توبہ کرنے کے بعد اگر انسان جس طرف جانا نہیں چاہتے اس طرف جاتا ہے، دوسرے کا حق لوٹ کر کھاتا ہے اور مذھبی کتابوں کی جھوٹی قسمیں کھاتا ہے ایسی حالت میں اس پر کیسے بھروسہ کیا جائے۔

ظالم بغیر کسی جھجھک کے ظلم کرتا ہے اسے آخر کار اپنے برے کاموں کا نتیجہ بھگتنا پڑتا ہے انھیں خدا کا بھی ڈر نہیں۔ ایسے لوگ اس دنیا میں بھی دکھ اٹھاتے ہی ہیں اور آخرت میں بھی انھیں عذاب سے دوچار ہونا پڑے گا۔

दिल लोचे माही यार नूं

दिल लोचे माह यार नूं। टेक।

इक हस हस गल्लां कर दियां,
इक रोंदियां धोंदियां फिरदियां,
कहो फुल्ली बसन्त बहार नूं,
दिल लोचे माही यार।

मैं न्हाती धोती रैह् गई,
कोई गंढ सजण दिल बह गई,
भाह लाविये हार-शंगार नूं,
दिल लोचे माही यार।

मैं दूतियां घाइल कीती आं,
सूलां घेर चुफेरों लीती आं,
धर आ माही दीदार नूं,
दिल लोचे माही यार।

دل لوچے ماہی یار نوں

دل لوچے ماہی یار نوں۔ (ٹیک)

اِک ہس ہس گلا کردیاں،
اک روندیاں دھوندیاں پھردیاں،
کہو پھلّی بسنت بہار نوں،
دل لوچے ماہی یار نوں۔

میں نہاتی دھوتی رہ گئی،
کوئی گنڈ سجن دل بہہ گئی،
بھاہ لاوئے ہار شنگار نوں،
دل لوچے ماہی یار نوں۔

میں دوتیاں گھائل کیتی آں،
سولاں گھیر چپھیر وں لیتی آں،
دھر آ ماہی دیدار نوں،
دل لوچے ماہی یار نوں۔

दिल तड़प रहा प्रिय मिलन के लिए

प्रिय के वियोग में विरहिणी के दुख और ईर्ष्या भाव का सुन्दर चित्रण करते हुए इस काफ़ी में उसकी मनोदशा का चित्रण है। विरहिणी का मन प्रिय से मिलने के लिए तड़प रहा है।

उसे इस बात से ईर्ष्या हो रही है कि इस प्रियतम से कुछ सखियां (साथी) हंस-हंसकर बातें करती हैं, कुछ रोती-चीखती भटक रही हैं। इस बसन्त बहार से कहो कि मेरा मन प्रिय के मिलन के लिए तड़प रहा है।

मैं नहा-धोकर तैयार थी, किन्तु प्रिय के साथ न चल सकी, इससे प्रिय के मन में न जाने क्या गांठ पड़ गई। अब इस साज-शृंगार को क्या आग लगाऊं? वह मिल नहीं रहा है और मम प्रिय मिलन के लिए तड़प रहा है।

मुझे तो आसपास घिरी इन दूतियों-कुटनियों ने घायल कर दिया है, चारों ओर से शूलों ने मुझे बेध रखा है। प्रिय, घर लौट आओ और दर्शन दो। मैं अपने मन की बात बता रही हूं कि मेरा मन प्रिय-मिलन के लिए तड़प रहा है।

محبوب سے ملنے کیلئے دل بے چین ہے

اپنے محبوب سے بچھڑنے والی کے دکھ اور جلن کے احساس کی خوبصورت تصویر کشی کرتے ہوئے اس رباعی میں اس کے دل کی حالت بیان کی گئی ہے، بچھڑنے والی کا دل اپنے پیارے سے ملنے کے لئے تڑپ رہا ہے۔

اسے اس بات سے جلن ہو رہی ہے کہ اس کے چاہنے والے سے کچھ دوست ہنس ہنس کر باتیں کر رہی ہیں، کچھ روتی چلاتی بھٹک رہی ہیں۔ اس بسنت بہار سے کہو کہ میرا دل اپنے پیارے سے ملنے کے لئے بے چین ہے۔

مجھے تو آس پاس گھری ان دوست کٹنیوں نے زخمی کر دیا ہے۔ چاروں طرف سے مجھے کانٹوں نے چھید رکھا ہے۔ اے پیارے گھر لوٹ آؤ اور اپنے دل کی بات کہو، اپنا دیدار کرا دو میں اپنے دل کی بات بتلا رہی ہوں کہ میرا دل اپنے پیارے سے ملنے کو بے چین ہے۔

पत्तियां लिखां मैं शाम नूं

पत्तियां लिखां मैं शाम नूं मैनूं पिया नज़र न आवे।
आंगन बना डरावना कित विधि रैण विहावे।

पांधे पंडित जगत के मैं पूछ रही आं सारे।
पोथी, वेद क्या दोस है जो उलटे भाग हमारे।

भाइआ वे जोतिषिया, इक सच्ची बात भी कहियो।
जे मैं हीनी भाग दी, तुम चुप ना रहियो।

भज सक्का ते भज्ज जावां, सभ तज के करां फ़क़ीरी।
पर दुलड़ी, तिलड़ी, चौलड़ी, है गल विच प्रेम ज़ंजीरी।

नींद गई कित देस नूं, ओह भी बैरन मेरी।
मत सुफ़ने विच आन मिले, ओह नींदर केहड़ी।

रो रो जीउ वलांदिआं गम करदी आं दूणा।
नैनों नीर भी ना चल्लण किस कीता टूणा।

साजन तुमरी प्रीत से मुझको हाथ की आया।
छतर सूलां सिर झालिआ पर तेरा पंथ न पाया।

प्रेम नगर चल वस्सिये जित्थे वस्से कंत हमारा।
बुल्लिहआ शौह तो मंगनी हां जे दे नज़ारा।

پتیاں لکھاں میں شام نوں

پتیاں لکھاں میں شام نوں مینوں پیا نظر نہ آوے۔
آنگن بناڈراونا کت وِدھی رین وھاوے۔

پاندھے پنڈت جگت کے میں پوچھ رہی آں سارے۔
پوتھی، وید کیا دوس ہے جو الٹے بھاگ ہمارے۔

بھائیاں وے جیوتشیا، اک سچی بات بھی کہیو۔
جے میں ہینی بھاگ دی تم چپ نا رہی یو۔

بھج سکا تے بھج جاواں سبھ تج کے کراں فقیری۔
پر دلڑی تلڑی چولڑی، ہے گل وچ پریم زنجیر۔

نیند گئی کت دیس نوں، اوہ بھی بیرن میری۔
مت سفنے وچ آن ملے، اوہ نیند رکوہڑی۔

رورو جیو ولاندی آں غم کردی آں دوناں۔
نینوں نیر بھی نا چلن کس کیتا ٹونا۔

ساجن تُمری پریت سے مجھکو ہاتھ کی آیا۔
چھتر سُولاں سر چھالیا پر تیرا پنتھ نہ پایا۔

پریم نگر چل وسئے جتھے وسے کنت ہمارا۔
بلھا شوہ توں منگنی ہاں جے دے نظارا۔

सांझ को मैं पातियां लिखती हूं

प्रियतम के वियोग से पागल विरहिणी की व्यथा और मानसिक अवस्था का बड़ा ही स्वाभाविक और मार्मिक चित्रण करने वाली इस काफ़ी में कहा गया है कि मैं हर दिन प्रतीक्षा करते-करते सांझ को अपने प्रिय को पत्र लिखती हूं, लेकिन वह सलोना पिया दिखाई ही नहीं देता। मेरे लिए तो मेरे घर का आंगन भी डरावना बन गया है, भला मैं अकेली ही रात कैसे गुज़ारूं।

पत्र लिखकर हृदय से लगा लेती हूं और आंखों में आंसू भर-भर आते हैं। विरह की अग्नि में मैं जल रही हूं और उस अग्नि में मेरा हृदय फुका जा रहा है। संसार-भर के पंडितों-ज्ञानियों से मैं पूछ रही हूं कि अरे कोई मेरा दोष तो बता दो (प्रेम करना क्या बुरा है) या मेरा भाग्य ही उलटा है (जो प्रिय का दर्शन नहीं हो पा रहा)।

हे ज्योतिषी भाई, तुम मेरी भाग्य-रेखा बताकर सच्ची-सच्ची बात बता दो। अगर मैं सचमुच हीनभाग्य हूं, तो चुप मत लगा जाना, साफ़-साफ़ बता देना।

यदि मैं भाग सकती, तो भाग निकली होती और सब-कुछ त्यागकर फ़क़ीरी वेश अपना लिया होता। लेकिन मैं भाग भी तो नहीं सकती, क्योंकि प्रेम की दुहरी, तिहरी, चौहरी जंजीर मेरे गले में पड़ी है। जो गिरफ्तार है, वह कैसे भाग सकता है!

شام کو میں خط لکھتی ہوں

اپنے پیارے سے بچھڑ کر پاگل ہوئی روح کی بدحالی کا ذکر اور دماغی حالت کا بہت ہی اچھوتا اور قدرتی نقشہ کھینچتے ہوئے اس رباعی میں کہا گیا ہے کہ ہر دن انتظار کر کے اپنے پیارے کو شام میں خط لکھتی ہوں لیکن وہ سلونا پیا دکھائی نہیں دیتا۔ میرے لئے تو میرے گھر کا صحن بھی ڈراؤنا بن گیا ہے بھلا میں اکیلے رات کیسے گزاروں۔

خط لکھ کر دل سے لگا لیتی ہوں اور آنکھوں میں آنسو بھر جاتے ہیں دوری کی آگ میں میں جل رہی ہوں اور اس آگ میں میرا کلیجہ جلا جا رہا ہے۔ دنیا بھر کے عالموں سے میں پوچھ رہی ہوں کہ اگر میری کوئی غلطی ہو تو بتا دو (محبت کرنا بری بات ہے کیا) یا میری تقدیر ہی الٹی ہے (جو اپنے پیارے محبوب کا نظارہ نہیں ہو پا رہا ہے) نجومی بھائی تم میری تقدیر کی لکیر دیکھ کر سچ بتا دو کہ اگر واقعی میں بدقسمت ہوں تو خاموش مت رہنا۔ صاف صاف بتا دینا اگر میں بھاگ سکتی تو بھاگ جاتی اور سب کچھ چھوڑ کر فقیری کا بھیس بدل لیتی لیکن میں بھاگ بھی نہیں سکتی کیونکہ پیار کی دوہری تہری چوہری زنجیر میرے گلے میں پڑی ہے، جو گرفتار ہے بھلا وہ کیسے بھاگ سکتی ہے۔

नींद भी मेरी बैरिन हो गई है, न जाने कहां चली गई है। ऐसी नींद भी तो नहीं आती, जिससे स्वप्न में ही प्रिय मिल जाए। मैं रो-रोकर अपना जी जला रही हूं और प्रतिदिन दूना गम करती हूं। अब तो आंखों के आंसू भी सूख गए हैं, पता नहीं किसने क्या जादू-टोना कर दिया है।

मेरे प्रिय, अब तुम्हीं बताओ कि तुम्हारे साथ प्रेम करके मुझे क्या हाथ लगा? सिर पर कांटों का ताज भी पहन लिया, लेकिन तेरा मार्ग तक प्राप्त नहीं हो सका। अब तो बस यही इच्छा है कि चलकर प्रेमनगर ही बस जाइए, जहां हमारा कन्त रहता है। बुल्लेशाह तो अपने शौह (सद्गुरु) से यही प्रार्थना करता है कि वह प्रिय का दर्शन करा दे।

نیند بھی میری دشمن ہوگئی نہ جانے کہاں چلی گئی ،ایسی نیند بھی تو نہیں آتی جس میں اپنے پیارے سے ملاقات ہو جائے میں رورو کر اپنا دل جلا رہی ہوں اب تو آنکھوں کے آنسو بھی خشک ہو گئے ۔معلوم نہیں کس نے کیا جادو ٹونہ کر دیا ہے۔ میرے پیارے اب تم ہی بتلاؤ کہ تمہاری محبت کر کے مجھے کیا ملا' سر پر کانٹوں کا تاج پہن لیا، لیکن تیرا راستہ تک نہیں مل سکا۔ اب تو بس یہی خواہش ہے کہ محبت کے شہر میں جا بسوں جہاں ہمارا کنت رہتا ہے بلے شاہ تو اپنے مرشد سے یہی درخواست کرتا ہے کہ وہ پیارے کا دیدار کرا دیں۔

पाया है, किछु पाया है

पाया है किछु पाया है,
मेरे सतिगुरु अलख लखाया है। टेक।

कहूं बैर पड़ा कहूं बेली है,
कहूं मजनूं है कहूं लेली है,
कहूं आप गुरु कहूं चेली है,
आप आपका पंथ बताया है।

कहूं महजत का करतारा है,
कहूं बणिआ ठाकरद्वारा है,
कहूं बैरागी जयधारा है,
कहूं सेखन बणि बणि आया है।

कहूं तुरक मुसल्ला पढ़ते हो,
कहूं भगत हिन्दू जप करते हो,
कहूं घोर पुंडे में पड़ते हो,
कहूं घर-घर लाड़ लड़ाया है।

बुल्ल्हा शहु का मैं बेमुहताज़ होइआ,
महाराज मिल्या मेरा काज होइआ,
दरसन पिया का मुझे इलाज होइआ,
आप आप में आप समाया है।

پایا ہے، کچھو پایا ہے

پایا ہے کچھو پایا ہے،
میرے ست گرو الکھ لکھایا ہے۔ (ٹیک)

کہوں پیر پڑا کہوں بیلی ہے،
کہوں مجنوں ہے کہوں لیلی ہے،
کہوں آپ گرو کہوں چیلی ہے،
آپ آپکا پنتھ بتایا ہے،

کہوں مسجد کا کرتا را ہے،
کہوں بنیا ٹھا کردوارا ہے،
کہوں بیراگی جیدھارا ہے،
کہوں سیکھن بنی بنی آیا ہے۔

کہوں تُرک مصلّہ پڑھتے ہو،
کہوں بھگت ہندو جَپ کرتے ہو،
کہوں گھور گھُنڈے میں پڑتے ہو،
کہوں گھر گھر لاڑ لڑایا ہے۔

بلھا شوہ کا میں بےمحتاج ہوئیا،
مہاراج ملیا میرا کاج ہوئیا،
درسن پیا کا مجھے علاج ہوئیاں،
آپ آپ میں آپ سمایا ہے۔

पाया है, कुछ पाया है

पूर्ण अद्वैत की भावाभिव्यक्ति करती हुई इस काफ़ी में बताया गया है कि ज्ञान प्राप्त हो जाने की अवस्था में अनेकता में व्याप्त एकता के दर्शन होते हैं। उसी अवस्था का वर्णन करते हुए कहा गया है कि मैंने कुछ पा लिया है, मेरे सतगुरु ने मुझे वह अलख प्रभु दिखा दिया है।

सब-कुछ में उसी का प्रसंग है, इसे बताते हुए साईं कहते हैं कि प्रभु कहीं बैर करता है और कहीं मित्र भी है। कभी वह मजनूं नज़र आता है, तो कभी लैला। वह स्वयं गुरु भी है और शिष्या भी। उसने स्वयं अपने-आप को अपने ही पन्थ का परिचय दिया है।

वह कहीं मस्जिद में विराजता है तो कहीं उसके लिए ठाकुरद्वारा बना हुआ है। वह स्वयं ही कहीं (मस्जिद और मन्दिर से बाहर) जटाधारी बैरागी की तरह घूमता नज़र आता है और कहीं शेख का रूप धारण करता है।

हे प्रभु, तुम्हारी लीला अपार है। तुम कहीं तुरक बनकर, मुसल्ला पर बैठकर नमाज़ पढ़ते हो, तो कहीं भक्त बनकर जप करते हो। कभी बूंघट के घोर अन्धकार में चले जाते हो और कभी घर-घर जाकर सभी से लाड़-प्यार करते हो।

बुल्ला अब अपने अहम् से मुक्त हो गया है। मुझे महाराज मिले और मेरा काज (कार्य, विवाह) सम्पन्न हो गया, प्रिय के दर्शन से मेरे सभी रोग कट गए हैं, वह सर्वव्यापक स्वयं अपने-आप में ही समाया हुआ है।

پایا ہے، کچھ پایا ہے

مکمل طور پر ایک ہو جانے کا ذکر کرتے ہوئے اس رباعی میں بیان کیا گیا ہے کہ علم حاصل ہو جانے کی حالت میں بہت سے لوگوں میں پنہاں، وحدت کا مشاہدہ ہونے لگتا ہے۔ اسی حالت کو بیان کرتے ہوئے کہا گیا ہے کہ میں نے کچھ پا لیا ہے۔ میرے لائق استاد نے مجھے وہ انوکھا رب دکھایا ہے، ہر چیز میں اسی کا مشاہدہ ہوتا ہے۔ اس بات کا ذکر کرتے ہوئے سائیں کہتے ہیں کہ رب کہیں دشمنی کرتا ہے اور کہیں دوستی، کبھی تو وہ مجنوں نظر آتا، اور کبھی لیلی، وہ بذات خود استاد بھی ہے شاگرد بھی اس نے خود اپنے راستہ کا تعارف کروادیا ہے۔

وہ کہیں مسجد میں رہتا تو کہیں اس کے لئے ٹھاکر کا دروازہ ہے وہ کہیں خود ہی (مندر اور مسجد کے باہر) جٹا لگائے ہوئے بیراگی کی طرح گھومتا ہے اور کہیں شیخ کا لبادہ پہن لیتا ہے۔

ہے رب تمہارا کھیل انوکھا ہے تم کہیں ترک بن کر مصلّٰی پر بیٹھ کر نماز پڑھتے ہو تو کہیں بھگت بن کر تسبیح پڑھتے ہو کبھی گھونگھٹ کے زبردست اندھیرے میں چلے جاتے ہو تو کبھی گھر گھر جا کر سب سے ہی لاڈ پیار کرتے ہو۔

بلا اب اپنی انا سے آزاد ہو گیا مجھے بڑے سرکار مل گئے اور میرا کام مکمل ہو گیا۔ پیارے کے نظارے سے یعنی اس کی ملاقات سے میری ساری بیماریاں دور ہو گئیں وہ خالق خود اپنی ذات میں پنہاں ہے۔

पांधिया हो

झब सुख दा सुनेहुड़ा ल्यावीं वे पांधिया हो। टेक।

मैं दुबड़ी मैं कुबड़ी होई आं,
मेरे दुखड़े सब तबलावीं वे पांधिया हो।

"खुल्ली लिट गल, हत्त्थ परांदा"
एक कहिंदिआं न शर्मावीं वे पांधिया हो।

यारां लिख किताबत भेजी,
किसे गोशे बह समझावीं वे पांधिया हो।

बुल्ल्हा शौह दियां मुड़न मुहारां,
लै पतियां तूं झब धावीं वे पांधिया हो।

پاندھیا ہو

جھب سکھ دا سُنے ہُڑالیانویں وے پاندھیاں ہو۔(ٹیک)

میں ڈُبڑی میں کُبڑی ہوئی آں،
میرے دُکھڑے سب تبلاویں وے پاندھیاں ہو۔

''کھُلی لٹ گل، ہتھ پراندا''
ایک کہند آں نہ شرماویں وے پاندھیاں ہو۔

یاراں لکھ کتابت بھیجی،
کسے گوشے بہہ سمجھاویں وے پاندھیاں ہو۔

بلھا شوہ دیاں مڑن مہاراں،
لے پتیاں تُو جھپ دھاویں وے پاندھیاں ہو۔

हे मुसाफ़िर

विरहिणी अपनी दीन दशा किसे बताए, वह प्रिय मिलन के अभाव में उसके सन्देश की ही प्रतीक्षा करती है। इसलिए वह मुसाफ़िर से अनुरोध करती है कि फ़ौरन सुख का सन्देशा लेकर आना।

विरह में गलते-गलते मैं दुबली हो गई हूं, कुबड़ी हो गई हूं। हे पथिक, तू मेरे सभी दुख उसे बता देना। मेरी लटें खुली हुई गले में पड़ी हैं और वेणी हाथों में लिये हुए हूं। मेरी यह अवस्था उसे बताने में संकोच नहीं करना, मुसाफ़िर।

यदि करुणा करके मेरा प्रिय तुम्हारे हाथों कोई पत्र स्वयं लिखकर भेजे, तो एकान्त में बैठकर चुपके से पढ़ लेना और मुझे समझा देना, हे मुसाफ़िर!

बुल्ला कहता है कि प्रिय पति लौटकर चला आए, इसलिए तुम पत्र लेकर अविलम्ब दौड़ लेना, मुसाफ़िर।

اے مسافر

بچھڑنے والی اپنا حال دل کیسے بتائے وہ اپنے پیارے سے نہ ملنے پر اس کے پیغام کا انتظار کرتی ہے اس لئے وہ مسافر سے گزارش کرتی ہے کہ فورا خوشی کا پیغام لے کر آنا غم کی آگ میں پگھلتے پگھلتے میں دبلی اور کڑی ہو گئی ہوں اے مسافر تو میرے سب ہی دکھ اسے بتا دینا میری زلفیں کھلی ہوئی گلے میں بکھری پڑی ہیں اور جوئی ہاتھوں میں ہے میری یہ حالت زار اسکو بتانے میں شرم نہ کرنا، اگر مہربانی کر کے میرا پیارا کوئی خط لکھ کر تمہارے ہاتھ بھیجے تو تنہا بیٹھ کر خاموشی سے اسے پڑھ لینا اور مجھے سمجھا دینا اے مسافر۔

بلا کہتا ہے کہ پیارے شوہر لوٹ کر چلے آئیں اس لئے تم خط لے کر بغیر دیر کئے تیزی سے چلے جانا۔

पानी भर-भर गइयां सब्भे

पानी भर-भर गइयां सब्भे आपो अपनी वार। टेक।

इक भरन आइयां, इक भर चल्लियां,
इक खलियां ने बांह पसार।

हार हमेला पाइयां गल विच,
बांहीं छणके चूड़ा,
कन्नी बुक-बुक झुम्मर बाले,
सभ आडम्बर पूरा,
मुड़ के शौह ने झात न पाई,
ऐवें गिआ सिंगार।

हत्थी मैंहदी, पैरीं मैंहदी,
सिर ते धड़ी गुंधाई,
तेल, फुलेल, पानां दा बीड़ा,
दंदी मिस्सी लाई,
कोई जे सद्द पिओ ने गुज्झी,
विस्सरिआ घर बार।

बुल्लिहआ, शौह दी पंध पवें जो –
तां तूं राह पछाणे,
"पौन सतारां", पासैं मंगिआ,
दा पिआ त्रै काणे,
गूंगी, डोरी, कमली होई,
जान दी बाज़ी हार।

پانی بھر بھر گئیاں سبھے

پانی بھر بھر گئیاں سبھے آپو اپنی وار۔ (ٹیک)

اِک بھرن آئیاں، اک بھر چلّیاں،
اک کھلیاں نے بانھ پسار۔

ہار ہمیلاں پائیاں گل وِچ،
باہیں چھنکے چوڑا،
کنّیں ٹِک ٹِک جھمکر بالے،
سبھ آڈمبر پورا،
مڑ کے شوہ نے جھات نہ پائی،
ایویں گیا سنگار۔

ہتھی مہندی پیریں مہندی،
سر تے دھڑی گندھائی،
تیل پھلیل پاناں دا بیڑا،
دندی مسّی لائی،
کوئی جے سد پیؤ نے گجھی،
وِسریا گھر بار۔

بُلھا شوہ دی پندھ پویں جو۔
تاں توں راہ پچھانیں،
پون ستاراں پاسوں منگینا،
دا پیا ترے کانے،
گونگی، ڈوری، کملی ہوئی،
جان دی بازی ہار۔

पानी भर-भरकर गईं सभी

साधक चाहे जितना यत्न करे, मार्गदर्शक गुरु के बिना प्रयास सफल नहीं होते। इसी भाव का वर्णन करते हुए साईं लिखते हैं कि सभी सखियां पानी भर-भरकर चली गईं। कुछेक पानी भरने के लिए अभी-अभी आई हैं और कुछेक भरकर चली जा रहीं, हैं। कुछेक ऐसी भी हैं, जो बांहें पसारे खड़ी हैं।

प्रिय को प्राप्त करने के लिए सभी शृंगार किया है, गले में हार-हमेलें सजा ली हैं, बांहों में चूड़े छनछना रहे हैं, कानों में बड़े-बड़े झूमर हैं, बालें हैं यानी कि शृंगार का सभी आडम्बर पूरा है, किन्तु प्रिय पति ने देखा तक नहीं और समूचा शृंगार व्यर्थ हो गया।

शृंगार के अतिरिक्त मैंने हाथों में मेहंदी रचाई, पैरों में भी मेहंदी रचाई, सिर भी खूब अच्छी तरह गुंदाया, बालों में खुशबूदार तेल डाला, दांतों में मिस्सी लगाई और होंठों को भी रंग लिया। पता नहीं (मृत्यु का) क्या गूढ़ सन्देश आया कि सारा घर-बार ही बिसर गया।

बुल्लेशाह कहते हैं, यदि तुम प्रिय पति के मार्ग पर चलो तभी तो उस मार्ग को पहचान सकोगे। लेकिन हुआ यह कि (चौसर के खेल में) मैंने मांगा 'पौ बारा' और दांव पड़ा 'तीन काने'। अर्थात प्रिय मिलन की जगह प्रिय विरह ही हाथ आया। अब मैं गूंगी, बहरी और पगली हो गई हूं। सच तो यह है कि मैंने जीवन की बाज़ी हार दी।

سب پانی بھر بھر کر چلی گئیں

صوفی چاہے جتنی کوشش کرے رہنما استاذ کے بغیر کچھ بھی ممکن نہیں اس بات کا ذکر کرتے ہوئے سائیں لکھتے ہیں کہ سب ہی دوست پانی بھر بھر چلی گئیں کچھ پانی بھرنے کے لئے ابھی آئی ہیں کچھ بھر کر جا رہی ہیں کچھ ایسی بھی ہیں جو بازو بسارے کھڑی ہیں۔

اپنے پیارے کو حاصل کرنے کے لئے میں نے پورا بناؤ سنگھار کیا ہے گلے میں ہار پہنے ہیں باہوں میں چوڑیاں چھنچھنا رہی ہیں کانوں میں بڑے بڑے جھومر اور بالیاں ہیں لیکن محبوب شوہر نے دیکھا تک نہیں اور پورا بناؤ سنگھار بے کار گیا۔

سنگھار کے علاوہ میں نے ہاتھوں میں مہندی رچائی، سر بھی خوب اچھی طرح صاف کیا، بالوں میں خوشبودار تیل لگایا، دانتوں میں مسی لگائی اور ہونٹوں کو بھی رنگ لیا۔ معلوم نہیں کیا بری خبر (گوڑھ) آئی ہے کہ سارا گھر بار ہی بھول گیا۔

بلے شاہ کہتے ہیں کہ اگر تم پیارے شوہر کے راستہ پر چلو تب ہی تو اس راستہ کو پہچان سکو گے لیکن ہوا یہ کہ میں نے مانگا 'پوبارہ اور داؤ پڑا تین کانے' (چوسر کے کھیل میں) یعنی پیارے سے ملنے کی جگہ پیارے کا بچھڑنا ہی ہاتھ آیا اب میں گونگی، بہری اور پگلی ہو گئی ہوں۔ سچ تو یہ ہے کہ میں زندگی کی بازی ہار چکی ہوں۔

बस कर जी

बस कर जी, हुण बस कर जी,
काई गल असां नाल हस कर जी। टेक।

तसीं दिल मेरे विच वसदे सी,
तद सानूं दूर क्यों दसदे सी,
घत जादू दिल नूं खसदे सी,
हुण आइओ मेरे वस कर जी।

तुसी मोइआं नूं मार ना मुकदे सी,
नित्त खिद्दो वांगू कुटदे सी,
गल करदे सां गल घुटदे सी,
हुण तीर लगाइओ कस कर जी।

तुसी छपदे हो, असां पकड़े हो,
असां विच्च जिगर दे जकड़े हो,
तुसी अजे छपण नूं तकड़े हो,
हुण रहा पिंजर विच वस कर जी।

बुल्ल्हा शौह असीं तेरे बरदे हां,
तेरा मुख वेखण नूं मरदे हां,
बन्दी वांगू मिनतां करदे हां,
हुण कित वल जासो नस कर जी।

بس کر جی

بس کر جی ہُن بس کر جی،
کائی گل اساں نال ہس کر جی۔ (ٹیک)

تُسیں دل میرے وچ وَسدے سی،
تد سانوں دور کیوں دسدے سی،
گھت جادو دل نوں کھسدے سی،
ہُن آئیو میرے وَس کر جی۔

تُسی موئیاں نوں مار نہ مکدے سی،
نت کھدو وانگوں کُٹدے سی،
گل کردے ساں گل گُھٹدے سی،
ہُن تیر لگائیو کس کر جی،

تُسیں چھپدے ہو، اُساں پکڑے ہو،
اساں وِچ جگر دے جکڑے ہو،
تُسیں اجے چھپن نوں تکڑے ہو،
ہُن رہا پنجر وچ وس کر جی۔

بلھا شوہ اسیں تیرے بردے ہاں،
تیرا مکھ ویکھن نوں مردے ہاں،
بندی وانگوں منتاں کردے ہاں،
ہُن کِت وَل جاسوں نس کر جی،

बस करो जी

विरहिणी आत्मा विरह, दुख सहते-सहते दुखियाकर कहती है कि बस करो जी, अब बस करो। नाराज़ी छोड़कर हमसे हंस-हंसकर कोई बात करो।

यों तो तुम सदा मेरे हृदय में वास करते रहे, किन्तु कहते यही रहे कि हम दूर हैं। जादू डालकर दिल छीन लेने वाले अब जाकर कहीं मेरे वश में आए हो।

तुम इतने निर्दयी कैसे हो कि मरे हुए को भी मारते रहे और तुम्हारा मारना तो कभी समाप्त न हुआ। कपड़े की कतरनों से बने गेंद की तरह हमें पीटते रहे। हम बात करना चाहते हैं, तो तुम गला घोंटकर हमें चुप करा देते हो और अबकी बार तो तुमने हम पर कसकर बाण चलाया है।

तुम छुपना चाहते हो, लेकिन हमने तुम्हें पकड़ लिया है। पकड़ ही नहीं लिया, बल्कि हमने तुम्हें जी-जान से जकड़ लिया है। हम जानते हैं कि तुम बहुत बलवान हो, अभी भी भागकर छुप सकते हो, लेकिन अब तो हमारे अस्थि-पंजर में ही रहो।

बुल्ला कहता है कि हे प्राणपति, हम तो तुम्हारे परम दास हैं, तुम्हारा मुख देखने के लिए तरस रहे हैं, बन्दी की तरह अनुनय-विनय कर रहे हैं, इस विनय के सामने भला अब दौड़कर किधर जाओगे?

بس کرو جی

غم زدہ روح ہجر کا رنج وغم سہتے سہتے دکھی ہو کر کہتی ہے بس کرو جی، اب بس کرو ناراضگی چھوڑ کر اب ہم سے ہنس ہنس کر باتیں کرو۔ یوں تو تم ہمیشہ ہی میرے دل میں رہتے ہو۔ جادو کر کے دل چھین لینے والے اب جا کر کہیں میرے بس میں آئے ہو۔ تم اتنے بے رحم ہو کہ مرے ہوئے کو بھی مارتے رہے، تمہارا مارنا تو کبھی ختم نہیں ہوا۔ کپڑے کی کترنوں سے بنے گیند کی طرح ہمیں پیٹتے رہے۔ ہم بات کرنا چاہتے ہیں تو تم ہمیں گلا گھونٹ کر خاموش کر دیتے ہو اور اس مرتبہ تو تم نے ہمارے اوپر تیر چلایا ہے۔ تم چھپنا چاہتے ہو، لیکن ہم نے تمہیں پکڑ لیا ہے۔ پکڑ ہی نہیں لیا ہے بلکہ دل وجان سے جکڑ لیا ہے، ہم جانتے ہیں کہ تم بہت طاقتور ہو ابھی بھی بھاگ کر چھپ سکتے ہو لیکن اب تو ہمارے ہڈی چمڑے ہی میں رہو۔

بلا کہتا ہے کہ اے ہمارے جسم اور روح کے مالک ہم تو تیرے غلام ہیں تمہارے دیدار کو ترس رہے ہیں۔ باندی کی طرح تمہاری خوشامد کر رہے ہیں اس خوشامد کے سامنے بھلا دوڑ کر کدھر جاؤ گے۔

बुल्ल्हिआ, की जाणां मैं कौन

बुल्ल्हिआ, की जाणां मैं कौन? । टेक।

ना मैं मोमिन विच्च मसीता,
ना मैं विच्च कुफ़र दियां रीतां,
ना मैं पाक आं विच पलीतां,
ना मैं मूसा ना फिरऔन।

ना मैं विच्च पलीती पाकी,
ना विच शादी, ना गमना की,
ना मैं आबी ना मैं ख़ाकी,
ना मैं आतिश ना मैं पौन।

ना मैं भेत मज़ब दा पाया,
ना मैं आदम-हव्वा जाया,
ना कुछ अपणा नाम धराया,
ना विच बैठण ना विच भौण।

अव्वल आख़र आप नूं जाणां,
ना कोई दूजा आप पछाणां,
मैथों वध ना कोई सिआणा,
बुल्ल्हिआ औह खड़ा है कौन?

بُلّھا کی جاناں میں کون

بلھا کی جاناں میں کون۔ (ٹیک)
نا میں مومن وچ میستاں،
نا میں وچ کفر دیاں ریتاں،
نا میں پاک آں وچ پلیتا،
نا میں موسیٰ نہ فرعون۔

نا میں وچ پلیتی پاکی،
نا میں وچ شادی ناغمنا کی،
نا میں آبی، نا میں خاکی،
نا میں آتش، نا میں پون۔

نا میں بھیت مزب دا پایا،
نا میں آدم حوا جایا،
نا کچھ اپنا نام دھرایا،
نا وچ بیٹھن نا وچ بھون۔

اول آخر آپنو جانا،
نا کوئی دوجا آپ پچھاناں،
میتھو ودھ نا کوئی سیانا،
بلھا اوہ کھڑا ہے کون؟

बुल्लेशाह, क्या जानूं मैं कौन हूं

साधना की एक ऐसी अवस्था आती है, जिसे सन्त बेख़ुदी कह लेते हैं, जिसमें उसका अपना आपा अपनी ही पहचान से परे हो जाता है। इसीलिए बुल्लेशाह कहते हैं कि मैं क्या जानूं कि मैं कौन हूं?

मैं मोमिन नहीं कि मस्जिद में मिल सकूँ, मैं कुन के मार्ग पर चलने वाला भी नहीं हूं, न मैं पलीत (पवित्र) लोगों के बीच पवित्र व्यक्ति हूं और न ही पवित्र लोगों के बीच अपवित्र हूं। मैं न मूसा हूं और फ़िरऔन भी नहीं हूं।

इस प्रकार मेरी अवस्था कुछ अजीब है, न मैं पवित्र लोगों के बीच, न अपवित्र लोगों के बीच हूं और मेरी मनोदशा न प्रसन्नता की है, न उदासी की। मैं जल अथवा स्थल में रहने वाला भी नहीं हूं, न मैं आग हूं और पवन भी नहीं।

मज़हब का भेद भी मैं नहीं पा सका। मैं आदम और हव्वा की सन्तान नहीं हूं, इसलिए मैंने अपना कोई नाम भी नहीं रखा है। न मैं जड़ हूं और जंगम भी नहीं हूं।

कुल मिलाकर कहूं तो मैं किसी को नहीं जानता। मैं बस अपने-आप को ही जानता हूं, अपने से भिन्न किसी दूसरे को मैं नहीं पहचानता। बेखुदी अपना लेने के बाद मुझसे बढ़कर सयाना और कौन होगा? बुल्लेशाह कहते हैं कि मैं तो यह भी नहीं जानता कि भला वह कौन खड़ा है।

بلّے شاہ، کیا جانوں میں کون ہوں

دل لگانے کی ایک ایسی حالت ہوتی ہے جسے صوفی بے خودی کہتے ہیں۔ جس میں وہ اپنے آپ کو پہچان پاتا ہے اس لئے بلّے شاہ کہتے ہیں کہ میں کون ہوں، میں مومن نہیں کہ مسجد میں مل سکوں میں کفر کے راستہ پر چلنے والا بھی نہیں ہوں، نہ میں ناپاک لوگوں کے لئے پاک ہوں اور نہ ہی پاک لوگوں کے بیچ پاک ہوں میں نہ موسیٰ ہو نہ فرعون اس طرح میری حالت کچھ عجیب ہے نہ میں پاک لوگوں کے بیچ ہوں نہ ناپاک لوگوں کے بیچ، نہ میں خوش ہوں نہ غمگین، میں پانی اور زمین پر رہنے والا بھی نہیں ہوں نہ میں آگ ہوں نہ ہوا۔ میں مذھب کا فرق بھی نہیں پاسکا میں آدم وحوا کی اولاد بھی نہیں ہوں اس لئے میں نے اپنا کوئی نام بھی نہیں رکھا ہے نہ میں جڑ ہو نہ پٹا۔

کل ملا کر اگر میں کہوں تو میں کسی کو نہیں جانتا۔ میں بس اپنے آپ کو ہی جانتا ہوں اپنے سے علاوہ کسی کو نہیں جانتا۔

بے خودی اپنانے کے بعد مجھ سے بڑھ کر چالاک اور کون ہوگا۔

بلّے شاہ کہتے ہیں کہ میں تو یہ بھی نہیں جانتا کہ وہ کون کھڑا ہے۔

बुल्हे नूं समझावण आइयां

बुल्हे नूं समझावण आइयां,
भैणा ते भरजाइयां। टेक।

"मन्न लै बुल्लिहआ साडा कहणा,
छड़ दे पल्ला राइयां,
आल नबी औलादि अली ने,
तूं क्यों लीका लाइयां?"

"जेहड़ा सानूं, सैयद आखे,
दोज़ख़ मिले सज़ाइयां,
जो कोई सानूं राईं आखे,
भिश्तीं पींघां पाइयां।"

राईं साईं समनी थाईं,
रब दियां बेपरवाहियां,
सोणियां परे हटाइयां,
ते कोझियां लै गल लाइयां।

जे तूं लोड़े बाग बहारां,
चाकर हो जा राइयां,
बुल्ल्हे शाह दी ज़ात की पुछण,
शाकिर हो रज़ाइयां।

بُلھے نوں سمجھاون آئیاں

بلّے نوں سمجھاون آئیاں،
بھیناں تے بھرجائیاں۔ (ٹیک)

''من لے بلیھا ساڈا کہنا،
چھڑ دے پلا، رائیاں،
آل نبی اَولاد علی نوں،
تو کیوں لیکالائیاں؟''

جیہڑا سانوں، سیّد آکھے،
دوزخ ملے سزائیاں،
جو کوئی سانوں رائیں آکھے،
بھشتی پینگھا پائیاں''

رائیں سائیں سمنیں تھائیں،
رب دیاں بے پرواہیاں،
سوہنیاں پرے ہٹائیاں،
تے کوجھیاں لے گل لائیاں۔

جے توں لوڑے باغ بہاراں،
چاکر ہو جا رائیاں
بلھے شاہ دی ذات کی پُچھنے،
شاکر ہو رزائیاں۔

बुल्ले को समझाने आईं

बुल्लेशाह सैयद जाति के थे और उनके मुर्शिद (सद्गुरु) इनायत शाह अराईं जाति के। बुल्ले के उच्च कुल के लोग नाराज़ थे कि कुलीन बुल्लेशाह निम्नजाति के व्यक्ति का मुरीद हो, इसलिए बहनें और भावजें बुल्लेशाह को समझाने आईं और कहने लगी :

"अरे बुल्लेशाह, हमारा कहना मान लो और सब्जी उगाने, खेती करने वाले इस अराईं का साथ छोड़ दो। तुम तो नबी के कुटुम्ब से हो, अली के वंशज हो। अपनी इस ज़िद से क्यों उनकी परनिन्दा का कारण बनते हो?"

बुल्लेशाह ने उत्तर में कहा कि जो हमें सैयद कहेगा, उसे दोज़ख की सज़ा मिलेगी और जो हमें अराईं कहेगा, वह बहिश्त में झूला झूलेगा।

भगवान कितना बेपरवाह है कि अब तो मुझे सब जगह अराईं ही अराई नज़र आता है, ऐसा लगता है कि भगवान ने सुन्दरियों को परे हटाकर असुन्दरियों को गले लगा लिया है।

यदि तुम्हें प्रभु-प्राप्ति के आनन्द की इच्छा हो, तो मुर्शिद अराई का सेवक हो जा। अरे भाई, गुरु का शिष्य हो जाने पर बुल्लेशाह की जाति क्यों पूछते हो? वह तो शाकिर (सब-शुक्र करने वाला) है और खुदा की रज़ा (खुदा की मी) में राजी है।

بُلّے کو سمجھانے آئیں

بلے سید ذات کے تھے اور ان کے مرشد عنایت شاہ ارائیں تھے بلے کی اونچی برادری کے لوگ ان سے ناراض تھے کہ اونچی ذات کا بلے شاہ نیچے قوم کے آدمی کا مرید ہوگیا۔ اس لئے بلّے شاہ کی بہنیں اور بھاوجیں انکو سمجھانے کیلیئے آئیں اور کہنے لگیں۔ ارے بلّے شاہ ہمارا کہنا مان لو اور سبزی اگانے اور کھیتی کرنے والے اس ارائیں کو چھوڑ دو تم تو نبی کے خاندان سے ہو، علی کے نسبت سے ہو، اپنی اس ضد سے کیوں اپنی بے عزتی کا سبب بن رہے ہو۔

بلے شاہ نے جواب میں کہا کہ جو ہمیں سید کہے گا اس کو دوزخ کی سزا ملے گی اور جو ارائیں کہے گا وہ بہشت میں عیش کریگا۔

رب کتنا لاپرواہ ہے اب تو ہر جگہ مجھے ارائیں ہی ارائیں نظر آتے ہیں۔ ایسا معلوم ہوتا ہے کہ خدا نے خوبصورتوں کو ہٹا کر بدصورتوں کو گلے لگا لیا ہے۔ اگر تمہیں خدا کو حاصل کرنے کی خواہش ہے تو مرشد ارائیں کے نوکر بن جاؤ۔ ارے بھائی استاد کا شاگرد بن جانے پر بلے شاہ کی ذات کیوں پوچھتے ہو وہ تو شاکر اور خدا کی رضا میں راضی ہے۔

हिन्दू नहीं ना मुसलमान

हिन्दू नहीं ना मुसलमान,
बहिये त्रिंजण[1] तज़ अभिमान। टेक।

सुन्नी ना, नाहीं हम शीआ,
सुलहकुल का मारग लीआ।

भुक्के नहीं, नहीं हम रज्जे,
नंगे ना, नहीं हम कज्जे।

रोंदे ना, नहीं हम हसदे,
उजड़े ना नहीं हम वसदे।

पापी ना, सुधरमी ना,
पाप पुन्न की राह न जां।

बुल्ल्हेशाह जो हरि चित लागे,
हिन्दू तुरक दूजन तिआगे।

---

1. कुंवारी लड़कियों का समूह, जहां वे मिलकर चरखा कातती हैं। अर्थात इहलोक, जहां सभी लोग जीवन-यापन करते हैं। चरखा पर काते हुए सूत से लड़कियां अपने विवाह के लिए दहेज़ तैयार करती हैं। इस प्रकार, इहलोक में अर्जित पुण्य परलोक में काम आते हैं।

ہندو نہیں، نا مسلمان

ہندو نہیں نا مسلمان،
بیہے ترِنجن تزا بھمان۔ (ٹیک)

سنّی ناں نا ہی ہم شیعا،
صلح کُل کا مارگ لیا۔

بھکے نہیں، نہیں ہم رجّے،
ننگے نا، نہیں ہم کجّے۔

روندے نا، نہیں ہم ہسدے،
اُجڑے نا، نہیں ہم وسدے۔

پاپی نا، سدھرمی نا،
پاپ پُن کی راہ نہ جاں۔

بلھے شاہ جو ہری چت لاگے
ہندو تُرک دوجن تیاگے۔

ا۔ کنواری (غیر شادی شدہ) لڑکیوں کا مجمع، جہاں مل کر وہ چرخا کاتتی ہیں مطلب یہ ہے کہ جس طرح لڑکیوں کے چرخے سے کاتے ہوئے سوت سے وہ اپنا جہیز تیار کرتی ہیں اور ان کے کام آتا ہے اسی طرح دنیا میں اچھے کام کرنے سے آخرت میں ان کے کام آئیگا۔

हिन्दू नहीं, मुसलमान भी नहीं

अध्यात्म की उच्च भूमि पर पहुंचकर साधक-सन्त अद्वैत भावयुक्त हो जाता है और कह उठता है कि मैं न तो हिन्दू हूं और न मुसलमान। सब आत्माएं सखियों की भांति अभिमान त्यागकर परलोक की तैयारी करें।

वस्तुतः हम तो आत्मा-मात्र हैं। हम न शिया हैं, न सुन्नी। हम भूखे भी नहीं हैं और भरे पेट भी नहीं हैं। हम न वस्त्र पहने हैं और न निर्वस्त्र (नंगे) हैं। न हम रोते हैं और न हंसते हैं। घर त्यागकर हम न तो उजड़ों की भांति रहते हैं और न ही किसी एक स्थान पर बसे हुए हैं। हम न पापी हैं, न सुधर्मी हैं। हम न तो पाप के मार्ग पर चलते हैं और न पुण्य के मार्ग पर। सच्चाई तो यह है कि जो अपना चित्त (मन) हरि में लगा लेते हैं, उनके लिए हिन्दू-तुरक जैसा द्वैत मिट जाता है।

ہندو نہیں، مسلمان بھی نہیں

روحانی طمانیت کے اونچے مقام پر پہونچکر صوفی وحدت کا معترف ہو جاتا ہے اور کہ اٹھتا ہے کہ نہ تو میں ہندو ہوں اور نہ مسلمان۔ سبھی روح دوستوں کی طرح، غرور چھوڑ کر آخرت کی تیاری کریں۔

حقیقتاً ہم تو صرف روح ہیں۔ ہم نہ شیعہ ہیں نہ سنّی۔ ہم بھوکے بھی نہیں ہیں پیٹ بھرے بھی نہیں۔ ہم نے کپڑے نہیں پہنے اور نہ ہم ننگے ہی ہیں۔ نہ ہم روتے ہیں نہ ہنستے ہیں۔ گھر چھوڑ کر ہم نہ تو اجڑے لوگوں یعنی بے گھروں کی طرح رہتے ہیں۔ نہ ایک ہی جگہ پر بسے ہوئے ہیں۔

نہ ہم گنہگار ہیں نہ بے گناہ ہیں۔ نہ ہم برے راستے پر چلتے ہیں، نہ ہم اچھے راستے پر چلتے ہیں۔ سچائی تو یہ ہے کہ اگر ہم خدا سے اپنی لو لگا لیتے ہیں ان کے لئے ہندو مسلمان کا فرق ختم ہو جاتا ہے۔

मुरली बाज उठी

मुरली बाज उठी अनघातां
सुण सुण भुल्ल गईआं सभ बातां। टेक।

लग गए अनहद बाण न्यारे,
छूट गए दुनिया कूड़ पसारे,
साईं मुख वेखण दे वणजारे,
दूइयां भुल गईयां सभ बातां।

हुण असां चंचल मिरग फहाया,
ओसे मैनूं बन्ह बहाया,
हरफ़ दुगाना उसे पढ़ाया,
रह गईआं दो-चार रुकातां।

बुल्ल्हा शाह मैं तद बिरलाई,
जद दी मुरली कान्ह बजाई,
बउरी होई ते तें वल धाई,
खोजीआं कित वल दस्त बरातां?

مرلی باج اٹھی

مرلی باج اٹھی انگھاتاں
سُن سن بھل گئیاں سبھ باتاں۔(ٹیک)

لگ گئے اَنحد بان نیارے،
چھوٹ گئے دنیا کوڑ پسارے،
سائیں مُکھ ویکھن دے ونجارے،
دوئیاں بُھل گئیاں سبھ باتاں۔

ہُن اَساں چنچل مرگ پھہایا،
اوسے مینوں بن بہایا،
حرف دوگاناں اُسے پڑھایا،
رہ گئیاں دو چار رُکاتاں۔

بُلھا شاہ میں تدبر لائی،
جد دی مرلی کانونھ بجائی
بَوری ہوئی تے تیں وَل دھائی،
کھوجی آں کِت وَل وَست براتاں؟

मुरली बज उठी

अचानक ही अनहद ध्वनि की मुरली बज उठी है और उसे सुनकर मैं सभी कुछ भूल गई हूं।

अनहद शब्द के विचित्र बाण मेरे हृदय को बींध गए हैं, जिससे सारा संसार नाशवान लगने लगा है। दुनिया का झूठा पसारा मुझसे छूट गया है। अब तो उस प्रियतम का मुख देखने की ही उत्कट इच्छा रह गई है। बाक़ी की सभी बातें भूल गई हैं।

अब तो हमने चंचल मृग-रूपी मन जाल में फंसा लिया है, लेकिन उसने भी मुझे बांधकर बिठा लिया अर्थात मुझे निश्चल कर दिया है। नमाजे-शुक्राना भी उसी ने पढ़ाया है। अब तो बस दो-चार रकातें[1] शेष रह गई हैं। (उसका सारा प्रेमगीत पढ़ लिया है, बस थोड़ा ही पूछना शेष रह गया है।)

बुल्लेशाह कहते हैं कि वह अनहद नाद सुनकर मैं व्याकुल हो गई हूं। जब से कान्हा ने मुरली बजाई है, मैं बावरी होकर तेरी ओर ही भाग रही हूं। कहो जी, अब प्रेम का हाथ तुम किस ओर बढ़ा रहे हो?

(अनहद नाद की गुप्त मुरली का राग प्रकट हो जाने पर संसार की असारता और प्रियतम के वियोग की भावना तीव्रतर हो जाती है। उस आनन्द की प्राप्ति के लिए चित्त व्याकुल रहता है।)

---

1. नमाज़ का एक हिस्सा खड़े होने से बैठने तक।

مرلی بج اٹھی

اچانک ہی انحد کی آواز کی مرلی بج گئی اوراس کو سن کر میں سب کچھ بھول گئی۔

انحد لفظ کے انوکھے تیر میرے دل کو چیر گئے۔ جس سے تمام دنیا ختم ہونے والی لگنے لگی ۔دنیا کی جھوٹی محبت مجھسے چھوٹ گئی ہے۔اب تو اپنے اس پیارے کا منہ دیکھنے کی خواہش رہ گئی ہے۔باقی تو سبھی باتیں بھول گئی ہوں۔

اب تو میں نے اپنا بیکل جیسا دل بھی جال میں پھنسالیا ہے،لیکن اسنے بھی مجھے باندھ کر بٹھالیا۔یعنی ایک جگہ روک دیا۔نمازے[1] شکرانہ بھی اسی نے پڑھایا ہے۔اب تو بس دو چار رکعتیں باقی رہ گئی ہیں۔

بلے شاہ کہتے ہیں کہ اس انحد کی آواز کو سنکر میں بے چین ہوگئی۔ جب سے کرشن نے مرلی بجائی ہے، میں باؤلی ہوکر تیری طرف ہی بھاگ رہی ہوں۔ کہو جی اب محبت کا ہاتھ تم کس کی طرف بڑھا رہے ہو۔

(انحد کی پوشیدہ مُرلی کی آواز گونجے پر، دنیا کی بے ثباتی اور اشتیاقِ ملاقاتِ محبوب اور بڑھ جاتا ہے۔جسم روحانی مزہ کے لئے بے قرار ہو جاتا ہے۔)

۱۔ نماز کا ایک حصہ کھڑے ہونے سے بیٹھنے تک

मैनूं कौण पछाणे

मैनूं कौन पछाणे,
मैं कुझ गो गई होर नी। टेक।

हादी मैनूं सबक पढ़ाया,
ओत्थे होर न आया-जाया,
मुतलिक ज़ात जमाल विखाया,
वहदत पाया ज़ोर नी।

अव्वल होके लामकानी,
ज़ाहर बातन दिसदा जानी,
रही न मेरी नाम निशानी,
मिट गया झगड़ा-शोर नी।

प्यारे आप जमाल विखाली,
होइ कलन्दर मस्त मवाली,
हंसा दी हुण वेख के चाली,
भुल गई कागां टोर नी।

مینوں کون پچھانے

مینوں کون پچھانے،
میں کجھ ہو گئی ہور نی۔ (ٹیک)

ہادی مینوں سبق پڑھایا،
اوتھے ہور نہ آیا جایا،
مطلق ذات جمال دکھایا،
وحدت پایا زور نی۔

اوّل ہو کے لامکانی،
ظاہر باطن وسدا جانی،
رہی نہ میری نام نشانی،
مٹ گیا جھگڑا شور نی۔

پیارے آپ جمال دکھالی،
ہوئی قلندر مست موالی،
ہنسا دی ہُن ویکھ کے چالی،
بُھل گئی کاگاں ٹور نی۔

अब मुझे कौन पहचाने

प्रभु की साधना में लग जाने और उसका आनन्द पा लेने पर तो कुछ और ही हो गई हूं। अब मुझे कौन पहचानेगा?

गुरु ने मुझे शिक्षा दी कि यह मार्ग ऐसा है कि वहां अन्य कोई आता या जाता नहीं है। उसने मुझे निरपेक्ष सौन्दर्य का दर्शन करवा दिया है और मैं उसी के रंग में ऐसी रंग गई हूं कि अद्वैत ज़ोर दिखाने लगा है।

वह अनादि पुरुष है और जन्म-मरण से परे है, किन्तु वही प्रियतम प्रत्यक्ष होकर सगुण और परोक्ष रूप में निर्गुण दिखाई देता है। प्रिय से तदाकार हो जाने के पश्चात अब मेरा तो नामोनिशान ही नहीं रह गया है। उससे एक रूप होने के बाद सभी कलह-क्लेश मिट गए।

प्रिय ने स्वयं अपना सौन्दर्य दिखाया - उसने स्वयं को कलन्दर1, मस्त और मवाली2 आदि रूपों में दर्शन दिए। अब हंसों की चाल देख चुकने के बाद स्वभावतः मैं कौओं की चाल भूल गई।

---

1. फ़कीर के पांच दरजों में से एक। ये दरजे हैं : गौस, कुतब, वली, अबदाल, कलन्दर।

2. दास्य भावना वाला फ़कीर।

اب مجھے کون پہچانے

خدا کی عبادت میں مشغول ہو جانے اور اس کا لطف حاصل ہو جانے پر میں کچھ اور ہی ہو گئی ہوں اب مجھے کون پہچانے گا۔

میرے مرشد نے مجھے یہ تعلیم دی کہ یہ راستہ ایسا ہے کہ وہاں دوسرا کوئی آتا جاتا نہیں اس نے مجھے اصل خوبصورتی کا نظارہ کرا دیا ہے اور میں اسی کے رنگ میں رنگ گئی ہوں کہ مجھے وحدت زور دکھانے لگی ہے۔ وہ اول ہے اور موت وزندگی سے دور ہے لیکن وہی پیارا سامنے آ کر ظاہری اور باطنی طور پر بے عیب دکھلائی دیتا ہے اس پیارے سے مل جانے پر اب میرا نام ونشان بھی نہیں رہا ہے۔ اس سے ایک ہو جانے پر اب سارا جھگڑا ختم ہو گیا ہے۔

پیارے نے خود ہی اپنا جمال دکھایا اس نے قلندر مست اور ولی کی صورت میں اپنا دیدار کرایا۔ اب ہنس کی چال دیکھنے کے بعد کوؤں کی چال بھول گئی ہوں۔

۱۔ فقیر کے پانچ درجوں میں سے ایک ہے: غوث، قطب، ولی، ابدال، قلندر

۲۔ خدا کا دوست، جو حکم خدائی کا فرمانبردار ہو۔

मैं क्योंकर जावां काबे नूं

मैं क्योंकर जावां क़ाबे नूं,
दिल लोचे तख्त हज़ारे नूं। टेक।

लोकी सज़दा काअबे नूं करदे,
साडा सज़दा यार पिआरे नूं।

औगुण देख न भुल्ल मियां रांझा,
याद करीं उस कारे नूं।

मैं अनतारू तरन न जाणां,
शरम पई तुध तारे।

तेरा सानी कोई नहीं मिलिआ,
ढूंढ़ लिया जग सारे नूं।

बुल्ल्हा शौह दी प्रीति अनोखी,
तारे औगुण हारे।

میں کیونکر جاواں کعبے نوں

میں کیونکر جاواں کعبے نوں
دل لوچے تخت ہزارے نوں۔ (ٹیک)

لوکیں سجدہ کعبے نوں کردے،
ساڈا سجدہ یار پیارے نوں۔

اوگن دیکھ نہ بھل میاں رانجھا،
یاد کریں اس کارے نوں۔

میں انتارو ترن نہ جاناں،
شرم پئی تُدھ تارے نو۔

تیرا ثانی کوئی نہیں ملیا،
ڈھونڈ لیا جگ سارے نوں۔

بلھا شوہ دی پریتی انوکھی،
تارے اوگن ہارے نوں۔

मैं कैसे काबा जाऊं

प्रभु अन्दर विराजमान है। उसे खोजने बाहर कहीं जाना व्यर्थ है। इस भाव को व्यक्त करते हुए इस काफ़ी में कहा गया है कि मैं काबा की ओर कैसे जाऊं, क्योंकि मेरे दिल में तो इनायत शाह के तख़्त हज़ारे की चाह है।

सामान्यतः लोग तो काबा के सामने माथा टेकते हैं, लेकिन मेरा माथा तो यार के सामने ही झुकता है।

मियां रांझा, अवगुण देखकर मुझे भूल मत जाना, बल्कि उस स्मरणीय कार्य को याद रखना कि सृष्टि-रचना के समय सृष्टि में भेजते हुए वचन दिया था कि तुम्हें वापस लाने के लिए स्वयं जगत में आऊंगा।

मैं अनाड़ी हूं, मुझे तैरना नहीं आता, भला यह भवसागर कैसे पार करूंगा? मेरी लाज रखना। मुझे तैराकर पार कर देना तथा मुझे उबार लेना।

मैंने सारा संसार ढूंढ़कर देखा, लेकिन तेरे समान और कोई नहीं मिला।

शौह की प्रीति तो बड़ी अनोखी है। जिस पर वह प्रीति करता है, उस अवगुणों से भरे का भी उद्धार कर देता है। सद्गुरु (मुर्शिद) भगवान का रूप हैं, जो आत्मा को हाथ पकड़कर पार उतार देता है।

میں کعبہ کیوں جاؤں

میرا رب میرے دل میں موجود ہے۔ اسے تلاش کرنے کے لئے باہر جانا بیکار ہے۔ اسی بات کو بیان کرتے ہوئے ان اشعار میں کہا گیا ہے کہ میں کعبے کی طرف کیسے جاؤں، کیونکہ میرے دل میں تو عنایت شاہ کے تخت ہزارے کی خواہش ہے۔ عام طور پر لوگ تو کعبہ کے سامنے سجدہ کرتے ہیں لیکن میں تو اپنے یار کے سامنے سجدہ کرتا ہوں۔

میاں رانجھا، میری برائیاں دیکھ کر مجھے بھول مت جانا، بلکہ اس نہ بھولنے والی بات کو یاد رکھنا کہ تخلیق کے وقت مجھے دنیا میں بھیجتے ہوئے مجھ سے یہ وعدہ لیا تھا کہ تم کو واپس لانے کے لئے میں خود دنیا میں آؤں گا۔

میں اناڑی ہوں مجھے تیرنا نہیں آتا بھلا یہ دنیا کا سمندر کیسے پار کروں گا؟ میری لاج رکھنا، مجھے تیرا کر پار کر دینا اور مجھے اتار لینا۔

میں نے پوی دنیا ڈھونڈی لیکن تیرے جیسا اور کوئی نہیں ملا۔

شوہ کی محبت تو بڑی انوکھی ہے۔ وہ جس سے محبت کرتا ہے، اس کا برائیوں کے باوجود بیڑا پار کر دیتا ہے مرشد خدا کی ہی صورت ہے جو روح کو ہاتھ پکڑ کر پار اتار دیتا ہے۔

मैनूं की होइया

मैनूं की होया मैथों गई गवाती मैं। टेक।
क्यों कमली आखे लोका मैनूं की होया है।
मैं विच वेखां तां मैं नहीं होंदी,
मैं विच वसना एं तैं।
सिर तों पैरों तीक वी तूं ही,
अन्दर-बाहर है।
इक वार इक उरार सुणींदा,
इक बेड़ी इक नैं।
मनसूर पिआरे कह्या अनलहन,
कहु कहाया कैं।
बुल्ल्हाशाह उसे दा आशक,
अपणा आप वंजाया जैं।

مینوں کی ہوئیاں

مینوں کی ہویا میتھوں گئی گواتی میں ۔ (ٹیک)
کیوں کملی آکھے لوکا میںوں کی ہویا ہے۔
میں وِچ ویکھاں تاں میں نہیں ہوندی،
میں وِچ وسناں ایں تیں۔
سر توں پیریں تیک وی توں ہی،
اندر باہر ہے۔
اِک وار اک اُرار سُنیدا،
اک بیڑی اک نیں۔
منصور پیارے کہیاں انالحق،
کہو کہایا کیں۔
بلھا شاہ اُسے دا عاشق
اپنا آپ ونجایا جیں۔

मुझे यह क्या हुआ है

प्रभु के साथ तदाकार भाव होने पर साधक की जो विचित्र स्थिति हो जाती है, उसी का वर्णन इस काफ़ी में किया गया है। सब-कुछ बदला हुआ है। मुझे क्या हुआ, मुझमें से 'मैं' गुम हो गई।

लोग मुझे पगली क्यों कहते हैं? अरे भाई, यह तो बता दो कि मुझे क्या हुआ है।

यदि मैं अपने अन्दर झांककर देखती हूं, तो वहां मेरा कोई अस्तित्व ही नहीं है; मेरे अन्दर तो तुम्हीं रहते हो। सिर से पांव तक तुम्ही तुम हो, अन्दर और बाहर भी तुम्ही हो।

सुनते थे कि नदी (भवसागर) के दो किनारे होते हैं। एक इधर का किनारा, दूसरा उधर का। वहां एक नाव है और उसी से नदी पार करते हैं, लेकिन प्रभु मिलन के बाद हम इधर और उधर दोनों किनारों से मुक्त हो गए। अब न नाव है और न नदी।

प्रिय मंसूर ने कहा : 'अनलहक', बताओ तो उससे यह शब्द किसने कहलवाया? जिसने मंसूर से यह कहलाया बुल्लेशाह को उसी से प्रेम है और इस प्रकार उसने अपना अहम् त्याग दिया है।

مجھے یہ کیا ہوا ہے

خدا سے لو لگا لینے پر صوفی کی عجیب کیفیت ہو جاتی ہے اسی کا ذکر ان اشعار میں کیا گیا ہے۔ سب کچھ بدلا ہوا ہے مجھے کیا ہوا ہے میرے اندر کی ''میں'' ختم ہو گئی ہے۔ لوگ مجھے پاگل کیوں کہتے ہیں ارے بھئی یہ تو بتلا دو کہ مجھے کیا ہوا ہے۔ اگر میں اندر جھانک کر دیکھتی ہوں تو وہاں پر میری کوئی ہستی نہیں ہے میرے اندر تو تم ہی رہتے ہو۔ سر سے پاؤں تک اندر اور باہر تم ہی تم رہتے ہو۔

سنا جاتا ہے کہ ندی کے دو کنارے ہوتے ہیں ایک اِدھر کا کنارہ دوسرا اُدھر کا۔ وہاں ایک کشتی ہے اسی سے ندی پار کرتے ہیں لیکن خدا سے ملنے کے بعد ہم ادھر اُدھر دونوں کناروں سے آزاد ہو گئے ہیں اب نہ کشتی ہے اور نہ ندی۔

پیارے منصور نے ''انا الحق'' کہا بتاؤ اس سے یہ لفظ کس نے کہلوایا جس نے منصور سے یہ لفظ کہلوایا بلھے شاہ کو اسی سے پیار ہے اور اسی وجہ سے اس نے اپنا غرور چھوڑ دیا ہے۔

तांघ माही दी जली आं

तांघ माही दी जली आं
नित काग उडावां खली आं। टेक।

अद्धी रात लटकदे तारे,
इक लटके, इक लटकण हारे,
मैं उठ आई, नदी किनारे,
पार लंघण नूं खली आं।

नैं चन्दन दे शोर किनारे,
घुम्मण घेरां - ते ठाठां मारे,
डुब डुब मोए तारू सारे,
शोर करां तां मैं झल्ली आं।

मैं मनतारू सार की जाणां,
वज्झ, चप्पा, ना, तुला पुराना,
घुम्मण घेर ना टांघ टिकाणा,
रो रो छाटां तली आं।

تانگھ ماہی دی جلی آں

تانگھ ماہی دی جلی آں
نت کاگ اڈاواں کھلی آں۔(ٹیک)

ادھی رات لٹکدے تارے،
اِک لٹکے! اِک لٹکن ہارے،
میں اٹھ آئی، ندی کنارے،
پار لنگھن نوں کھلی آں۔

نیں چندن دے شور کنارے،
گھمن گھیراں۔تیں ٹھاٹھاں مارے،
ڈُب ڈُب موئے تارو سارے،
شور کراں تاں میں جھلی آں۔

میں منتارو سار کی جاناں،
دجھ چپانا ٹلا پُرانا،
گھمن گھیر نہ ٹانگھ ٹکاناں
رورو چھانٹاں تلی آں۔

पार चनाओ जंगल बेले,
ओत्थे खूनी शेर बघेले,
झब रब मैनूं माही मेले,
एस फिकर विच गली आं।

बुल्ल्हा शौह मेरे घर आवे,
हार शंगार मेरे मन भावे,
मूंह मुकट मत्थे तिलक लगावे,
जे वेखे तां भली आं।

پار چناں دے جنگل بیلے،
اوتھے خونی شیر بگھیلے،
جھب رب مینوں ماہی میلے،
ایس فکر وچ گلی آں۔

بُلھا شوہ میرے گھر آوے،
ہار شنگار میرے من بھاوے،
مونہہ مُکٹ متھے تلک لگاوے
جے دیکھے تاں بھلی آں۔

प्रिय की चाह में मैं जल रही हूं

प्रभु प्रियतम की विरह वेदना का भावनापूर्ण चित्रण करते हुए साईं लिखते हैं कि मैं प्रिय की चाह में जल रही हूं और उसकी बाट जोहती हुई काग उड़ा रही हूं।

आधी रात का समय है, तारे लटक रहे हैं, कुछेक लटक चुके हैं और कुछेक लटकने शेष हैं। इस ब्राह्म बेला में मैं उठकर नदी के किनारे आ गई हूं, और नदी के पार जाने की प्रतीक्षा में खड़ी हूं।

इस चन्दन नदी (प्रेम नदी) के किनारे बहुत शोर है, नदी की लहरें ठाठे मार रही हैं, भंवर भी पड़ रहे हैं। जो तैर सकते थे, वे भी नदी में डूब मरे। अब मैं पार जाने के लिए चीखने-चिल्लाने लगूं, तो पगली ही समझी जाऊंगी।

मुझे तैरना नहीं आता, इस संसार नदी का भेद भी मैं नहीं जानती। मेरे पास न बांस है, न चप्पू। मेरी नाव भी पुरानी है। नदी में विकराल भंवर हैं, पैर टिकाने योग्य कोई स्थान भी नहीं। ऐसी अवस्था में मैं रो-रोकर हाथ मल रही

चनाब नदी के पार जंगल हैं, बेले हैं, वहां खूनी शेर हैं और बाघ भी हैं। किसी प्रकार मेरा प्रिय मुझे अविलम्ब मिल जाए, बस इसी चिन्ता में घुली जा रही हूं।

बुल्लेशाह कहते हैं कि यदि प्रिय पति मेरे घर आ जाए, तो हार पहनना और शृंगार करना मुझे अच्छा लगने लगे। यदि वह सिर पर मुकुट रख दे, माथे पर तिलक लगा दे और वह मुझे नज़र भरकर देख ले, तो मैं भी भली-सी हो जाऊं।

اپنے پیارے کی محبت میں جل رہی ہوں

اپنے محبوب خالق کے غم فراق کا افسوسناک نقشہ کھینچتے ہوئے سائیں لکھتے ہیں کہ میں اپنے پیارے کی محبت میں جل رہی ہوں اس کا انتظار کرتی ہوئی کوّے اڑا رہی ہوں۔

آدھی رات کا وقت ہے۔تارے چمک رہے ہیں کچھ چمک چکے ہیں کچھ چمکنے باقی ہیں آج صبح کے وقت اٹھ کر میں ندی کے کنارے آگئی ہوں اور نہر پار کرنے کا انتظار کر رہی ہوں۔

اس چندن نہر (پریم ندی) کے کنارے بہت شور ہے نہر کی لہریں ٹھاٹھیں مار رہی ہیں بھنور بھی پڑ رہے ہیں جو تیر سکتے تھے وہ بھی نہر میں ڈوب مرے اب میں پار جانے کے لئے چیخنے چلانے لگوں تو پاگل ہی سمجھی جاؤں گی۔

مجھے تیرنا نہیں آتا۔دنیا کی پریم نہر کا راز بھی میں نہیں جانتی میرے پاس نہ بانس ہے نہ چپو، میری کشتی بھی پرانی ہے نہر میں تیز بھنور ہے پاؤں جمانے کے لئے کوئی جگہ نہیں ہے۔ایسی حالت میں رو رو کر ہاتھ مل رہی ہوں۔

نہر کے پار جنگل ہیں بیلیں ہیں وہاں خونی شیر ہیں اور چیتے بھی ہیں کسی بھی طرح میرا پیارا مجھے بغیر دیر کئے مل جائے بس اسی پریشانی میں میں گھلی جا رہی ہوں۔

بلے شاہ کہتے ہیں کہ اگر میرا پیارا شوہر میرے گھر آجائے تو ہار پہننا اور سنگھار کرنا مجھے اچھا لگنے لگے۔اگر وہ سر پر ٹیکہ رکھ دے اور ماتھے پر تلک لگا دے اور وہ مجھے نظر بھر کر دیکھ لے تو میں بھی اچھی ہو جاؤں گی۔

मेरी बुक्कल दे विच चोर

मेरी बुक्कल दे विच चोर नी,
मेरी बुक्कल दे विच चोर। टेक।

साधो किस नूं कूक सुणावां,
मेरी बुक्कल दे विच चोर,
चोरी चोरी निकल गिआ,
ते जग विच पै गिआ शोर।

जिस जाता तिस जाण लिआ,
ते होर होए, झुर मोर,
चुक गए सारे झगड़े झेड़े,
निकल पिआ कोई होर।

मुसलमान सिवे तो डरदे,
हिन्दू डरदे गोर,
दोवें एसे दे विच मरदे,
इहो दोहां दी खोर।

میری بُکّل دے وِچ چور

میری بُکل دے وِچ چورنی،
میری بُکل دے وِچ چور۔ (ٹیک)

سادھو کس نوں کوک سُناواں،
میری بُکل دے وِچ چور،
چوری چوری نِکل گیا،
تے جگ وِچ پے گیا شور۔

جس جاتا تِس جان لیا،
تے ہور ہوئے، جُھر مور،
چک گئے سارے جھگڑے جھیڑے،
نکل پیا کوئی ہور۔

مسلمان سویں توں ڈردے،
ہندو ڈردے گور،
دوویں ایسے دہ وِچ مردے،
اِہو دوہاں دی کھور۔

किते रामदास किते फ़तेह मुहम्मद,
इहो क़दीमी शोर,
मिट गिआ दोहां दा झगड़ा,
निकल पिया कुझ होर।

अरभ मुनव्वर बांगां मिलियां,
सुणियां तख़्त लहौर,
शाह इनायत कुंडियां पाइयां
लुक छुप खिचदा डोर।

کِتے رام داس کِتے فتح محمد،
اِہو قدیمی شور،
مِٹ گیا دوہاں دا جھگڑا،
نِکل پیا کچھ ہور۔

اَربھ منّو ربا نگاں ملیاں،
سنّی یاں تخت لہور،
شاہ عنایت کنڈیاں پائیاں،
لُک چھپ کھچد اڈور۔

मेरी बुक्कल में चोर

मेरी बुक्कल में चोर है री। वह चितचोर कहीं बाहर नहीं, अन्दर ही है। वह चोर तो मेरी बुक्कल में है। साधो, मैं चीख-चीखकर किसे सुनाऊं कि मेरी बुक्कल में चोर है। वह चोरी-चोरी निकल गया, और संसार-भर में शोर मच गया। वह प्रिय संसार-भर में तरह-तरह के रंग-रूप धारण करता है, जिससे न जाने कितने झगड़े उठ खड़े होते हैं।

जिसने उसे समझने का यत्न किया, उसे ज्ञान हो गया, शेष सभी मोरों के समान झूरते-बिसूरते रह गए। जब वास्तविकता का पता चला, तो सभी विवाद समाप्त हो गए। खोजने पर ज्ञात हुआ कि असली मालिक तो कोई और ही है।

मुसलमान मृतक को जलाए जाने से डरते हैं और हिन्दू कब्र में दफ़नाए जाने से डरते हैं, दोनों इसी भय से मरते रहते हैं कि कहीं ऐसा न हो जाए, तो दोज़ख़ (नरक) न मिले और यही उनके परस्पर वैमनस्य का कारण है।

कहीं किसी मनुष्य का नाम रामदास रख दिया जाता है और कहीं कोई मनुष्य फ़तेह मुहम्मद के नाम से जाना जाता है। प्राचीन काल से यही झगड़ा चला आता है। जब यह जान लिया कि परमात्मा दोनों में एक ही है, तो दोनों का आपसी झगड़ा मिट गया।

यहां तक संकेत भी प्राप्त होता है कि फ़ादिरी सम्प्रदाय का प्रथम सद्गुरु पीर दस्तगीर बगदाद का रहने वाला था। वहां की नमाज़ की अज़ान लाहौर में सुनाई देती है। यानी शाह इनायत उस ईश्वरीय वाणी को सुन सकते हैं, मेरे मुर्शिद शाह इनायत ने मुझे (मछली की तरह) कुंडी में फंसा रखा है। वही छुपकर डोरी को खींचता रहता है।

میری بغل میں چور ہے

ارے میری بغل میں چور ہے وہ چور کہیں باہر نہیں اندر ہی ہے وہ چور تو میری بغل میں ہے۔

سادھو میں چلا چلا کر کسے سناؤں کہ میری بغل میں چور ہے وہ چوری چوری نکل گیا ہے اور دنیا بھر میں شور ہو گیا۔ وہ پیارا دنیا بھر میں طرح طرح کے رنگ روپ اپناتا ہے جس سے نہ جانے کتنے جھگڑے کھڑے ہو جاتے ہیں۔

جس نے اس کو سمجھنے کی کوشش کی اسکو علم ہو گیا باقی سبھی مور کی طرح ناچتے رہے جب حقیقت کا پتہ چل گیا تو سبھی جھگڑے ختم ہو گئے تلاش کرنے پر معلوم ہوا کہ اصلی مالک تو کوئی اور ہی ہے۔

مسلماں مردے کو جلانے سے ڈرتے ہیں اور ہندو قبر میں دفنائے جانے سے ڈرتے ہیں۔ دونوں اسی خوف سے مرتے رہتے ہیں کہ کہیں ایسا نہ ہو دوزخ ملے۔ یہی انکے آپسی جھگڑے کی وجہ ہے۔

کہیں کسی آدمی کا نام رام داس رکھ دیا جاتا ہے اور کہیں کوئی آدمی فتح محمد کے نام سے جانا جاتا ہے۔ پرانے زمانے سے ہی جھگڑا چلا آ رہا ہے جب یہ معلوم ہو گیا کہ دونوں کا خدا ایک ہی ہے تو دونوں کا آپسی جھگڑا ختم ہو گیا۔

یہاں تک سنا جاتا ہے کہ قادری فرقہ کا پہلا مرشد پیرو دستگیر بغداد کا رہنے والا تھا۔ وہاں کی اذاں لاہور میں سنائی دیتی ہے یعنی شاہ عنایت اس خدا کی آواز کو سن سکتے ہیں میرے مرشد شاہ عنایت نے مجھے (مچھلی کی طرح) کانٹے میں پھنسا رکھا ہے وہی چھپ کر ڈوری کو کھینچتا رہتا ہے۔

आ मिल यारा सार लै मेरी

आ मिल यारा सार लै मेरी,
मेरी जान दुखां ने घेरी। टेक।

अन्दर ख्वाब विछोड़ा होया,
ख़बर न पैंदी तेरी,
सुज्जी बन विच लुट्टी साइयां,
चोर-शंग ने घेरी।

मुल्लां काज़ी राह बतावण,
दीन धरम दे फेरे,
एह तां ठग ने जग दे झांवर
लावण जाल चुफेरे।

करम शरां दे धरम बतावण,
संगल पावण पैरी,
जात मज़ब एह इश्क न पुछदा,
इश्क़ शरा दा वैरी।

آمل یارا سارلے میری

آمل یار سار لے میری،
میری جان دُکھاں نے گھیری۔ (ٹیک)

اَندر خواب وچھوڑا ہویا،
خبر نہ پیندی تیری،
سُنجی بن وِچ لُٹی سائیاں،
چور شنگ نے گھیری۔

ملا قاضی راہ بتاوَن،
دِین دھرم دے پھیرے،
ایہ تاں ٹھگ نے جگ دے جھانور،
لاوَن جال چُپھیرے۔

کرم شرَ اں دے دھرم بتاوَن،
سَنگل پاوَن پیری،
ذات مذہب ایہ عشق نہ پوچھدا،
عشق شراں دا وِیری۔

नदियों पार ए मुलक सजण दा,
लोभ लहर ने घेरी,
सतिगुर बेड़ी फड़ी खलोते
तैं क्यों लाई ए देरी।

बुल्ल्हे शाह शौह तैनूं मिलसी,
दिल नूं देह दलेरी,
प्रीतम पास ते टोलणा किस नूं,
भुलिओं सिखर दुपहरी।

ندیوں پار اے مُلک سجن دا،
لوبھ لہر نے گھیری،
ستی گور بیڑی پھڑی کھلوتے،
تے کیوں لائی اے دیری۔

بلھے شاہ دوہ تینوں ملسی،
دِل نُوں دیھ دَلیری،
پریتم پاس تے ٹولناں کس نُوں،
بُھلی اوں سِکھر دوپہری۔

आ जाओ मित्रा, मेरी ख़बर लो

इस काफ़ी में कर्मकांडी पुरोहितों और मुल्लाओं पर व्यंग्य कसा गया है। सन्त कवि कहते हैं कि आओ मित्र, हमें मिलो, हमारा दुख-सुख समझो। साधना की दिशा में बढ़ने वाले की जान दुखों से घिरी हुई है।

स्वप्न में हम एक-दूसरे से बिछुड़ गए (आखिर यह जगत सपना-सा ही तो है)। अब पता नहीं चलता कि तुम कहां हो। मेरे स्वामी, मैं वन में अकेली हूं और लुट रही हूं। तरह-तरह के चोरों-डाकुओं ने मुझे घेर रखा है।

मुल्ला और काज़ी तरह-तरह के कर्मकांडी राह दिखाते हैं, जिससे दीन (इस्लाम) और धर्म (हिन्दू) सम्बन्धी भ्रम पैदा होते हैं। ये तो चिड़ीमारों की तरह पूरे ठग हैं और संसार में जीवों को फंसाने के जाल बिछाते हैं।

ये लोग बाहरी कर्मकांड और शरीअत को धर्म (आन्तरिक अध्यात्म) बताते हैं, और इस प्रकार से पांवों में जंजीरें डाल देते हैं। ख़ुदा के इश्क के दरबार में कोई धर्म (सम्प्रदाय) के विषय में प्रश्न नहीं पूछता। सच कहूं तो सच्चे इश्क का शरीअत से बैर है।

प्रिय का देश नदी (भवजल) के पार है। नदी में लोभ की तरह-तरह की लहरें उठ रही हैं। सतिगुर (मुर्शिद) नाव लेकर खड़े हैं। उसी के सहारे पार हो सकते हो। तुम नाव में सवार होने में देर क्यों कर रहे हो?

बुल्लेशाह कहते हैं कि (नाव में चढ़ जाओ तो) तुम्हें प्रिय (अवश्य) मिलेंगे। दिल में भरोसा रखो। प्रिय तो तुम्हारे पास ही है, तुम किसे ढूंढ़ रहे हो? भरी दोपहर के समय उसे ढूंढ़ने की भूल क्यों कर रहे हो?

آؤ دوستو میری خبر لو

اس رباعی میں کٹھ ملاؤں اور پنڈتوں پر طنز کیا گیا ہے صوفی شاعر کہتے ہیں کہ آؤ دوست ہم سے ملو ہمارا دکھ سکھ سمجھو خدا سے لو لگانے والوں کی جان دکھوں سے گھری ہوئی ہے۔

خواب میں ہم ایک دوسرے سے بچھڑ گئے۔ (آخر یہ دنیا خواب ہی تو ہے) اب پتہ نہیں چلتا کہ تم کہاں ہو۔ میرے مالک میں جنگل میں اکیلی ہوں اور لٹ رہی ہوں طرح طرح کے چور ڈاکوؤں نے مجھے گھیر رکھا ہے۔

مُلا اور قاضی طرح طرح کے بہروپئے راہ دکھاتے ہیں، جس سے ہندو مسلم کا مغالطہ ہو رہا ہے۔ یہ تو چڑی ماروں کی طرح پورے ٹھگ ہیں، اور دنیا میں لوگوں کو پھنسانے کیلئے جال بچھاتے ہیں۔

یہ لوگ ظاہری دکھاوہ اور شریعت کو مذھب بتاتے ہیں، اور اس طرح سے پاؤں میں زنجیریں ڈالدیتے ہیں۔ خدا کے عشق کے دربار میں کوئی مذھب کے بارے میں سوال نہیں کرتا۔ سچے کہوں تو سچے عشق کی شریعت سے دشمنی ہے۔

پیارے کا ملک ندی کے پار ہے ندی میں لالچ کی طرح طرح کی لہریں اٹھ رہی ہیں۔ مرشد کشتی لے کر کھڑے ہیں اسی کے سہارے پار ہو سکتے ہو تم کشتی پر سوار ہونے میں کیوں دیر کر رہے ہو۔

بلے شاہ کہتے ہیں کہ کشتی میں تمہیں پیارے ملیں گے مطمئن رہو بھروسہ رکھو پیارا تو تمہارے پاس ہی ہے تم کس کو ڈھونڈ رہے ہو۔ بھری دو پہر میں اسکو ڈھونڈنے کی بھول کیوں کر رہے ہو؟

इलमों बस करी

इलमों बस करीं ओ यार
इक्को अलफ़ तेरे दरकार। टेक।

इलम न आवे विच शुमार,
जांदी उमर, नहीं इतबार,
इक्को अलफ़ तेरे दरकार,
इलमों सब करीं ओ यार।

पढ़-पढ़ लिख-लिख लावें ढेर,
ढेर किताबां चार चुफ़ेर,
गिरदे चानण, विच्च हनेर,
पुच्छो राह ते ख़बर न सार।

पढ़-पढ़ निफ़ल नमाज़ गुज़ारें,
उचियां बांगां चांघां मारे,
मिम्बर ते चढ़ वाज़ पुकारें,
कीता तैनूं इलम ख़वार।

عِلموں بس کریں

علموں بس کریں او یار
اِکّو اَلف تیرے درکار۔ (ٹیک)

عِلم نہ آوے وِچ شُمار،
جاندی عمر، نہ ہی اِعتبار،
اِکّو اَلف تیرے درکار،
عِلموں بس کریں او یار۔

پڑھ پڑھ لِکھ لِکھ لاویں ڈھیر،
ڈھیر کتاباں چار چُفیر،
گِردے چانن وِچ ہنیر،
پچھو راہ تے خبر نہ سار۔

پڑھ پڑھ نفل نماز گزاریں،
اُچیاں بانگاں چانگھاں مارے،
ممبر تے چڑھ وعظ پکاریں،
کیتا تینوں عِلم خوار۔

इलमों प्ये ने कज़िये होर,
अक्खां वाले अन्हें कोर,
फड़दे साध ते छड्डुण चोर,
दोहीं जहानी होण ख़वार।

पढ़-पढ़ शेख-मशेख कहावें,
उलटे मसले घरों बणावें,
बेइलमां नूं लुट-लुट खावें,
सच्चे-झूठे करें करार।

पढ़-पढ़ मुल्लां होए क़ाज़ी,
अल्ला इलमों बाझों राज़ी,
होवे हिरस दिनों दिन ताजी,
तैनूं कीता हिरस ख़वार।

पढ़-पढ़ मसले पिआं सुणावें,
खाणा शक-शुबहे दा खावें,
दस्में होर तो होर कमा,
अन्दर खोट बाहर सुच्यार।

जद मैं सबक़ इश्क दा पढ़िआ,
दरिया बेख़ बहदत दा वड़िआ,
घुम्मण-घेरां दे विच अडिआ,
शाह इनायत लाया पार।

عِلموں پئے نہ قضیے ہور،
اکھاں والے انھیں کور،
پھڑدے سادھ تے چھڈن چور،
دوہِیں جہانیں ہون خوار۔

پڑھ پڑھ شیخ مشیخ کہاویں،
اُلٹے مسئلے گھروں بناویں،
بے علماں نوں لُٹ لُٹ کھاویں،
سچے جُھوٹے کریں کرار۔

پڑھ پڑھ مُلّا ہوئے قاضی،
اللہ عِلموں باجھوں راضی،
ہووے حرص دنوں دن تازی،
تینوں کیتا حرص خوار۔

پڑھ پڑھ مسئلے پیاں سُناویں،
کھانا شک شبہے دا کھاویں،
دَسے ہور تو ہور کماویں،
اندر کھوٹ باہر سچیار۔

جد میں سبق عشق دا پڑھیا،
دریا ویکھ وحدت دا وَڑیا
گھمن گھیراں دے وِچ اڑیا،
شاہ عنایت لایا پار۔

पोथी-साधना बन्द करो

इस काफ़ी में धर्मग्रन्थों के अनन्त पठन-पाठनों की निस्सारता बताते हुए अन्तर्मुखी प्रेम का प्रतिपादन करते हुए कहते हैं कि ये सारी पोथियां पढ़ना बन्द करो, मित्र! तुम्हें तो एक अलिफ़ अक्षर (अल्लाह) की ही ज़रूरत है।

पुस्तकीय ज्ञान की तो कोई सीमा नहीं, आयु प्रतिदिन बीत रही है। कुछ भरोसा नहीं कब आयु समाप्त हो जाए। प्रभु को पाने हेतु तुम्हें तो सिर्फ एक अलिफ़ की ही ज़रूरत है। अतः यह सारी पोथी-साधना छोड़ दो।

तुम ढेरों पढ़-लिख गए, तुम्हारे चारों ओर पुस्तकों का ढेर ही ढेर है। इसलिए इर्द-गिर्द तो प्रकाश है, लेकिन भीतर अन्धकार भरा पड़ा है। सच्ची राह पूछो तो उसका तुम्हें कुछ अता-पता नहीं मिलता।

पुस्तकीय ज्ञान से प्रभावित हो तुम नफ़िल[1] करते हो, नमाज़ भी अदा करते हो और ऊंची आवाज़ में बांगें भी देते हो, मिम्बर[2] पर चढ़कर वाज़[3] भी करते हो। मतलब है कि पुस्तकीय ज्ञान ने तुम्हें परेशान कर रखा है।

पुस्तकीय ज्ञान से और भी विवाद पैदा होते हैं, आंख वालों को कोरमकोर अन्धा मान लिया जाता है। भले आदमी धर लिये जाते हैं और चोर छूट जाते हैं। और लोक-परलोक में लोग दुख पाते हैं।

---

1. वह इबादत जो फ़र्ज़ न हो। 2. वाज़ कहने की ऊंची जगह। 3. मज़हबी व्याख्यान।

مذہبی کتابیں پڑھنا بند کریں

اس رباعی میں مذہبی کتابوں کے پڑھنے اور پڑھانے کی کوئی اہمیت نہیں اسی کو بیان کرتے ہوئے اور دلی محبت کو بتاتے ہوئے کہتے ہیں کہ یہ مذہبی کتابیں پڑھنا بند کردو۔ دوست تم کوتو صرف ایک الف کی ضرورت ہے۔

کتابی علم کی کوئی حد نہیں عمر روز بروز گزر رہی ہے کچھ بھروسہ نہیں کہ کب عمر ختم ہوجائے۔ خدا کوحاصل کرنے کے لئے تم کوصرف ایک الف کی ضرورت ہے اس لئے مذھی کتابیں پڑھنا بند کرو۔

تم نے بہت پڑھ لیا ہے۔ تمہارے چاروں طرف کتابوں کا ڈھیر ہے اس لئے تمہارے ارد گرد روشنی ہے لیکن اندر اندھیرا ہی اندھیرا ہے سچ پوچھوتو تم کواس کا کچھ پتہ معلوم نہیں ہوتا۔

کتابی علم سے متاثر ہوکر تم نفلیں پڑھتے ہونماز بھی ادا کرتے ہواذان بھی دیتے ہوممبر پر چڑھکر وعظ کرتے ہو مطلب یہ ہے کہ کتابی علم نے تمکو پریشان کررکھا ہے کتابی علم سے اور بھی جھگڑے پیدا ہوتے ہیں آنکھ والوں کو اندھا مان لیا جاتا ہے اچھے آدمی پکڑ لئے جاتے ہیں چور چھوٹ جاتے ہیں اور دنیا وآخرت میں دکھ پاتے ہیں۔

یہ سچ ہے کہ آپ پڑھ کر شیخ کہلانے لگے ہیں لیکن اپنی طرف سے الٹے مسئلے پیدا کرتے ہیں اپنی بے علمی سے لوگوں کولوٹ لوٹ کر کھاتے ہیں اور لوگوں میں جھوٹے سچے وعدے کرتے ہو۔

۱۔ وہ عبادت جوفرض نہ ہو ۲۔ وعظ کہنے کی اونچی جگہ ۳۔ مذہبی تقریر ۴۔ مذہبی علم کا ماہر

यह सच है कि पढ़-पढ़कर आप शेख1 कहलाने लगे हो, लेकिन अपनी ओर से प्रतिकूल समस्याएं ही पैदा करते हो। अपने ज्ञान के बल पर अनपढ़ लोगों को लूट-लूटकर खाते हो और लोगों से झूठे-सच्चे वादे करते रहते हो।

पढ़-पढ़कर लोग मुल्ला और क़ाज़ी बन जाते हैं, किन्तु भगवान तो विद्याहीनों पर भी प्रसन्न हो जाता है, पढ़े-लिखों की हवस प्रतिदिन बढ़ती ही जाती है। सच पूछो तो तुम्हें भी तुम्हारी हवस परेशान कर रही है।

पढ़-पढ़ तुम विवादपूर्ण बातें सुना रहे हो। जो खाना तुम खा रहे हो वह सन्देह और संशय का खाना है, तुम्हारी कथनी कुछ है और करनी कुछ और। सच में तो तुम्हारे अन्दर खोट है, लेकिन बाहर से तुम स्वच्छ प्रतीत होते हो।

जब मैंने इश्क के मार्ग को अपनाया तो अद्वैत की नदी नज़र आई और उसी में छलांग लगा दी। मैं मूर्ख भीषण भंवर में फंस गया। किन्तु मेरे मुर्शिद शाह इनायत ने मुझे पार लगा दिया।

---

1. जो मज़हबी इल्म में पारंगत हो।

پڑھ پڑھ کر لوگ ملا اور قاضی بن جاتے ہیں، لیکن اللہ تعالیٰ تو بے علم سے بھی راضی رہتے ہیں پڑھے لکھے کی ہوس بڑھتی جا رہی ہے، سچ پوچھئے تو تمہیں بھی تمہاری ہوس پریشان کرتی رہتی ہے۔

پڑھ لکھ کر تم جھگڑے کی باتیں سنا رہے ہو، جو کھانا تم کھا رہے ہو، وہ شک وشبہ کا کھانا ہے۔
تمہارے قول وفعل میں فرق ہے تمہارے اندر کھوٹ ہے لیکن تم باہر سے اچھے دکھلائی دیتے ہو۔
جب میں نے عشق کے راستہ کو اپنایا، تو وحدت کی نہر نظر آئی، اور اس کے اندر میں نے چھلانگ لگا دی۔ میں بے وقوف گھنے بھنور میں پھنس گیا، لیکن میرے مرشد شاہ عنایت نے مجھے پار لگا دیا۔

वहदत दा दरिआ

की करदा हुण की करदा,
तुसी कहो ख़ां दिलबर की करदा। टेक।

इकसे घर विच वसदियां रसदियां,
नहीं बणदा विच परदा,
विच मसीत नमाज़ गुज़ारे,
बुतख़ाने जा वड़दा।

आप इक्को कई लख घरांदे,
मालक सभ घर घर दा,
जित वल वेखां तित वल तू ही,
हर दी संगत करदा।

मूसा ते फ़िरऔन बणा के,
दो हो क्योंकर लड़दा,
हाज़र नाज़र खुदनवीस तद,
दोज़ख़ किस नूं खड़दा।

وحدت دا دریا

کی کردا ہُن کی کردا،
تُسی کہو خاں دِلبر کی کردا۔ (ٹیک)

اکسے گھر وِچ وسدیاں رَسدِیاں،
نہیں بندا وِچ پردا،
وچ مسیت نماز گزارے،
بُت خانے جاوڑدا۔

آپ اِکّو کئی لکھ گھراں دے،
مالک سبھ گھر گھر دا،
جت وَل ویکھاں تِت ول توہی،
ہر دی سنگت کردا۔

موسیٰ تے فرعون بنا کے،
دو ہو کیونکر لڑدا،
حاضر ناظر خود نویس تد،
دوزخ کسوں کھڑدا۔

वाह-वाह वतन कहींदा एहो,
इक दब्बींदा इक सड़दा,
वहदत का दरियाउ सचावां,
ओथे हिस्से सभ कोई तरदा।

इत बल आपे उत बल आपे,
आपे साहिब बरदा,
अजब तमाशा देख तूं बुल्ल्हिआ,
सभ करदा नहीं करदा।

واہ واہ وطن کہیندا ایھو،
اِک دبیندا اک سڑدا،
وحدت کا دریا اُوسچا واں،
او تھے حصے سبھ کوئی تردا۔

اِت بل آپے اُت بل آپے،
آپے صاحب بردا،
عجب تماشا دیکھ توں بُلھیا،
سبھ کردا نہیں کردا۔

अद्वैत नदी

प्रभु की लीलाएं विचित्र हैं। वह सब-कुछ करता है और कुछ नहीं करता, इसलिए बुल्लेशाह पूछते हैं कि मेरा प्रिय क्या कर रहा है, अब वह क्या कर रहा है? देखकर तुम बताओ तो कि प्रिय क्या कर रहा है।

हम दोनों एक ही घर में रहते हैं (आत्मा-परमात्मा एक ही हैं), तो फिर बीच में यह परदा कैसा? कभी वह मस्जिद में नमाज़ अदा करता है, और कभी मन्दिर में भी चला जाता है।

लाख घरों में रहने पर भी वह स्वयं एक ही है। और हर घर का मालिक भी वही है। जिधर देखता हूं उधर तू ही नज़र आता है। हर एक के साथ होकर तू सबसे छल कर रहा है।

मूसा1 और फ़िरऔन2 दोनों को ही उसने स्वयं बनाया है। तब वही दो रूपों में होकर आपस में क्यों लड़ रहा है? वह हर जगह उपस्थित है और सब-कुछ देखता है, सभी कछ उसी का बनाया हआ है, फिर भी वह दोजख (नरक) में किसे ले जाता है। सब तो उसके अपने हैं।

कमाल है कि इस एक ही देश में, किसी को दफ़न किया जा रहा है, कोई जलाया जा रहा है। इस झंझट से परे अद्वैत नदी ही सच्ची है, जिसमें सभी तैरते दिखाई देते हैं (कोई डूबता नहीं)। इधर देखो तो वही है, और उधर भी स्वयं वही है, वह मालिक भी है और गुलाम भी। बुल्लेशाह उसके अद्भुत खेल देख ले। वही सब-कुछ कर रहा है, हालांकि कुछ भी नहीं करता।

---

1. इज़राइली पैगम्बर जिन्हें दिव्य प्रेरणा प्राप्त हुई थी। 2. मिस्र का बादशाह जिसने इज़राइल पर घोर अत्याचार किए।

وحدت کا دریا

اللہ تعالیٰ کے کارنامے عجیب ہیں وہ سب کچھ کرتا ہے اور کچھ بھی نہیں کرتا ہے اس لئے بلے شاہ معلوم کرتے ہیں کہ پیارا کیا کر رہا ہے۔ اب وہ کیا کر رہا ہے۔ تم دیکھ کر بتاؤ میرا پیارا کیا کر رہا ہے۔ ہم دونوں ایک ہی گھر میں رہتے ہیں تو بیچ میں یہ پردہ کیسا کبھی وہ مسجد میں نماز ادا کر رہا ہے اور کبھی مندر میں چلا جاتا ہے۔

لاکھ گھروں میں رہنے پر بھی وہ خود ایک ہی ہے اور ہر گھر کا مالک بھی وہی ہے۔ جدھر دیکھتا ہوں ادھر تو ہی نظر آتا ہے ہر ایک کے ساتھ رہ کر تو دھوکا کر رہا ہے موسیٰ[1] اور فرعون[2] دونوں کو اس نے خود ہی بنایا تب وہی دو شکلوں میں ہو کر کیوں لڑ رہے ہیں۔ وہ ہر جگہ موجود ہے اور سب کچھ دیکھتا ہے سب ہی کچھ اسی کا بنایا ہوا ہے پھر وہ کسے دوزخ میں لے جاتا ہے سب اس کے اپنے ہیں۔

کمال ہے کہ اس ایک ملک میں کسی کو دفن کیا جا رہا ہے کوئی جلایا جا رہا ہے اس جھنجھٹ سے الگ وحدت کا دریا ہے جس میں سب ہی تیرتے دکھائی دیتے ہیں ادھر دیکھو تو وہی ہے ادھر بھی وہی خود ہے۔ وہ مالک بھی ہے اور غلام بھی ہے۔

بلے شاہ اس کے انوکھے کھیل کو دیکھ لے وہی سب کچھ کر رہا ہے حالانکہ کچھ نہیں کرتا۔

۱۔ اسرائیل کے پیغمبر جن پر آسمانی کتاب نازل ہوئی۔
۲۔ مصر کا بادشاہ جس نے اسرائیل پر کافی ظلم کیا۔

घड़िआली दिओ निकाल

घड़िआली दिओ निकाल नी,
अज पी घर आइआ लाल नी। टेक।

घड़ी घड़ी घड़िआल बजावे,
रैण वसल दी पिआ घटावे,
मेरे मन दी बात जे पावे –
हत्थों चा सुट्टे घड़िआल नी।

अनहद बाजा बजे सुहाणा,
मुतरिब सुघड़ां तान तराना,
भुल्ला सौम, सलात, दुगाना,
मध पिआले देण कलाल नी।

मुख वेखण दा अजब नज़ारा,
दुःख दलिद्दर दा उठ गिआ सारा,
रैण बधे कुछ करो पसारा,
दिन अग्गे धरो दीवाल नी।

گھڑیالی دیو نکال

گھڑیالی دیو نکالنی۔
اَج پی گھر آئیا لال نی۔ (ٹیک)

گھڑی گھڑی گھڑیال بجاوے،
رین وصل دی پیا گھٹاوے،
میرے من دی بات جے پاوے،
ہتھوں چا سٹے گھڑیال نی۔

انحد باجا بجے سہاناں،
مطرب سگھڑاں تان ترانا،
بھلا صوم صلوٰۃ دوگاناں،
مدھ پیالے دین کلال نی۔

مکھ ویکھن دا عجب نظارا،
دکھ دلِدّ ردا اُٹھ گیا سارا،
رین بدھے کچھ کرو پسارا،
دِن اگے دھرو دیوال نی۔

टूणे टामण किये बथेरे,
सिहरे आये वड-वडेरे,
तो जानी घर आइआ मेरे,
लख वर्हे रहां ओहदे नाल नी।

बुल्लिहआ शौह दी सेज पिआरी,
नी मैं तारनहारे तारी,
किंवे किंवे मेरी आई वारी,
हुण विछड़ण होइआ मुहाल नी।

ٹونے ٹامن کیئے بتھیرے،

سہرے آئے وڈیرے،

تو جانی گھر آئیا میرے،

لاکھ ور ہے رہاں اوہدے لال نی۔

بلھا شوہ دلی سیج پیاری،

نی میں تارن ہارے تاری،

کنوے کنوے میری آئی واری،

ہن وچھڑن ہوئیا محال نی۔

घड़िआल बजाने वाले को निकाल दो

इस काफ़ी में साधक के सद्गुरु से मिलने के आनन्द का वर्णन है। मिलन के क्षण बड़ी जल्दी बीतते हैं और घंटा बजाने वाला जब घंटा बजाकर समय की सूचना देता है, तो प्रिया को लगता है कि मिलन के क्षण घटते ही जा रहे हैं। इसलिए वह कहती है कि घंटा बजाने वाले इस घड़ियाली को निकाल दो। आज मेरा पिया, मेरा लाल, मेरे घर आया हुआ है। हर घंटे की ध्वनि करता हुआ यह घड़ियाली बार-बार घड़ियाल बजाता है। इस प्रकार वह मिलन-रात्रि का समय घटा रहा है। वह मेरे मन की बात समझ ले, यही अच्छा है, वरना उसके हाथ से घड़ियाल फेंक दो।

मिलन के इस क्षण में सुहावना अनहद बाजा बज रहा है। गायक, तान और तराना सभी सुन्दर हैं। ऐसी अवस्था में रोज़े, दरूद, नमाज़, शुक्रान आदि सब-कुछ भूल गया है। स्वयं कलाल (मुर्शिद) मुझे प्रेम-मद के प्याले भर-भर दे रहा है।उस मिलन आनन्द का क्या कहना? उसका मुख देखने का अद्भुत दृश्य था। दुख, दरिद्रता आदि सभी जाते रहे। कुछ ऐसा यत्न करो कि मिलन-रात्रि और लम्बी हो जाए जिससे मिलने का समय बढ़ जाए। अरे, कुछ नहीं तो आने वाले दिन के आगे दीवार रख दो, ताकि सूर्योदय न हो और मिलन का अधिकतम सुख प्राप्त हो सके।

उस प्रिय से मिलने के लिए मैंने बहुत-से टोने किए। बड़े-से-बड़े जादूगर बुलाए। अब जाकर मेरा प्राण-प्रिय मेरे घर आया है। इसलिए जी चाहता है कि लाखों वर्ष इसके साथ रहूं।

बुल्ला कहता है कि प्रिय पति की सेज बड़ी प्यारी है। मेरा उद्धार तो स्वयं उद्धारक ने किया है। कैसे-कैसे यत्न करने के बाद अब जाकर मेरी बारी आई है। बस, अब तो बिछुड़ना मुश्किल हो गया है।

گھڑیال بجانے والے کونکال دو

اس رباعی میں صوفی کے اپنے مرشد سے ملنے کی خوشی کا ذکر ہے وصل کی گھڑیاں جلدی گزر جاتی ہیں اور گھنٹا بجانے والا جب گھنٹا بجا کر وقت کی اطلاع دیتا ہے تو معشوقہ کو لگتا ہے کہ وصل کے لمحات گھٹتے جارہے ہیں اس لئے وہ کہتی ہیں کہ گھنٹہ بجانیوالے اس گھڑیاں کو نکال دو۔ آج میرا پیا، میرا محبوب، میرے گھر آیا ہے۔ ہر گھنٹہ کی آواز پر یہ گھڑیاں بار بار گھڑیال بجاتا ہے۔ اس طرح وصل کی رات کا وقت گھٹ رہا ہے وہ میرے دل کی بات سمجھ لے یہی اچھا ہے ورنہ اسکے ہاتھ سے گھڑیال پھینک دو۔ وصل کی اس گھڑی میں مسحور کرنے والا نقارہ بج رہا ہے۔ گانے والا۔ ساز اور ترانہ سب ہی خوبصورت ہیں۔ ایسی حالت میں روزے، درود، نماز شکرانہ سب کچھ بھول گیا ہے خود ساقی (مرشد) مجھے محبت کی شراب کے پیالے بھر بھر کر دے رہا ہے۔

وصل کی اس خوشی کا کیا کہنا اس کے دیدار کا انوکھا منظر تھا۔ دکھ غریبی وغیرہ سب ہی ختم ہوگئے۔ ہیں کچھ ایسی کوشش کرو کہ شب وصل اور لمبی ہوجائے جس سے ملنے کا وقت اور بڑھ جائے۔ ارے کچھ نہیں تو آنے والے دن کے آگے دیوار کھڑی کردو تا کہ سورج طلوع نہ ہو اور وصل کی خوشی حاصل ہو سکے۔

اس پیارے سے ملنے کے لئے میں نے بہت سے ٹونے کئے ہیں، بڑے بڑے جادوگر بلائے۔ اب جا کر میرا جان سے عزیز میرے گھر آیا ہے۔ اس لئے دل چاہتا ہے کہ لاکھوں سال اس کے ساتھ رہوں۔

بلا کہتا ہے کہ پیارے شوہر کی سیج بڑی پیاری ہے۔ مجھے تو اسی نے پار لگایا ہے۔ کیسی کیسی کوشش کے بعد اب جا کر میری باری آئی ہے۔ بس اب تو بچھڑنا مشکل ہوگیا۔

खाका

खाकी ख़ाक स्यों रल जाणा,
कुछ नहीं ज़ोर धिंगाणा। टेक।

ग्ये सो ग्ये फेर नहीं आये
मेरी जानी, मीत, प्यारे,
मैं बाझों ओह रहंदे नाहीं,
हुण क्यों असां बिसारे,
विच क़बरां दे ख़बर न काई,
मारू केहा झुलाणा।

चित्त पिआ न जाये असाधों,
उब्भे साह न रहंदे,
असीं मोइआं के परले पार होये,
जीवंदिआं विच बहंदे,
अज कि मलक तगादा सानूं,
होसी वज कहाणा।

خاکی

خاکی خاک سیوں رل جاناں
کچھ نہیں زور دھنگاناں ۔(ٹیک)

گئے سو گئے پھیر نہیں آئے،
میری جانی میت پیارے،
میں باجھوں اوہ رہندے ناہیں،
ہُن کیوں آسان بسارے،
وچ قبراں دے خبر نہ کوئی،
مارو کیہا جُھلاناں۔

چیت پیا نہ جائے اُساڈھوں،
اُبھے ساہ نہ رہندے،
اسیں مویاں کے پرلے پار ہوئے،
جیون دیاں وچ بہندے،
اَج کی ملک تگا داسانوں،
ہوسی وچ کہانا۔

ओथे मगर पिआदे लग्गे,
तां असी एथे आये,
एथे सानूं रहण न मिलदा,
अज्जे कित बल धाये,
जो कुछ अगलिआं दे सिर बीती,
असां भी ओह टिकाणा।

बुल्ल्हा एथे रहण न मिलदा,
रोंदे पिटदे चल्ले,
इक नाम धन्नी खरची है,
होर बिहा नहीं कुझ पल्ले,
मैं सुफ़ना सभ जग भी सुफ़ना,
सुफ़ना लोग बिबाना।

اوتھے مگر پیادے لگے،
تاں اسیں ایتھے آئے،
ایتھے سانوں رہن نہ مِل دا،
اَجے کِت بل دھائے،
جو کجھ اگلیاں دے سِر بیتی،
اساں بھی اوہ ٹکانا۔

بلھا ایتھے رہن نہ ملدا،
روندے پٹدے چلے،
اک نام دھنی خرچی ہے۔
ہور بہانہیں کجھ پلے،
میں سُفنا سبھ جگ بھی سُفنا،
سُفنا لوگ بہانا۔

मिट्टी के पुतले

मिट्टी के पुतले, हे मनुष्य, तू अन्ततः ख़ाक में मिल जाएगा। आज तुझे अपने में जो शक्ति दिखती है, वह किसी काम नहीं आएगी।

दुनिया का तो यह चलन है कि जो चले गए, वे लौटकर नहीं आए। वे मेरे प्राणप्रिय, मेरे मित्र और मेरे प्यारे थे, जो मेरे बिना रहते नहीं थे। अब उन्होंने हमें क्यों बिसार दिया? वे तो अब क़ब्रों में दफ़न हैं और उनका कोई समाचार हम तक नहीं पहुंचता। मृत्यु-मुख का यह कैसा बवंडर फैला हुआ है!

हमारी हालत यह है कि हम न तो चित लेट सकते हैं और न पट; ऊर्ध्वमुख श्वास तक नहीं निकलते, हम तो मरे हुओं के भी पार जा चुके हैं और जीवितों के बीच रहने का भ्रम पाले हुए हैं। आज या कल मृत्यु अवश्य ही तकाज़ा करने आएगी और उस समय बहुत बड़ा कहर होगा।

वहां (मृत्यु के) प्यादे हमारा पीछा कर रहे थे, तभी हम यहां तक चले आए। अब यहां भी हमें रहने नहीं दिया जाता। अब यहां से आगे कहां जाएंगे? जो कुछ हमारे पूर्वजों के सिर पर बीती, हम पर भी वही बीतेगी, हमारा भी वही ठिकाना होगा, जो उनका है।

बुल्लेशाह कहते हैं कि यहां हमें रहने नहीं दिया जा रहा, हम रोते- पीटते जा रहे हैं। महाधनी प्रभु का नाम ही हमारा धन है, जिसे हम ख़र्च कर सकते हैं और दूसरा कुछ भी हमारे पल्ले नहीं है। मैं स्वप्न हूं, सारा संसार स्वप्न है, शेष सभी लोग स्वप्न हैं। अर्थात सब-कुछ स्वप्न ही तो है।

خاک کے پُتلے

خاک کے پُتلے اے انسان تو آخر کار خاک میں مل جائیگا آج تجھے اپنے اندر جو طاقت دکھائی دیتی ہے وہ کسی کام نہیں آئے گی۔ دنیا کا تو یہ رواج ہے کہ جو چلے گئے وہ لوٹ کر نہیں آئے ۔وہ میری جان سے زیادہ عزیز۔ میرے دوست اور میرے پیارے تھے جو میرے بغیر نہیں رہ سکتے تھے اب انہوں نے ہمیں کیوں بھلا دیا ہے۔ وہ تو اب قبروں میں دفن ہیں اور انکی کوئی خبر ہم تک نہیں پہونچی موت کا یہ کیسا وبال پھیلا ہوا ہے۔

نڈر بنو

ہماری حالت یہ ہے کہ ہم نہ سیدھے لیٹ سکتے ہیں نہ الٹے، ہمارے منہ سے سانس تک نہیں نکلتا ہم تو مرے ہوئے سے بھی زیادہ گئے گزرے ہیں۔ اور زندہ رہنے والوں کے بیچ شبہ پھیلائے ہوئے ہیں آج یا کل موت تقاضہ کرنے آئے گی اور اس وقت بہت بڑا قہر ہوگا۔

وہاں موت کے پیالے ہمارا پیچھا کر رہے تھے تب ہی ہم یہاں تک چلے آئے اب یہاں بھی ہمیں رہنے نہیں دیا جاتا۔ اب یہاں سے آگے اور کہاں جائیں گے۔ جو کچھ ہمارے اوپر گزری تم پر بھی وہی گزرے گی ہمارا ابھی وہی ٹھکانہ ہوگا جو اُن کا ہے۔

بلے شاہ کہتے ہیں کہ یہاں ہمیں رہنے نہیں دیا جا رہا ہم روتے پیٹتے جا رہے ہیں بہت زیادہ دولت مند خدا ہی ہمارا پیسہ ہے جسے ہم خرچ کر سکتے ہیں اور اسکے علاوہ کچھ بھی ہمارے پلے نہیں ہے۔ میں خواب ہوں۔ ساری دنیا خواب ہے سب ہی لوگ خواب میں سب ہی کچھ خواب ہے ۔

दाहड़

1. जैसी सूरत ऐन दी, वैसी सूरत गैन,
   इक नुक़ते दा फ़रक है भुल्ली फिरे कौनैन।

2. चल बुल्लिहआ, चल ओथे चलिए, जित्त्थे सारे अन्हें,
   ना कोई साडी जात पछाणे, ना कोई सानूं मन्ने।

3. भट्ठ नमाज़ां चिक्कड़ रोज़े, कलमे ते फिर गई सियाही,
   बुल्ल्हेशाह शौह अन्दरों पाया, भुल्ली फिरे लुकाई।

4. उसका मुख इक जोत है, चूंघट है संसार,
   चूंघट में वो छुप गया, मुख पर आंचल डार।

5. इट्ट खड़क्के, दुक्कड़ वज्जे, तत्ता होवे चुल्ल्हा,
   आण फ़क़ीर ते खा खा जावण, राज़ी होवे बुल्ल्हा।

دوہڑے

۱۔ جیسی صورت عین دی ویسی صورت غین،
اک نقطے دا فرق ہے بُھلی پھرے کونین۔

۲۔ چل بلھیا چل اوتھے چلئے جتھے سارے انہیں،
نا کوئی ساڈی جات پچھانیں، نا کوئی سانوں منے۔

۳۔ بھٹ نمازاں چکڑ روزے، کلمے تے پھر گئی سیاہی،
بلے شاہ شوہ اندروں پایا، بھلی پھرے لکائی۔

۴۔ اُسکا مکھ اک جوت ہے، گھونگھٹ ہے سنسار،
گھونگھٹ میں وہ چھپ گیا، مکھ پر انچل ڈار۔

۵۔ اِٹ کھڑ کے دکڑ وجے، تتا ہووے چلھا،
آن فقیر تے کھا کھا جاون راضی ہووے بلھا۔

6. बुल्ल्हा पी शराब ते खाह कबाब, पर बाल हड्डा दी अग्ग,
चोरी कर ते भन्न घर रब दा, उस ठग्गां दे ठग नूं ठग्ग।

7. धरमसाल धड़बाई वसदे, ठाकरद्वारे ठग्ग।
विच मसीते रहंण कुसीते, आशिक़ रहण अलग्ग ॥

8. होर ने सब्भे गल्लड़ियां, अल्ला अल्ला दी गल्ल।
कुझ रौला पाया आलमां, कुछ काग़ज़ां पाया झल्ल ॥

9. वारे जाइए ओह्नां दे, जेड़े मारन गप्प शड़प्प।
कौडी लब्भी दे देवण, ते बुगचा घाऊं घप्प ॥

10. आशिक़ होइओं रब्ब दा, होई मलामत लाख।
तैनूं 'काफ़िर-काफ़िर' आखदे तूं 'आहो-आहो' आख ॥

11. मुल्लां ते मसालची दोहां इक्को चित्त।
लोकां करदे चानणा आप हनेरे नित्त ॥

٦۔ بلھا پی شراب تے کھاہ کباب پر بال ہڈاں دی اگ،
چوری کرتے بھن گھر ربدا اُس ٹھگاں دے ٹھگ نوں ٹھگ۔

٧۔ دھرمسال دھڑ بائی وسدے، ٹھاکر دوارے ٹھگ،
وچ مسیتے رہن کُسیتے عاشق رہن الگ۔

٨۔ ہورنہ سبھے گلڑیاں اللہ اللہ دی گل،
کجھ رولا پایا عالماں کجھ کاغذاں پایا جھل۔

٩۔ وارے جایئے اوہناں دے، جیہڑے مارن گپ شڑپ،
کوڈی لبھی دے دیون، تے بغچاں گھاؤں گھپ۔

١٠۔ عاشق ہوئیوں ربدا، ہوئی ملامت لاکھ،
تینوں کافر کافر آکھدے توں آہو آہو آکھ۔

١١۔ ملاں تے مسالچی دوہاں اکوں چت،
لوکاں کردے چانناں آپ ہنیرے نت۔

दोहे

1. ऐन अक्षर की जो शक्ल (अल्ला) है, वहीं गैन अक्षर (गैर-अल्ला) की शक्ल है। जिसे हम अल्ला कहते हैं, वह गैर-अल्ला से भिन्न नहीं। ऐन और गैन में एक बिन्दु-भर का अन्तर है, अल्ला और गैर-अल्ला में अन्तर बहुत कम है, दोनों लोक यों ही भटक रहे हैं।

2. बुल्लेशाह, वहां चलो, जहां सभी अन्धे हों। वहां कोई हमारी जाति नहीं पहचानेगा, न ही वहां कुछ विशिष्ट मानेगा।

3. भाड़ में जाए नमाजें, कीचड़ में गिरे रोज़े और कलमे पर भले ही स्याही फिर जाए, बुल्लेशाह कहता है कि शौह (प्रिय, पति) तो अन्दर से प्राप्त होता है, लोग यों ही भूले हुए हैं।

4. उसका मुख तो प्रखर ज्योति (नूर) है, यह संसार चूंघट है, वह संसार में यों छुपा हुआ है, जैसे धूंघट में मुखड़ा छुप जाता है। वह स्वयं मुख पर आंचल डालकर छुपा हुआ है। (परमात्मा माया पट के पीछे छिपा लीला कर रहा है।)

5. आपस में लड़ाई चलती रहती है, तो भी ढोलक बजती रहती है और चूल्हा भी तपता रहता है, फ़क़ीर लोग आते हैं और खा-पीकर चले जाते हैं, यह देखकर बुल्ला बहुत खुश रहता है।

دوہے

۱۔ جیسے حرف عین کی شکل ہے ویسی ہی غین کی ہے جسکو ہم اللہ کہتے ہیں وہ غیر اللہ سے مختلف نہیں۔ عین اور غین میں ایک نقطہ کا فرق ہے اللہ اور غیر اللہ میں بہت کم فرق ہے۔ دنیا ایسے ہی بھٹک رہی ہے۔

۲۔ بلے شاہ، وہاں چلو جہاں پر سبھی اندھے ہوں وہاں کوئی ہمیں نہیں پہچانے گا نہ ہی وھاں ہم کو کوئی خاص مانے گا۔

۳۔ بھاڑ میں جائیں نمازیں، کیچڑ میں گریں روزے اور کلمہ پر بھلے ہی سیاہی پھر جائے (کلمہ پڑھنا ختم ہو جائے)۔ بلے شاہ کہتا ہے کہ شوہ (رب) تو اندر سے ملتا ہے لوگ اُسے ہی بھولے ہوئے ہیں۔

۴۔ وہ تو سراپا نور ہے یہ دنیا گھونگھٹ ہے وہ دنیا میں ایسے چھپا ہوا ہے جیسے گھونگھٹ میں منھ چھپ جاتا ہے وہ خود چہرے پر آنچل ڈال کر چھپا بیٹھا ہے۔

۵۔ آپس میں لڑائی چلتی رہتی ہے تو بھی ڈھولک بجتی رہتی ہے اور چولہا بھی جلتا رہتا ہے فقیر لوگ کھا پیکر چلے جاتے ہیں یہ دیکھ کر بلا بہت خوش ہوتا ہے۔

6. बुल्ला कहता है कि (बेखुदी की) शराब पी, हड्डियों की आग जला, अपने-आप को जुहद (तपस्या) में तपा, अपने अहं को कबाब की तरह खा जा। चोरी कर (आत्म-प्रदर्शन न कर) और इस तरह उस सबसे बड़े ठग, भगवान को ठग ले।

7. धर्मशालाओं में धड़वाई (तोलने वाले, दुकानदार) और ठाकुरद्वारों में लुटेरे बस गए हैं। मस्जिदों में वे बसते हैं, जो वहां रहने के योग्य नहीं। भगवान के प्रेमी तो इन सबसे अलग रहते हैं।

8. अन्य बातें नगण्य हैं, महत्त्वपूर्ण बात तो भगवान की है, कुछ शोर विद्वान कर रहे और कुछ पागलपन काग़ज़ों (पोथियों) ने पैदा किया है।

9. शाबाशी तो उन्हें दीजिए, जो गप्पे हांकते रहते हैं, उन्हें कहीं कौड़ी पड़ी मिल जाए, तो लौटा देते हैं, किन्तु थैला मिल जाए तो चुपचाप दबा जाते हैं।

10. तुम जब से भगवान के भक्त हुए हो, तब से तुम्हें लाखों लानतमलामतें सुननी पड़ रही हैं। लोग तुम्हें 'काफ़िर है, काफ़िर है' कहते हैं; तुम चुपचाप 'आहो-आहो' (हां-हां) कहते रहो। अर्थात भगवान के भक्त को असीम धैर्यवान होना चाहिए।

11. मुल्ला और मसालची, दोनों का स्वरूप एक जैसा है। ये दोनों ही और लोगों के लिए तो प्रकाश फैलाते हैं, लेकिन स्वयं अंधेरे में ही रहते हैं।

۶۔ بلا کا کہنا ہے کہ (بے خودی کی) شراب پی۔ ہڈی کی آگ جلا۔ اپنے آپکو ریاضت کی آگ میں تپا اور (انانیت) کو کباب کی طرح کھا جا۔ چوری کر اور اس طرح سب سے بڑے ٹھگ رب کو ٹھگ لے۔

۷۔ مذھبی جگہوں پر تولنے والے اور ٹھاکروں کے دروازے پر لٹیرے بس گئے ہیں۔ مسجدوں میں وہ لوگ رہ رہے ہیں جو اس کے قابل نہیں ہیں خدا سے محبت کرنے والے تو ان سب سے الگ رہتے ہیں۔

۸۔ اور باتیں تو بیکار ہیں خاص بات تو خدا کی ہے کچھ شور عالم کر رہے ہیں کچھ پاگل پن کاغذوں نے پیدا کر دیا ہے۔

۹۔ شاباشی تو انکو دیجئے جو گپے ہانکتے رہتے ہیں ان کو کہیں کوڑی پڑی مل جائے تو اس کو لو دیتے ہیں لیکن تھیلا مل جائے تو خاموشی سے دبا جاتے ہیں۔

۱۰۔ جب سے خدا کو اپنایا ہے تب سے لاکھوں لعنت وملامت سننی پڑی ہیں. لوگ تم کو کافر کہتے ہیں تم خاموشی سے ہاں ہاں کہتے ہو۔ یعنی خدا کو ماننے والوں میں بہت زیادہ برداشت ہونی چاہئے۔

۱۱۔ ملا اور مشعلچی دونوں کی صورت ایک سی ہے یہ دونوں اوروں کو تو روشنی دکھاتے ہے لیکن خود اندھیرے میں رہتے ہیں

1.

भरवासा की अशनाई दा,
डर लगदा बेपरवाही दा।
वसल होइवां मैं नाल सजण के,
शर्म हया नूं गवा के।
विच चनन मैं पलघं बिछाया,
यार सुत्ती गल ला के।
गल समझ लई तां रौला दी,
इह राम रहीम ते मौजा दी।
पा पढ़िआंतों नसदा हां,
मैं पा पढ़िआं तों नसदा हां।
आलिम-फ़ाज़िल मेरे भाई,
पा पढ़िआं मेरी अकल गवाई।
पा पढ़ि तो नसदा हां,
मैं पढिआंतों नसदा हां।

پھٹ کل

۱۔

بھرواسا کی اَشنائیدا،

ڈر لگدا بے پرواہی دا۔

وصل ہوئی واں میں نال سجن کے،

شرم حیانوں گنوا کے۔

وچ چمن میں پلنگھ بچھایا،

یار سُتی گل لا کے۔

گل سمجھ لئی تاں رولا دی،

اہ رام رحیم تے موجادی۔

پا پڑھیاں توں نسداہاں،

میں پا پڑھیاں تو نسداں ہاں۔

عالم فاضل میرے بھائی،

پا پڑھیاں میری عقل گنوائی۔

پا پڑھیاں توں نسداہاں،

میں پڑھیاں توں نسداہاں۔

2.

अपने तन दी ख़बर नहीं,
साजन दी ख़बर लिआवे कौन,
ना हौं ख़ाकी ना हौं आतिश,
ना पापी ना पौण,
बुल्लिआ साईं घट-घट रंविआ,
ज्यौं आटे विच लौण।

3.

हाज़ी लोक मके नूं जांदे,
असां जाणा तख़त हज़ारे। जित वल यार उसे वल क़ाबा,
भावे फोल किताबां चारे॥

۲۔

اپنے تن دی خبر نہیں،

ساجن دی خبر لیاوے کون،

ناہوں خاکی ناہوں آتش،

نا پانی ناپون،

بلھا سائیں گھٹ گھٹ رنوی آ،

جیوں آٹے وچ لون۔

۳۔

حاجی لوک مکے نوں جاندے،

اساں جاناں تخت ہزارے۔

جت وَل یار اُسے ول کعبہ،

بھاوے فول کتاباں چارے۔

1.

अपनी आशनाई (प्यार) का क्या भरोसा? (मैं कर पाऊं, न कर पाऊं, लेकिन इससे भी बड़ा) डर तो यह है कि कहीं प्रभु प्रियतम मेरी तरफ़ से बेपरवाह ही न हो जाए।

(यह प्रेम-मार्ग है ही ऐसा कि) इसमें सारी हया-शर्म गंवा देने के बाद ही उससे मिलना सम्भव होता है। मैंने खुली चांदनी में अपना पलंग बिछाया और प्रिय के गले से लिपटकर सो गई।

(बाद में देखा तो लोगों ने हंगामा खड़ा कर रखा है) जब प्रेम का सार समझ में आ गया, तो हंगामा कैसा? (जब सब एक ही हैं तो) राम, रहीम और मौला में अन्तर कैसा?

अल्पज्ञानियों से दूर भागता हूं। भाई, मैं तो अल्पज्ञानियों से दूर भागता फिरता हूं। ज्ञानी और विद्वान तो मेरे भाई हैं, लेकिन अल्पज्ञानी मुझे परेशान करते हैं। इसलिए अल्पज्ञानियों से मैं दूर-दूर भागता हूं।

2.

सामान्यतः लोगों को अपने-आप की ही ख़बर नहीं होती। तब साजन (प्रभु प्रियतम) की ख़बर कौन ले आए। मैं न तो मिट्टी से बना हूं और न आग से। न मैं पवन हूं और न पानी। बुल्लेशाह कहता है कि स्वामी तो घट-घट में रम रहा है, जैसे आटे के हर कण में नमक मिल जाता है।

لپٹ کر

اپنی آشنائی کا کیا بھروسہ (میں کر پاؤں یا نہ کر پاؤں لیکن اس سے بھی بڑا) ڈر تو یہ ہے کہ کہیں میرا پیارا رب مجھ سے ناراض نہ ہو جائے (یہ محبت کا راستہ ہے ہی ایسا) اس میں ساری شرم وحیا گنوا دینے کے بعد ہی اس سے ملنا ممکن ہوتا ہے۔ میں نے کھلی چاندنی میں اپنا پلنگ بچھایا اور اپنے پیارے کے گلے سے لپٹ کر سوگئی (بعد میں دیکھا تو لوگوں نے ہنگامہ کھڑا کر رکھا ہے) جب محبت کی اصلیت سمجھ میں آگئی تو ھنگامہ کیسا (جب سب ایک ہیں تو رام اور رحیم اور مولا میں فرق کیسا)

کم علم والوں سے میں دور بھگتا ہوں عالم اور فاضل تو میرے بھائی ہیں لیکن کم علم والے مجھے پریشان کرتے ہے اس لئے کم علم والوں سے میں دور بھاگتا ہوں۔

عام طور پر لوگوں کو اپنے آپ کی خبر نہیں ہوتی تب ساجن کی خبر کون لے میں نہ مٹی سے بنا ہوں نہ آگ سے۔ میں نہ ہوا ہوں نہ پانی۔ بلے شاہ کہتے ہیں کہ میرا مالک تو بوند بوند میں رچا بسا ہے جیسے آٹے کے ہر ذرے میں نمک مل جاتا ہے۔

3.

हाजी लोग हज करने के लिए मक्के की ओर जाते हैं। लेकिन मुझे तो (अपने प्रिय से मिलने के लिए) तख़्त हज़ारे की ओर जाना है। जिस तरफ़ मेरे (प्रभु प्रियतम) यार का घर है, मेरे लिए तो उसी ओर मक्का और काबा है। अगर मेरी बातों पर विश्वास नहीं आता। तो बेशक चारों किताबें (तौरेत, जबूर, इंजील और कुरान) खोलकर देख लो। (सभी में मेरे इस कथन का समर्थन मिलेगा।)

◆◆◆

۳۔

حاجی لوگ حج کرنے کے لئے مکہ جاتے ہیں لیکن مجھے تو تخت ہزارے جانا ہے جس طرف میرے یار کا گھر ہے میرے لئے تو اسی طرف کعبہ اور مکہ ہے اگر میری باتوں پر یقین نہیں آتا تو چاروں کتابیں (توریت، زبور، انجیل، قرآن کریم) کھول کر دیکھ لو۔

◆◆◆